第四届《安徽古籍叢書》編審委員會

主任委員

黄德寬

副主任委員

諸偉奇

丁　放

彭君華

委員（按姓氏筆畫順序）

卞　利　方錫球　牛繼清　王啓才

吴先伍　施立業　胡傳志　紀健生

陳　林　張玉才　曹小雲　曹天生

程德和　楊　軍　楊應芹　趙國華

鮑　恒　樊嘉禄

安徽古籍叢書萃編

吴敬梓吴烺詩文合集

清·吴敬梓 吴烺 撰

李漢秋 點校

黄山書社

图书在版编目(CIP)数据

吴敬梓吴烺诗文合集 / (清) 吴敬梓, (清) 吴烺撰；李汉秋点校. —合肥：黄山书社, 2014.1

(安徽古籍丛书萃编)

ISBN 978-7-5461-4278-4

Ⅰ. ①吴… Ⅱ. ①吴… ②吴… ③李… Ⅲ. ①古典诗歌-诗集-中国-清代 ②古典散文-散文集-中国-清代 Ⅳ. ①I214.91

中国版本图书馆 CIP 数据核字(2014)第 006168 号

吴敬梓吴烺诗文合集

出 版 人 任耕耘
策　　划 任耕耘 赵国华 汤吟菲
执行策划 汤吟菲 徐娟娟
责任编辑 汤吟菲 徐娟娟

装帧设计 未 氓
责任印制 戚 帅

出版发行 时代出版传媒股份有限公司(http://www.pressmart.com)
黄山书社(http://www.hspress.cn)
官方直营书店(http://hsssbook.taobao.com)
营销部电话:0551-63533762 63533768
(合肥市政务文化新区翡翠路 1118 号出版传媒广场 7 层 邮编:230071)
经　　销 新华书店
印　　制 安徽联众印刷有限公司

开本 880×1230 1/32　印张 14.75　字数 250 千字
版次 2014 年 9 月第 1 版　2014 年 9 月第 1 次印刷
书号 978-7-5461-4278-4　定价 160.00 元

序

黄德寬

值此《安徽古籍叢書萃編》編輯出版之際，欣逢新時期安徽古籍整理出版工作步入而立之年！三十年來安徽的古籍整理出版工作，很值得認真地進行一番回顧總結。

一九八一年，中共中央發布《關於整理我國古籍的指示》，成立了以李一氓同志爲組長的國家古籍整理出版規劃領導小組，正式拉開了新時期古籍整理出版工作的序幕。一九八四年，中共安徽省委決定建立安徽省古籍整理出版領導小組，由時任省人大常委會副主任魏心一同志挂帥，聯合了省新聞出版局等政府部門和安徽大學等高等院校、研究單位，正式啓動安徽省古籍整理出版工作。同年，安徽專業古籍出版單位黄山書社也宣告成立。安徽古籍整理出版工作由此翻開了嶄新的一頁。

三十年間，安徽省古籍整理出版工作堅持初衷，克服困難，在政府部門的支持和社會賢達的關心下，經過學者們的艱辛努力，取得了豐碩成果，其最有代表性的成果就是《安徽古籍叢書》的編纂出版。

《安徽古籍叢書》凝結了當代安徽傳統文化研究領域衆多學者與專家的心血和汗水。以吴孟復先生爲代表，組成《安徽古籍叢書》第一屆編審委員會，賡續安徽先哲編刊地方叢書盛業，梳理文獻綫索，擬訂叢書子目，擘劃編纂體例。遵循嚴格的學術規範，《安徽古籍叢書》自一九八九年三月刊出第一種——《舊聞隨筆》，截至二〇一三年底，連同修訂再版，出版已突破百種，成爲我國當代古籍整理一個有影響力的品牌。

收入《安徽古籍叢書》的各類古籍，既有朱熹、戴震、俞正燮、凌廷堪、程瑶田、黄生、包世臣、楊仁山、吴汝綸等學術巨擘的著作，也有張孝祥、錢澄之、方苞、方文、施愚山、姚鼐、吴敬梓等文學名家的作品；此外，包拯、朱升、朱元璋、阮大鋮、姚瑩、方孝標、劉銘傳等皖籍著名歷史人物的著述也盡在其中。正是因爲歷代賢哲創造的精神財富，使得《安徽古籍叢書》一經出版即蜚聲海内外，産生了廣泛的社會影響。李一氓同志曾經撰文，欣喜地表示：

『現在有一個好現象，安徽要編印新的《安徽叢書》。』當代著名學者金克木、胡道静、張岱年、程千帆等先生稱道『這是安徽文化事業的一項盛舉』。法國漢學家戴廷傑也對《安徽古籍叢書》堅持嚴格的學術規範稱賞不已。

《安徽古籍叢書》的順利編輯出版，還因爲改革開放帶來的時代機遇。改革開放三十多年來，我國經濟文化繁榮昌盛，使得《安徽古籍叢書》能够得到有關方面的財力支持。上個世紀八十年代，《安徽古籍叢書》編纂在發軔之時，就不斷有項目入選國家古籍整理出版規劃，得到國家各方面的有力支持。最新公布的《二〇一一—二〇二〇年國家古籍整理出版規劃》中，包括《方以智全書》在内的新列《安徽古籍叢書》項目品種就多達四十八種。安徽古籍的整理編纂工作，正是在改革開放的大背景下，在全國古籍整理出版工作的大格局中，取得了突出的成就并展現着美好的未來。

《安徽古籍叢書》的編纂出版，安徽大學『省古籍整理出版辦公室』發揮了重要作用。古籍辦的同志們長期堅守在古籍整理出版崗位，甘於清苦，默默奉獻，辛勤耕耘，爲《安徽古籍叢書》的編纂和安徽古籍整理出版工作做出了突出的貢獻。二〇一〇年，在『全國專業古籍出版社社長年會暨全國優秀古籍圖書評獎會』上，時任國家新聞出版總署副署長鄔書林同志作題爲《無愧歷史 珍惜時代 出好精品》的講話，指出：『安徽是堅持地方古籍整理工作最好的省份。不少地方古籍辦幾乎都撤了，或名存實亡，安徽則堅持不輟，并做了大量工作。』

黨的『十八大』從戰略層面提出扎實推進社會主義文化强國建設，豐富人民精神文化生活，『建設優秀傳統文化傳承體系，弘揚中華優秀傳統文化』。《安徽古籍叢書》立足鄉邦文獻的整理編纂，因應了國家文化建設的宏偉規劃，是文化强省乃至文化强國建設事業的題中應有之義。這項事業遠非一兩代人所能完成，正如一九八一年中央三十七號文件所指出的，『整理古籍是一件大事，得搞上百年』。

《安徽古籍叢書》煌煌巨制，結構開放，歷時久遠。回顧過去，出版較早的圖書有些已經絕版；叢書版式、裝幀也屢經變更。爲適應集中展示、收藏和研究的需要，對已經出版的《安徽古籍叢書》進行階段性的集中梳理，適當遴選，統一版式，影印出版本套叢書是十分必要的。

作爲首套《安徽古籍叢書》選編本，我們希望通過這套書的出版發行，能使更多的讀者瞭解、認識和利用好《安徽古籍叢書》，有更多的皖籍、非皖籍專家學者參與到安徽地方歷史文獻的研究整理工作中來，讓《安徽古籍叢書》在未來不斷發展壯大。這是我們在新時期安徽古籍整理出版事業三十年之際的殷殷屬望！

二〇一四年六月

凡例

一、本編從二〇一〇年（包括二〇一〇年）以前出版的《安徽古籍叢書》中選取文獻資料價值大、校點整理質量上乘、學界仍有需求的圖書進行重印。

二、二〇一〇年以後出版者因市場上新書尚多，此次不復列入。早期所版《文學研究法》《舊聞隨筆》《桐城文學淵源考·撰述考》《桐城耆舊傳》《爾雅翼》等雖均爲叢書的中堅，因已有修訂新版，此次亦不復列入。《安徽古籍叢書附輯》整體不予列入。

三、所選圖書按初版時間先後順序編排。

四、采用原版掃描影印，不重新録排，儘量保存原書面貌。原書頁眉中的明顯編輯錯誤，逕改不出校；《竇山公家議校注》《康輶紀行 東槎紀略》兩種原書無頁眉，現統一補加。

五、重新設計製作封面，統一規格、工藝。一律采用大三十二開本，精裝。《説文假借義證》一書原版爲十六開，一個頁面放兩個中國頁，此次按統一開本重新排版，一個頁面放半個中國頁。

并新附《説文假借義證索引》於該書書末，以方便讀者檢索。《毛詩後箋》《吴汝綸全集》《田間詩學》《説文假借義證》等原書規模較大，爲方便讀者閲讀，現重新分册。另，《竇山公家議校注》保留原書西式裝訂方式。

六、收録叢書文獻由於各種原因，還存在這樣那樣的不足，請讀者批評指正。

第四屆《安徽古籍叢書》編審委員會

二〇一四年六月

吴敬梓吴烺詩文合集

〔清〕吴敬梓吴烺　撰　李漢秋　點校

黄山書社

安徽省古籍整理出版规划委员会

顾　　问　丁继哲　王惠鹏　杜维佑　李广涛　张立一　郑　锐　郑淮舟　胡　坦　胡云龙　侯
　　　　　崔剑晓　傅大章　潘镠镛

主　　任　魏心一

副 主 任　陈基余　赵应铎　陶有法　鹿世金

委　　员　刘贯龙　吴孟复　金隆德　祖保泉　贾文昭　黎　洪

安徽省古籍整理出版基金会

理 事 长　崔剑晓

副理事长　丁继哲　杜维佑　胡　坦　潘镠镛

秘 书 长　朱　扬　汪慎琳

常务理事　马素英　卞兆龙　田照临　朱邦福　孙伯耀　吴存心　吴孝雨　汪石满　张其杲　张振
　　　　　李昌清　郑英保　郑贤明　钮　滋　钱　进　陶显斌　潘培咸　穆建科

安徽古籍丛书编审委员会

学术顾问　王子野　吴小如　吴作人　周一良　周绍良　金克木　宛敏灏　胡道静　殷焕先　常任
　　　　　蒋元卿　舒　芜

主任委员　吴孟复

副主任委员　刘永年　祖保泉　施培毅　贾文昭

委　　员　朱一清　朱世力　任弘毅　刘学锴　孙文光　纪健生　杨应芹　汪福润　沙宗复　夏秀
　　　　　徐俊云　诸伟奇　梁恒祥　傅玉璋

按姓氏笔画排列

安徽古籍丛书编印缘起

伟大祖国，历史悠久，典籍丰富。我省地处南北之交，学术尤擅其盛。数千年来，哲学、史学、文学、艺术、语言、科技，作者辈出，著述如林，或自名一家，或蔚然成派，多为中华民族文化之菁华，有裨于社会主义文化之建设。允宜及时整理，以广流传。

粤自明清，以至近世，南北郡邑已有泾川丛书、龙眠丛书、贵池先哲遗书、南陵丛书诸刻。一九三一年，复有安徽丛书之编印，所收皆皖人著作，分期影印。出至第六期，以抗战军兴而中止。盛业未竟，论者惜之。

今者，中央倡导整理古籍，我省领导对此尤为关心。省古籍整理出版规划委员会几经商讨，决定编印安徽古籍丛书。最其体例，约有数端：一、所收皆为历代皖人著作。地域，以现行省区为准。时间，一般以成书于「五四」之前为限。内容，以文、史、哲为主。二、整理方式：包括辑、校、标点或注释，尤注意于稿本、稀见本之搜辑与传布。校勘，力求采用善本为底本，校以他书，或加补辑，编次。标点，采用新式标点。注释，务求精确，但不作烦琐考证。整理中，尽量吸收国内外研究的新成果。三、先秦、两汉著作及文字、训诂之书，皆用繁体字；其余则多用简体字。版皆竖排，以期一律。四、凡热心于本丛书编印及捐资助刊者，得于书内题名。

安徽古籍丛书编审委员会

一九八九年七月

吴敬梓吴烺诗文合集目次

卷三　诗二

文木山房集外诗文 三十二篇……吴敬梓

靓妆词钞……吴 烺

杉亭集……吴烺

诗

卷一 起癸丑至庚申

卷三 起丙寅至辛未

卷四 起壬申至癸酉

卷五　起甲戌至乙亥

卷九 甲申

词

卷一

卷二

卷三

卷四

卷五

附　录

校　记

〔一〕此篇原目录遗漏，亚东本同，据正文补。
〔二〕此篇原目录遗漏，亚东本同，据正文补。
〔三〕此篇原目录遗漏，亚东本同，据正文补。
〔四〕缕原作「镂」，亚东本同
〔五〕琴德　皖雅作「德甫」，按王昶字德甫。
〔六〕以下四图诗目　京本无，据皖本补。
〔七〕武清　皖本作「武清县」。

前言

吴敬梓（公元一七〇一至一七五四）是古典小说杰作儒林外史的作者，字敏轩，号粒民，中年后自称秦淮寓客。人称文木先生，晚年自号文木老人。他出生在安徽全椒一个「家声科第从来美」的世家，曾祖吴国对是清顺治十五年的探花，由翰林院编修做到侍读，「兄弟五人，四成进士」。祖辈中，吴晟康熙十五年进士，吴昺康熙三十年榜眼，吴早、吴昇亦是举人。其父（或谓嗣父）吴霖起是康熙二十五年的拔贡，只做到江苏赣榆县教谕，一生不得志，家道趋于衰落。

吴敬梓十三岁丧母，十四岁随吴霖起到赣榆，其后常来往于大江南北。到十八岁（或谓二十三岁）考取秀才，十九岁得长子吴烺，二十二岁随罢官的吴霖起回到全椒，二十三岁吴霖起病逝，从此他独担门户，生活面临一个转折。他从蓄意侵夺祖遗的近亲身上看到了地主阶级贪婪残暴的本性，用鸱鸮之凌弱比喻他们的欺凌；再从生活帷幕被掀开的这一角观察社会人生，看出了宗法家庭的黑暗、伦理道德的沦丧、人情世态的炎凉。年青人单纯而和谐的精神状态被打破了，不满和愤慨采取极端的形态表现出来，由愤世嫉俗激而为纵情悖礼，放浪不羁。这种愤激就是由对丑恶现象的强烈憤恨激射出来的叛逆情绪。此后几年，叛逆情绪随着接踵的不平事而日益增长，祖遗财产也随着叛逆情绪的增长而加速散尽，封建势力跟他的冲突越来越激化，「乡里传为子弟戒」，他被封建长老视作叛逆瘟疫的传染源加以防范排斥。他决不屈服，决不妥协，三十三岁时怀着「逝将去汝」

的决绝情怀，愤然离开故土移家金陵。

从全椒到南京，仿佛涓涓襄河汇入浩浩大江，生活向他敞开广阔的天地，他的叛逆思想也随之恣肆汪洋，向纵深发展，解剖的利刃由家族移向社会，思想的触角由个人命运扩至民族前途，对朝廷功令、礼教习俗，逐渐由抵触发展到抗拒。一七三六年春，他没有应安徽巡抚之荐到北京参加博学鸿词科的廷试。此后他索性连诸生籍也放弃掉，再也不参加乡试、科岁考等一切科举考试，常往来于真州、扬州、淮安一带，也到过苏南的溧水、高淳等地。四十岁前的生活和思想在文木山房集中都有真切的反映。大约就在不赴廷试的前后，他挥动如椽巨笔写作儒林外史，表现了对封建末世的严峻批判和对理想境界的探索追求，到一七四九年秋之前已基本成书，他还不断修改，一直到一七五四年客死扬州。

吴敬梓的侄孙女婿金和于一八六九年写的儒林外史跋说，吴敬梓有「诗说七卷」、「文木山房文集五卷、诗集七卷」，又说「诗文集及诗说俱未付梓，余家旧藏抄本，乱后（按指太平天国革命）遗失。」沈大成的全椒吴征君诗集序说，一七六三年夏，即吴敬梓逝后十年，吴烺来扬州，拿出所编文木山房集请他作序。吴烺在吴敬梓身后所编的这部文木山房集盖即金和所说的十二卷本吧，可惜至今也没有发现过。

一九二一年北京的带经堂书铺孙人和访得四卷本的清乾隆刻本文木山房集，计赋一卷（四篇）、诗二卷（一百三十七首）、词一卷（四十七首），共一百八十八篇；另附刻吴敬梓长子吴烺的春华小草诗五十二首、靓妆词钞词二十五首。卷首有唐时琳、吴湘皋、程廷祚、方嶟、黄河、李本宣、沈宗淳写的序，春华小草有金兆燕（棕亭）写的序。此集中吴敬梓诗词基本上是按写作时序编排的，词止于三十九岁生日作的内家娇，诗止于四十岁的除夕宁国旅店忆儿烺。大概是吴敬梓自编的四十岁前的韵文作品，他的好友黄河「方谋付之剞劂」，仪征的世交方嵋已经出资为他刻印，时当乾隆五年（公元一七四〇）左右。时隔一百八十年重现后，金和之子金仍珠闻讯，秉承父志出资由上海亚东图书馆排印一千部于一九三一年行世，行款悉依原刻，个别字作了改动，有的订正了原刻，有的反致错误。一九五七年古典文学出版社据亚东图书馆纸型重印六千部，是为通行本。本书以乾隆原刻本为底本，唯一可参校的只有亚东本。按校勘惯例，底本不误，他本误者，一般不出校，但鉴于亚东本通行后影响大，又是唯一参校本，本书仍然出校，以利于读者比较鉴别。此外，陈古渔辑所知集初编、朱绪曾辑国朝金陵诗征等也偶收吴敬梓韵文，俱作参校。

四卷本文木山房集不但未收作者四十岁后之作，而且未收散文。多年来在广大学者的努力下，陆续发现集外佚诗佚文三十二篇另两句，其中佚文四篇，大部分是四十岁前之作，佚诗二十八首另两句，则都是四十岁后之作，可以藉窥他的散文和后期诗作的面貌。例如吴烺同年好友王又曾（谷原）书吴征君敏轩先生文木山房诗集后所引两句佚诗「如何父师训，专储制举才」，就明显表现了吴敬梓反对八股科举的思想，弥足珍贵。

吴烺（公元一七一九至一七七〇或稍后）字荀叔，号杉亭，与乃父吴敬梓差仅十九岁。大约十岁就失去慈母而依倚年轻的父亲。十三岁随父游金陵，与精通音乐的周榘一起听吹笙，并观赏秦淮歌女若若的精湛技艺，留下极深的印象。五年后重逢若若，还写若若曲为她的迅速憔悴叹息不平。

十五岁随父移家南京，这年写的杂诗三首受到伯父吴檠（儒林外史中杜慎卿的原型）的激赏：「气味声调直入黄初，儿时涉笔遂臻此境，觉孔北海未是隽物，使我屐折！」在南京他曾从颜李学派信徒刘著学算学，为将来在这方面的成就打下基础。乃父更经常携他参加文士的诗酒之会，象与吴蒙泉（儒林外史中虞博士的原型）等宴集于程丽山护兰斋中的花朝盛会，直至一七六三年他在无锡喜晤吴蒙泉时还记忆犹新，写诗道：「忆向秦淮泛画船，花朝嘉会旧因缘，而今老辈销磨尽，无复笙歌旧绮筵。」由于父子同交游，两人之间超出了一般父子的感情，而且有了友朋的情愫，吴敬梓在病中忆儿烺中说，「有如别良友，独念少寒衣」，他们这种「父子相师友」的关系，在封建社会里是难能可贵的。吴烺弱冠就「自力于衣食」，栖迟于大江南北的东道主家，每逢岁、科考，就随父执冯粹中（儒林外史中马二先生的原型）由浦口至张家堡，坐夜行船抵滁州应试，但总是命悭，不能有寸进。

到一七五一年他的机会来了，这年一月乾隆南巡，经南京到达浙江绍兴，五月回北京，吴烺与王又曾、王鸣盛、钱大昕等六人以迎銮献诗赋被召试行在，赐举人，授内阁中书，从此开始了薄宦生涯。因为闲职，无所事事，他经常回到南京、扬州一带。入都供职的翌年——一七五二年秋，他就「乞假归觐」，到扬州世交洪楚珍家看高祖吴国对的墨迹，到真州姚雨亭斋中饮酒，到和州谒余忠宣祠，到姑孰使院晤韦药仙……直到一七五三年春其妻病剧，他从扬州赶回家，妻子已经辞世七日了，办完丧事他只好带着小女儿晋京。但只隔了一年，金兆燕驰书报艰：吴敬梓病逝扬州。于是一七五五年春他又买舟南还。正象他说的，「寸禄难为养，归心不自聊」他总不忘南归，从一七六三年春到一七六五年冬，他又「三年留滞广陵城」。这期间他到无锡，喜晤乃父最敬重的吴蒙泉；到镇江游焦山、金山；回到扬州招赘金兆燕之子兆良与小女儿成亲，了却亡妻的心愿；回到全椒老家，会见许多老朋友，回味了许多往事……这是他诗歌多产的时候，诗八、诗九和诗十的前半卷都作于此时。逛完进京才住一年多，「为忆江南旧钓矶」，他不禁又「泛潞河归」。这十几年他的生活就象将之都门留别邗江诸同好四首之二所描绘：「栖迟倦客本无家，身似鹪鹩阅岁华。淹惯酒痕襟袖湿，簪来花朵帽檐斜。疏灯老树听春雨，小艇秋潮送落霞。懒慢自怜真得计，片时安稳是生涯。」一方面是「四海无家惭薄宦」，感叹「身似鹪鹩阅岁华」；一方面又「懒慢自怜真得计」，沉湎于饮酒簪花渡生涯。

大约到一七六九年，他被派往甘肃，官宁武府同知，署府篆，但不满一年即以疾归，一七七〇年仲春之后就不见他的踪迹，比乃父更快走完人生的途程。

吴烺是名列畴人传的有成就的算学家，著有周髀算经图注、勾股算法等算术著作；他又是音韵学家，著有五音反切图说，并曾与程名世合辑学宋斋词韵。二十二岁之前的诗集春华小草、词集靓妆词钞附刻于文木山房集。一七七〇年「订所著曰杉亭集」请姚鼐作序。杉亭集今见清抄本两部：完整的一部藏中国社会科学院文学研究所（称京本），半页十行，行十九字，无框格，凡诗十一卷七百四十五首、词五卷二百四十八首。诗集无诗目，每卷均有纪年，起雍正十一年癸丑（公元一七三三年），迄乾隆三十四年己丑（公元一七六九年）。诗前有乾隆十九年甲戌（公元一七五四年）王鸣盛序、次钱大昕序，以及乾隆三十五年庚寅（公元一七七〇年）姚鼐序。词集无目录亦无纪年，词前有谢垣序（不署年月）和江炎序（乾隆昭阳协洽辜月作）。诗一、词一中各有数首已见于春华小草和靓妆词钞，整理时作了校记。为保持杉亭集原貌，在原位置仍保留，供研究。从抄本字迹看，似出三、四人之手，抄手文化水平也不齐，显然不是稿本，或系家抄本。本书即以这部完整的清抄本为底本，整理时，底本的异体字和俗字一般都以目前通行的规范字予以统一，不出校。明显的错字也径改不记。另一部清抄本藏安徽省博物馆（称皖本），开头缺序文和诗集的前三卷，后头缺诗集的卷十一和词集，仅存中间的诗集卷四至卷十。半页八行，行二十四字，无框格，字迹工整似出一人之手。所存诗七卷，除卷五末另页多出原为配图而作的劝耕诗十三首之外，其他各卷纪年、诗篇和编排均与京本相同，一般仅仅个别字有出入。唯诗九苦雨十首之三首句，京本是「墙上蜗涎几尺长」，皖本作「负壳蜗牛上粉墙」；诗十通州怀古第三句，京本是「酒怀历落霜枫似」，皖本作「酒颜赭渥霜枫似」，显胜于京本。两本孰先孰后未有确证，皖本不全，只好作校本。此外，吴烺好友王昶所辑琴画楼词钞，有乾隆戊戌（公元一七七八年）刻本，凡二十五卷，卷八收杉亭词七十四首，整理时作为校本，简称「王钞」。

杉亭集只有韵文，吴烺的表伯金榘（儒林外史中余大先生的原型）有泰然斋集传世，吴烺为之写了四百多字的跋文，这是难得的一篇吴烺散文作品。金榘一七六一年去世，跋文云「先生弃烺久矣」，可见是吴烺晚年之作。

吴氏父子的诗词自有其独立的文学价值，他们取神韵、性灵、格律诸派之长而自成面貌；他们以学者兼诗人，其诗兼诗人之诗与学人之诗，其词则兼豪放与婉约之胜。当时文人以诗相尚，友朋之间难免有激赏之词，不过也有一些能反映客观情况的评介，如李本宣序文木山房集说：「敏轩所存，大抵皆纪事言怀，登临吊古，述往思来，百端交集，苟无关系者不作焉，庶几步趋乎古人•毋怪乎见时贤之分题角胜，则惴惴乎谢不敏也。」相较而言，吴烺的千余首诗词中，依韵唱酬之作就多一些。王鸣盛概述杉亭诗说：「引哀乐于无端，感顽艳于片语，登山临水辄复黯然，送别怀人俱堪泣下」，这些确是基本内容。只有很少一些篇什较深地反映了现实，流溢出时代的气息，例如自鸣钟歌次家蒲江韵，面对外来的先进技术而「长太息」：「此钟制作出新意」，「禹鼎汤盘消未工」。在海禁里更抒发了对国家隐患的忧虑：「海中有岛屿，么麽潜僬侥。窃我中华粟，瞻彼昏与朝。……升平日已久，青苔生岩礁。沧溟望不极，高天正泬寥。畴能展长策。顿使隐患消。」

吴氏父子交游于当时各派学者之间，与汉学家、宋学家、天算学家、诗文书画家等等多有交往，他们的诗文是研究当时学术史，文学史的好资料，更是研究他们父子及儒林外史的重要资料。六大古典长篇小说作者中，有诗文集传世的，吴承恩外只有吴敬梓。借助文木山房集中某本编年的诗词，可以勾勒出吴敬梓的年谱；吴烺的诗词可以使这份年谱更加翔实丰富。吴敬梓的诗作不仅是展示作家外部行踪人生阅历的第一手材料，而且是坦露作家内心世界思想情感的第一手材料，这是其他任何传记材料所无法比拟的，正是凭着它，人们对儒林外史的理解有了飞跃性的进展，解开了许多难解之谜。

吴敬梓不仅把自己的生活经历和思想性格熔铸在杜少卿形象里，而且以他的许多亲友作为生活原型来塑造儒林外史的人物形象，小说中写杜少卿和与他相关联的情节，带有某些自传体小说的纪实色彩。因此，对他家世生平和交游的考察，就不仅是在一般意义上的对于小说作者的了解，而且已经成为研究儒林外史所不可缺少的一个重要方面：人物原型如何改铸成为小说形象，生活真实如何提炼成为艺术真实。吴敬梓的诗文不仅为杜少卿的原型（他自己）提供最珍贵的第一手材料，而且为杜慎卿、虞博士、牛布衣、季苇萧、汤镇台、余大先生来霞士的原型吴檠、吴蒙泉、朱草衣、李啸村，杨凯、金榘、王昆霞等人的交往提供了宝贵材料。吴烺诗词在这方面提供的材料不亚于吴敬梓，由于他与乃父「相师友」，他诗酒唱酬和忆念的对象有许多是父子俩共同的亲朋，如吴默岩（国对）、程嵋、吴烺妻、吴藜叔、吴蘅叔、吴爱棠、程廷祚、程丽山、程晋芳、金轩来、金兆燕、周幔亭、严东有、涂长卿、钱箨石、王縠原等，其中是儒林外史人物原型的有吴檠、金榘、吴蒙泉、冯粹中、程廷祚（庄绍光原型）、李啸村（季苇萧原型）、郭肇镄（高翰林原型）等人，杉亭集丰富了这些人物原型的材料，有助于了解他们与吴敬梓的亲密关系。

杉亭集从未梓行，文木山房集也已不易见，昔年余编儒林外史研究资料时，许多学者专家就希望能将它们整理出版，如今在安徽省古籍整理出版规划委员会的大力支持下，总算满足了学界的夙愿。在整理过程中吸收了时贤的研究成果，并多承吴孟复先生奖掖后进，诸伟奇同志鼎力相助，朱蔚云同志协助抄写，并此志感！集末附录吴氏父子重要的传记、年谱以及前人为两部集子写的序文，以供读者参考。由于才识谫薄，疏漏定所难免，恳望方家指教。

李汉秋 一九九〇年秋于北京

文木山房集

吴敬梓

文木山房集卷一　赋

拟献朝会赋　并序

臣闻：舜受终于文祖，辑瑞者群后；禹大会于涂山，执玉者万国。周礼太宰，象阙悬宪章之新；汉殿未央，著作历承明之选。讲礼述职，龙楼鹤禁之中；考绩献功，金陛玉阶之下。凡以正班爵之义，训上下之则也。

皇上握纪开阶，御符当璧。聪明智勇，商后之珠庭；敦敏徇齐，神农之玉理。仰观天而俯察地，栗栗孜孜；就如日而望如云，巍巍荡荡。林林兆姓，咸歌帝德之化神；济济臣工，喜觐天颜之咫尺。平章百姓，表正万邦。六相五臣，都俞吁咈；四门三宅，亮采畴咨。长治久安，犹虚座而侧席；既富方谷，仍省赋而蠲租。尧鼓舜旌，尽彷徨于寤寐；周韶夏磬，愈懋勉而焦劳。明试以功，襄赞不愆于图事；从欲以治，拜飏罔愧于质诚。重译来朝，听欢声之雷动；介圭入觐，联班序以云名。

臣早披绵蕞，未列簪绅，欣逢喜起之年，时雍于变，幸值明良之运，乃赓载歌。其辞曰：

月在孟陬，岁次柔兆，皇帝方昭受命之符，登圣人之宝，命典仪以领赞，征诸生而搜讨。瑞烟笼鸱吻之光，旭日丽龙尾之道。朱宫则蔼蔼以透迤，丹地则耽耽而窈窕。万户曦多，重檐雾少，玉花停夜，金壶送晓。殷殷戴旞，映宫草之霏微；细细炉烟，驻游丝之缭绕。凛昊天之明旦兮，较鹓班而尤肃；问夜色之未央兮，比鸡人而更早。鱼钥欲启兮，哕哕鸾声；凤辇将驾兮，晰晰庭燎。

维时沙堤堂老，金铉银青，鸣珂列炬，争看火城。禁花宫漏，澹月疏星，上林莺啭，晓陌鸡鸣。法度重，尊卑明，扬旌旆，盛簪缨。冠盖兮赫奕，章服兮锦荣。金阙晓钟，警侍臣之待漏；玉阶仙仗，许学士之登瀛。绀练辉兮霞采，霜戟照兮春晴，羽旄飞兮驰道，翠华停兮璇扃。衣冠香惹，剑佩花迎。整齐以正八表兮，共听传跸之肃；遏密方在四海兮，不闻大乐之声。

于是开阊阖之门，坐太极之殿，尽列龙旂，才分雉扇。日色方临，香烟徐转。玉佩鸣兮声锵，金蝉耀兮目眩，翠烟扬兮高旌，淑景辉兮雕辇。才稀昼漏，久与宰执以相亲；有蔼天颜，不使近臣之习见。银烛光添，玉珂采绚。端拱而无为兮，爱育黎民；过化而存神兮，裁成赤县。宫殿兮风微，阶陛兮露溅，绨几兮式凭，束帛兮既荐。

尔乃百揆使宅，五教敬敷，五流有宅，五宅三居；草木鸟兽，畴作朕虞；惟寅惟清，秩宗共图；直温宽栗，典乐是娱。天子曰咨，群臣曰都。心腹兮耳目，左右兮与俱。山龙华虫兮、观垂裳之象；宗彝藻火兮，用作服之需。五采五色兮，彰于百辟；六律五声兮，振于九衢。翼为明听，臣邻奔趋，光天之下，至于海隅。则有王贽将荣，宫槐常守，祥拥帝梧，瑞笼尧柳。玉盘仙掌，金茎天酒。梁高燕雀，旗翻蚴蟉。嵩呼兮币地，拜舞兮稽首。捧丝纶兮，千堆珠玉之辉；锵环珮兮，一部笙箫之奏。受天之祜兮，惟其有章；何福不除兮，俾尔单厚。

猗欤休哉！元首明，股肱良，庶绩熙，庶事康。虞宾光于列位，呼韩厕于班行。百僚济济，万国皇皇，内自畿甸，外被要荒。司仪之职无替，胪人之列有章。若川流之归海，犹湛露之晞阳。惟日征而月迈兮，一人有庆；祝卜年而卜世兮，万寿无疆！

正声感人赋 以「清明广大五色成文」为韵，抚院取博学鸿词试帖。

天子省风，圣人御宇，既攸叙兮九功，复孔修兮六府，择吉日而合乐，乃伶伦之俱举。云门太蔟，咸池大吕，太濩太韶，大夏大武。饬归出滞兮，用半用全；崇德象功兮，登三咸五。

维时奏龙簴，吹凤笙，鸾箫咽，鼍鼓鸣。矇瞍入奏，司乐载赓，分扚节度，实大声宏。晨露承云，灿龙楼之日丽；朱弦疏越，映凤阁之花明。溯休和于中天，纪克谐于虞代，兽舞凤仪，皋赓禹拜。维我皇之至德，迈前圣而尤最。舞籥歌钟兮，奏以九成；伐鼓拟金兮，宣于两大。

佳气兮郁纷，响遏兮行云。云和灵应，琅璈奇芬。干羽修两阶之舞，戈鋋靖万里之军。既从五降之节，遂成五色之文。

斯时也，大地昭融，芳晨昼朗，昭德表功，合乐亲往。洞心骇目兮，律吕清音；虚己竦神兮，笙竽逸响。递奏岂二八，繁弦非一两，轻尘已飞散，游鱼亦翻荡。将调露以致和，比钧天而更广。

尔乃八音繁会，九变希声。播德留兮睿赏，通灵协兮群情。和阴阳兮，五音六律，顺天地兮，六莖五茎。维畅中而动外，斯激浊而扬清。于是太和之气，出而相值，贞臣思奋，贤士益饬，为国之良，为邦之直。正直兮平康，刚克兮柔克，休明兮鼓吹，鸿猷兮润色。

猗欤感人，厥惟正声。协五事，丽五行，宣九德，布八纮。用之邦国，格于神明。

以雅以南兮，与七政而并用；享亲享帝兮，共五礼以俱呈〔一〕。无增悲而导欲，乃情至而文生，爰拜手而稽首，祝久道而化成。

继明照四方赋　学院取博学鸿词试帖

两仪垂象，二曜著形。羲轮随转，望舒靡停。丽天出地，水气金精。纤阿既洁，阳德方亨。弭节于旸谷兮，运浑仪而转毂；照槛于扶桑兮，应圣主之神明。

维时出震继离，膺图御世。炎、昊、牺、轩，云师火帝。仰观俯察兮，合璧重轮；齐政窥玑兮，悬车顿辔。凫飞骐步兮，既倍显其晶华；顾兔蟾蜍兮，亦尤呈其光丽。

惟睿作圣，惟德参天，阴阖阳辟，动直静专。感而后应兮，采移华耀。言而后行兮，光照珠连；成器致用兮，不遗乎寸晷；容民畜众兮，克肖于张弦。

九德既备，四时咸宜，三纲攸综，万物恬熙。穷神知化兮，共耀灵而并丽；体信达顺兮，与朱明而同规。

遂乃远及山陬，遥通海峤，参赞两大，整齐八表。东渐西被兮，无非翘首之歌；朔易南讹兮，大有含哺之貌。洵俊德之克明，乃无微之弗照。

至于师师鹭序，肃肃鹓行，常依覆帱，得觐焜煌；若葵心之向燠，犹湛露之晞阳。

他如雕颜卉服，候甸要荒，俱承煦育，胥受容光。寥远月氏之国，迢遥日出之乡，皆因风而受吏，尽重译而来王。信太平之有象，正化日之舒长，惟照临于九字，以表正于万方。

移家赋 并序

粤以癸丑之年，建寅之月，农祥晨正，女夷鼓歌。余乃身辞乡关，奔驰道路。士云晏婴爽垲，先君所置，烧杵掘金，任其易主。百里驾此艋艇，一日达于白下。信美，客终畏人。阮籍之哭穷途，肆彼猖狂；杨朱之泣歧路，悲其南北。

昔陆士衡之入洛，卫叔宝之过江，俱以国常，非由得已。梓家本膏华，性耽挥霍，生值承平之世，本无播迁之忧；乃以郁伊既久，薪爨成疾。枭将东徙，浑未解于更鸣；乌巢南枝，将竟托于恋燠。烟寒土锉，仲蔚之居尽蓬蒿；月冷绳床，陈平之门惟湫席。心妍面丑，力薄才绵，紫萱岂疗愁之花，丹棘非忘忧之草。

饥者歌食，劳者歌事，觇缕俱荒耗之讥，忳悒尽侘傺之况。叹老嗟卑，思来述往。御炉宫锦，旧事销沈；葛帔西华，故交零落。汜腾财散，聊自适于琴书；贾岛诗穷，复何心于薪米？相如涤器，炉边有嫮姱之女；景略鬻畚，山中遇蹒跚之翁。

诛茅江令之宅，穿径谢公之墩。乌衣巷口，燕子飘零；白板桥边，渔舟欸乃。苔殷蚕紫，凄凉何代江山；断碣缭垣，寂历前朝陵树。帘开昼永，雀作嘉宾；户冷宵澄，鱼为门钥。具崔洪之癖，不言货财；读潘尼之诗，易遗尺璧。

遂乃笙簧六艺，渔猎百家。有若之恶卧，淬之以掌；苏子之屈首，刺之于股。坐萧藻之床，书帙蠹希；映孙康之雪，炉香鸭困。林宗不改其乐，伛偻用志不分。竟同元豹，任终隐以无伤；转惭蛱蝂，能负财以至死。虽无扬意之荐，达之天子，桓谭之赏，传于后人，优哉游哉，聊以卒岁。

蛟入仲舒之怀，凤吐子云之口，染翰列元中之名，别馆著紫方之号。金梭玉海，连城足比，秃友退锋，成功可期。千户之侯，百工之技，天不予梓也，而独文梓焉。追为此赋，歌以永言，悲切怨愤，涕唾流沫。左思之赋覆酱瓿，亶其然乎？李贺之诗投溷中，是吾忧也！

我之宗周贵裔，久发轫于东浙。按族谱，高祖为仲雍九十九世孙。有明靖难，用宣力于南都。远祖以永乐时从龙。赐千户之实封，邑六合而剖符。迨转弟而让袭，历数叶而迁居。始祖讳转弟公，自六合迁全椒。值前代之中天，正太和之宇宙，逮淮南为编氓，勤西畴以耕耨。陨荣露而脂凝，合萧云而车覆。春亩青连，芳郊绿绣。鸱啭而掇撷镰挥，蟀吟而轧轧织就。舣舟于蔡姥湖边，扶杖于丁姑祠右。（蔡姥湖见全椒志，丁姑祠见搜神记）爱负来而横经，治青囊而业医，鬼臾区以为友，僦贷季以为师，翻玉版精切，研金匮之奥奇。德则协于仁恕，知则达于神示。聪明理达，淳良廉洁，道遗金而不拾，墙有桃而讵折，（先世还金事，至今乡里皆称之。）讲孝友于家庭，有代传之清节。

信作善之必昌，乃诞降于高祖。自束发而能文，及胜衣而稽古。绍绝学于关闽，问心源于邹鲁。梦舟篆而能吞，假采毫而不与。清丽稆绵，疏越朱弦，风行水上，繁星丽天。初奋发于制举，仍追逐于前贤，仲舒无窥园之日，公美无出墅之年。遭息翮而垂翅，遽点额而迍邅。夜珠之光按剑，泣玉之泪如泉。暖风晴日，张乐花前。望龙门而不见，烧虎尾而茫然！席帽随身，番毡盖骨，躬耕而田病硗确，转徙而财难薛越。贫居有等身之书，干时无通名之谒。（宁国太守关骥以书召，谢不往。）时呵壁而问天，遂举觞而喝月；种白杨于萧斋，感黄槐于林樾。垄上乌飞，花间莺歇，流水潺湲，寒山硉矹，无不伤迟暮于美人，白盈颠之华发。乃守先而待后，开讲堂而雒诵，历阳百里，诸生游从。鸟啼花影，马嘶香鞚。莛轴之寤寐言，趾离之告吉梦，见神物之蜿蜒，占大璋之载弄。（高祖梦神物，而太史、黄门李生〔二〕）肇锡之以嘉名，命王家而作栋。

于是驹齿未落，龙文已光，始则「河东三凤」，终则「马氏五常」。或笃志于铅椠，或尽力于农桑，曾祖兄弟五人，四成进士；一为农，终布衣。寻桑根之遗迹，过落叶之山房。家有逸民之号，人传导引之方。东华遗俅，阆苑翩翩，落次仲之翮，逐箫史之凰。布衣公无疾而终，人传仙去。伯则遨游薇省，叔则栖迟槐署，季抗疏于乌台，受两朝之眷顾。似子固兄弟四人，吾先人独仿晚遇。常发愤而揣摩，遂遵道而得路。三殿胪传，九重温语，宫烛宵分，花砖月午。张珊网于海隅，悬藻鉴于畿辅，诏分玉局之书，渴饮金茎之露。表白首之词臣，久赤墀之记注。

五十年中，家门鼎盛，陆氏则机云同居，苏家则轼辙并进，子弟则人有凤毛，门巷则家夸马粪。绿野堂开，青云路近，宾客则轮毂朱丹，奴仆则绣䌷妆靓，卮茜有千亩之荣，木奴有千头之庆。宅为因旧，斋号长梁，禽鸣变柳，燕寝凝香。故物唯存于簪笏，旧业不系于貂珰，谢棋子之方褥，去班丝之隐囊。纱帷昼暖，素琴夕张，图史与肘案相错，绮襦与轩冕俱忘。听吕蒙之呓语，过张申之「墨庄」，鼎文有证谬之辨，金根无误改之伤，羡延陵之嚣子，擅海内之文章。

吾父于是仰而思，坐以待，网罗于千古，纵横于百代，为天下之楷模，识前贤之纪载。实文苑之羽仪，鲜沧海之流芥。元默以为稼穑，洪笔以为钼耒。独正者危，至方则阕。九州之被有余，三秀之门斯在。雕虫而耻壮夫，弃觚而叹散儒。讲家邹峄，策名帝都，摩石鼓之文，听圜桥之书。当捧檄之未决，念色养之堪娱，感蔡顺之噬指，鄙温峤之绝裾。捆蒲苇而织屦履，瀚厕牏而涤溺器。菽水堂前，板舆花里。见孝草之敷荣，有慈鸦之戾止，六芝竞进以延年，五采戏前而色喜。曾参之心乐三釜，赵概之母年八十。身隐而文焉用，善养而禄弗及，方遂茅容之愿，遽下皋鱼之泣。肝干肺焦，形变骨立。白蛇素狸之扰，皓乌皭雀之，凡见似而目瞿，皆隐志之相及。丧葬既毕，精业维勤，卷之万象，挥之八埏。守子云之玄，安黔娄之贫，观使才于履屐，作表帅于人伦。郈成分宅之义，羊舌下泣之仁。门堪罗鸟，庭无杂宾，挥乐广之麈，书羊欣之裙，马帐溢执经之客，鹿车骈问字之人 暮年黉舍，远在海滨，时矩世范，律物正身 时游历于缁帷，天将以为木铎。系马堂阶，衣冠万襚。鲑菜萧然，引觞徐酌。春夏教以诗书，秋冬教以羽龠，乌革翚飞，云薨连阁，见横舍之既修，歌泮水而思乐。先君为赣榆教谕，捐资破产修学宫。凛朽索之驭马，每求信于尺蠖，守规矩与绳墨，实方圆而枘凿。微子之叹蓬飞，仲尼之感桑落，归耕颍上之田，永赴遂初之约。先君于壬寅年去官，次年辞世。贤人则岁在龙蛇，仙翁则惟遗笙鹤。

于是君子之泽，斩于五世，兄弟参商，宗族诟谇。假荫而带狐令，卖婚而缔鸡肆，求援得援，求系得系。侯景以儿女作奴，王源之姻好唯利。贩鬻祖曾，窃资皂隶，若敖之鬼馁而，广平之风衰矣！彼互郎与列肆，乃贩脂而削脯，既到处而辙留，能额瞬而目语。鱼盐漆丝，齿革毛羽，涩[illegible]豕[illegible]，驵侩枝梧，漉沙撦白，熬波出素，积雪中春，飞霜暑路。迁其地而仍良，皆杂处于吾土。山獠人面，穷奇锯牙，细旃广厦，锦幄香车，马首之金匼匝，腰间之玉辟邪。春风则乘醉而倚，秋月则倍明于家。昔之列戟鸣珂，加以紫标黄榜，莫不低其颜色，增以凄怆，口嗫嚅而不前，足盘辟而欲往。念世祚之悠悠，遇斯人而怏怏。

梓少有六甲之诵，长余四海之心，推鸡坊而为长，戏鹅栏而岔深。嗟早年之集蓼，托毁室于冤禽，淳于恭之自箠不见，陈太丘之家法难寻。熏炉茗碗，药臼霜砧，竟希酒圣，聊托书淫，句锻季炼，月弄风吟，谈谐不为塞默，交游不入佥壬。尔乃洛阳名园，辋川别墅，碧柳楼台，绿苔庭户，群莺乱飞，杂花生树，枕石漱流，研朱滴露。有瑰意与琦行，无捷径以窘步，吾独好此姱修，乃众庶之不誉。贺拔甚之交疏，刘偶鹘之门杜，群疑羹寞，有似壘尿，蜩蜩䎘䎘，跖跖栖栖。无为牛从，宁为鸡尸。灌夫骂坐之气，庄叟物外之思。壮士欸兮绝天维，北斗戾兮太山夷，闭户而学书空，叩门而拙言辞。至于眷念乡人，与为游处，似以冰而致蝇，若以狸而致鼠，见几而作，逝将去汝！飘瓦而忮心不怨，虚舟而惼心不怒。买丝五色，绣作平原君；有酒一杯，唯浇赵州土。

当其年少旅愁，东下西游，向临邛以作客，过邺下而登搂。马鸣驿路，鸡唱星邮，严霜点鬓，酸风射眸。鼠窥灯而破梦，鸟啼树而生愁，月晓则深林寂寂，叶落而古道飕飕。风力酒冰，寒威绵折，行道迟迟，忧心惙惙。日薄西山，乍明乍灭，有迷津而莫问，无幽事之可悦。乐莫乐兮新相知，悲莫悲兮生离别！看山光而黯淡，听水声而呜咽。既而名纸毛生，进退维谷。叹积案而成箱，亦连篇而累牍，虽浚发于巧心，终受欪于拙目。鬼嗤谋利之刘龙，人笑苦吟之周朴。竟有造请而不报，或至对宾而杖仆。谁为倒屣之迎？空有溺庐之辱。拨寒炉之夜灰，向屠门而嚼肉。五世长者知饮食，三世长者知被服。彼钱癖与宝精，枉秤珠而量玉，遂所如而龃龉，困穷涂而瑟缩。

金陵佳丽，黄旗紫气，虎踞龙盘，川流山峙，桂浆兰舟，药栏花砌，歌吹沸天，绮罗扑地，实历代之帝都，多昔人之旅寄。爱买数椽而居，遂有终焉之志。楼外花明，帘前日丽，竹院风清，纸窗雪霁。常扪虱而自如，乃送鸿而高视。吊六代之英才，忽怆焉而陨涕！彼夫金张之馆，许史之庐，南邻钟磬，北里笙竽，有万人之僮客，具千乘之辎车，生奇树于庭内，待时英而馆虚，久从吾之所好，岂有慕于彼都！乃有青钱学士，白衣尚书，私拟七子，相推六儒，既长吟而短啸，亦西抹而东涂，咸能振翼于云汉，俱夸龙跃于天衢，谁解投分之交，惧诵绝交之书。

于是登高舒啸，临流赋诗，朝露之托柏叶，枯朽之出菌芝，世事则唯感木槿，文字则竟少萋蕤，浇书摊饭，朝斯夕斯。况复回文织锦，故人织素，鬓影春风，缟衣茹藘，垂露华于石井，弹绿绮而佳趣，不工封禅之书，聊作美人之赋。别有何戡白首，车子青春，红红小妓，黑黑故人。寄闲情于丝竹，消壮怀于风尘，识沈约梦中之路，销江淹别后之魂。谦以称物而平施，忍以含容而成德，石火电光，终于此灭 取富贵以何时，嗟韶年之转迫。

且夫消息盈虚，天道扗焉。余家世于淮南，乃流播于江关，枯鱼穷鸟，不可问天。布衣韦带，虚此盛齿，寄恨无穷，端忧讵止？忆风景之通华，写哀思于侧理，妙曲唱旗亭，绝调歌于郢市，正如雍门之琴，闻而泪落无休，素女之瑟，听则悲生不已！

校　记

〔一〕礼　亚东本作「体」。

〔二〕挛　原本、亚东本作【挛】。

文木山房集卷二　诗一

观　海

浩荡天无极，潮声动地来。鹏溟流陇域，蜃市作楼台。齐鲁金泥没，乾坤玉阙开。少年多意气，高阁坐衔杯。

西墅草堂歌

先人结庐深山中，布衣蔬食一亩宫。青山层迭列画障，缘树槎栎映帘栊。门迎流水蓼花湾，牧唱樵歌竞往还，琴樽无恙尘嚣静，指点深林暮霭间。有明末运干戈里，黄巾赤眉纷如蚁，淮南十家九家空，眼看城郭生荆杞。先人仓皇走避兵，茅屋倾攲茂草生，污莱满目牛羊下，野水争流禽鸟鸣。五十年来成幻梦，斜阳废墅少人行。吾先君子长太息，欲将旧宅重经营。手持钱帛告田父，昔吾先人此环堵，多年侵夺勿复言，梁燕飞来知故主。茅茨重葺土重筑，酾酒诸昆共挥麈，竹苞松茂好相期，莫忘先人庆宁宇。只今摇洛又西风，一带枫林绕屋红。明月空传天子诏，西墅「一轮明月，高拟鹿门」，庄烈皇帝敕书中语。岁时瞻仰付村翁。

雨

轻暖卷帘衣，孤亭暮雨微。落红辞密树，新缘满遥扉。阶下苔痕长，梁间燕子归。西窗灯影暗，枯坐欲忘机。

遗园四首

辛苦青箱业，传家只赐书。荒畦无客到，春日闭门居。柳线和烟结，梅根带雨锄。旧时梁上燕，渺渺独愁予。

新绿渐成阴，催耕闻暮禽。治生儒者事，谋道古人心。薄俗高门贱，穷途岁序深。无聊爱坟籍，讵敢说书淫。

秋声何日到，残暑去天涯。鸦影梭烟树，松阴绘月阶。病魔皆故物，诗境落孤怀。独倚危楼望，清光聚此斋。

风雨漂摇久，柴门挂薜萝。青云悲往事，白雪按新歌。每念授书志，其如罔极何！可怜贫贱日，只是畏人多。

杂诗

鸿雁鸣邕邕，白露凄以坠。大夫用为贽，德与长者配。或谓之鸹鹅，南游青春背。况乃上虞县，民力遂可废。春衔拔草根，秋啄除其秽。怅焉忽单飞，孤鸣中肠碎。伤彼水中鸠，关关和其喙。

初夏村居罗锦宣携樽过访赋谢

风雨弥旬久，晴天一启扉。客携樽酒至，惊乱林鸟飞。刺水秧针瘦〔一〕，沾人柳汁肥。江东老罗隐，明月送将归。

病夜见新月

一痕蟾光白昼残，空庭有人病未安。暮禽辞树疑曙色，影落文窗移琅玕。无聊尽日秋声聚，露重罗衣玉骨寒。欲攀仙桂问月姊，老兔深藏不死舟。仰天长啸夜气发，丝丝鬼雨逼雕栏。

小桥旅夜

客路今宵始，茅檐梦不成。蟾光云外落，萤火水边明。早岁艰危集，穷途涕泪横。苍茫去乡国，无事不伤情〔二〕。

风雨渡扬子江

几日秣陵住，扁舟东复东。浓云千树合，骤雨一江空。往事随流水，吾生类转蓬。相逢湖海客，乡语尽难通。

残春僧舍

花落回廊静，钟声丈室过。三春青鬓改，一院绿阴多。客久无乡梦，愁深有病魔。独怜良夜永，明月在藤萝。

笙

数声鹍管绛唇干，拨火金炉夜向阑。孺子独生伊洛想，仙娥曾共幔亭看。几时天上来青鸟，何处风前听紫鸾。最忆澄心堂里曲，小楼细雨十分寒。

琵琶

凤尾龙香世莫传，半弯迤逦系冰弦。雪深六月明妃冢，泪满三更商妇船。坐啸竹林差共拟，重登花萼亦堪怜。郁轮袍曲非难制，只是无因上舞筵。

早春过冶山园亭追悼周羽士

晴光冉冉过楼台，仄径扪萝破藓苔。仙客已归蓬岛去，名园仍向冶城开。独怜残雪埋芳草，又见春风绽野梅。十载知交存此地，只今寥落不胜哀。

扬柳曲送别沈五遂初

江南二月春风吹，江边扬柳千万枝。行人欲折不忍折，笼烟蘸雨垂绿丝。王恭张绪不可见，困酣娇眼如欲啼。攀条流涕桓宣武，何不移栽玄武陂。昔日幽燕轻薄儿，斫取柔条系班骓。越溪春半如花女，祓禊牵裳怜爱谁？羌管声中伤别离，声声寄我长相思。

寄怀章裕宗二首

柳烟花雨记春初，梦断江南半载余。直到东篱黄菊放，故人才寄数行书。

香散荃芜梦觉迟，灯花影缀玉虫移。分明携手秦淮岸，共唱方回肠断词。

寄李啸村四首

带雨征鸿过晚天，怀人中酒夜无眠。小山丛桂今安在，欲赋淮南招隐篇。

邺侯风骨谪仙狂，白下空台咏凤凰。好佩茱萸食蓬饵，菊英满泛九霞觞。

飘零身世同秋雁，寂寞郊坰狎野宾。浪说吴刚能斫桂，无由得见月中人。

修竹千竿酒百樽，华林江左旧名园。共君相约年年醉，世上升沉安足论？

仿周羽士

岂是黄金不铸颜，刚风浩劫又吹还。月明笙鹤缑山顶，归向蓬莱第几班？

登周处台同王溯山作

高台多春风，旭日照彼岨。揽袂试登临，怀古遥踟蹰。昔者周孝侯，奋身三恶除。家本罨画溪，折节此读书。古今同一辙，与君皆侨居。工愁吴季重，深情王伯舆。抗志慕贤达，悠悠千载余。

春兴八首

秦淮三月水，芳草缘回汀。楼外莺梭哢，窗前渔榜停。午烟随处满，卯酒未曾醒。花事知何许，柴门竟日扃。

移居星岁易，为爱白门山。笛步连花港，兰舟系柳湾。窥檐宾雀去，绕树暮鸦还。长昼茶铛沸，耽吟亦解颜。

失计辞乡土，论文乐友朋。为应蓬自直，聊比木从绳。挥麈清风聚，开樽皎月澄。回思年少日，流浪太无凭。

但觉黄金贱，其如白璧玼。缠头当日价，乞食近年诗。顾曲周公瑾，呼卢刘穆之。欢场无限事，犹自系相思。

兴来凭水槛，岂是好楼居？嗜酒嵇中散〔三〕，窥园董仲舒。闲情时有作，消渴病难除。一事差堪喜，侯门未曳裾。

小牐通潮信，春风漾碧流。玉箫声断续，银蒜影夷犹。北里寻商女，南朝问故侯。衔泥双燕过，落日水明楼。

近市居原误，无由学灌园。诛茅江令宅，蜡屐谢公墩。漫画终何益，寒号亦自存。每将偕隐意，三复昔人言。

积雨朝来霁，坦衣上板桥，春光自明媚，客思转萧条。柱按鹍弦剧，杯倾鹊脑消。残灯高枕夜，梦里故山遥。

古意

妾年十四五，自矜颜如花。靡容翳鲛绡，腻理覆蝉纱。耳珰垂明月，脸晕凝朝霞。黄金饰钗蠹，碧珠缀鬓鸦。褰帷当户坐，皎皎灿天葩。爇火博山然，云母屏风遮。女师勤针凿〔四〕，侍婢理筝琶。母兄命良媒，交口称柔嘉。自缘相本好，那复委泥沙。岂知盛年去，空闺自长嗟。五陵轻薄儿，纷纷斗骄奢。遂言邻女美，弃妾不复夸。含羞临晓镜，恐似鸠盘茶。

冶城春望

铸剑池临古道旁，忠贞祠墓枕平冈。雨余圆藓生虚壁，风过长松倚坏墙。建业三春花事好，勾吴千载霸图荒。衣冠晋代浑难问，独凭高原空夕阳。

过金舅氏五柳园旧居

红土山前柳色深，几年凄怆在江浔。养花天气春寒浅，易主亭台往事沉。瘴雨蛮烟悲宦况，舅氏为广西修仁令。蛛丝蜗篆尚庭阴。回思赌墅围棋日，寂寞羊昙泪满襟。

永庆寺

桃花红映上方时，蜡屐登临有所思。昔日主家罗绮盛，寺相传为梁永庆公主香火。只今佛地绣幡垂。招提夜雨寒茶灶，店舍春烟飏酒旗。尽日小楼贪习静，浮屠倒影壁间移。

过丛霄道院

康熙丙子岁，先君子读书其中，今道士尚存，年九十余矣。

铃铎风微静不闻，客来芳径正斜曛。烟昏树杪鸦千点，水长陂塘鹭一群。幽草缘遥寻古刹，疏窗碧暗哭遗文。白头道士重相访，极目满山飞乱云。

滁州旅思

晓望诸峰翠色新，雨余芳草碧如茵〔五〕。春光已过湔裙节，胜地浑无蜡屐人。旅病那堪花入梦，暮寒不厌酒沾唇。遥思二月秦淮柳〔六〕，蘸露拖烟委曲尘。

九日约同从兄青然登高不至四首

尽日凭阑有所思，夕阳不见野艇移。窗前绿水纹如縠，一夜清霜减旧时。

绿橙手擘味清嘉，黄菊枝头渐著花。独坐河亭人不到，一帘秋水读南华。

吾家才子推灵运，也向秦淮僦舍居。故国茱萸从插遍，登高作赋已全虚。

寒烟幕罨暗长桥，几点渔灯趁晚潮。酤得邻家新酿美，半炉麸炭火亲烧。

秋病四首

女兰香细掩窗纱，白夹单衣病里加。一缕药烟当水槛，寒蝉声断夕阳斜。

附：同作　芜湖　朱卉草衣

月影初临树影加，茶烟将断篆烟斜。闲凭曲录阑干立，一架秋风扁豆花。

素领应随秋气深，却缘消渴罢弹琴。美人一赋堪千古，何用子虚与上林。

当风怕看来宾雁，苦雨愁闻逐妇鸠。不是邻家遗潘沐，那能临镜强梳头。

屯贱谁怜虞仲翔，那堪多病卧匡床。黄金市骏年来贵，换骨都无海上方。

石城晚泊

落日寒江上，吴艒挂短篷。荻花连岸白，烛影傍人红。大泽眠鸥鹭，晴天响雁鸿。焚香祝奇相，愿借一帆风。

渡江

呼妇鸠声水一涯，鱼唫犹恐尚风霾。痴儿不识波涛险，笑指船如水靸鞋。

望真州

波光骀荡绿杨湾，渔市人家晒网还。日暮危樯依曲港，寒云遮断小帆山。

访杨东木敷五

相看铩翮漫歌呼，羡尔龙文与凤雏。买棹寒江冰欲合，连床细雨酒频酤〔七〕。回廊自署汤提点，长夜唯消木野狐。不是故人施榻待，扁舟风雪又菰芦。

不寐

客中眠未稳，漏鼓听愈真。月落乌辞树，灯昏鼠近人。酒痕淹病肺，诗卷伴闲身。侧耳棋枰响，因思王积薪。

将往平山堂风雪不果二首

平山堂畔白云平，文藻偏能系客情。不似迷楼罗绮尽，只今惟有暮鸦声。

空怀迁客擅才华，不见雕阑共绛纱。却忆故山风雪里，摧残手植老梅花。

月

二分明月好，深夜自光辉。玉兔臼常满，金猊香渐微。车螯寒荐酒，橘柚晚侵衣。遥念青溪口，凭阑盼我归。

赋得秘殿崔嵬拂彩霓 督院取博学鸿词试帖

长乐钟声启，天门羽仗齐。深宫开户牖，秘殿俨榱题。瑞霭螭头丽，香烟鸱吻迷。芝房含旭日，藻井映晴霓。枫陛多鸣玉，彤廷半执圭。银青来复道，金紫向沙堤。但觉层霄近，还疑弱木低。红梁才语燕，绛帻又鸣鸡。采色辉珠箔，华光映锦绨。喈喈娇鸟唤，恰恰晓莺啼。率舞兽咸拜，联班马正嘶。几多词赋客，通籍在金闺。

赋得云近蓬莱常五色 抚院取博学鸿词试帖

龙楼朝日丽，凤阁瑞云翔。肤寸看初合，觚棱倏已光。氤氲含彩仗，叆叇映旂常。白鹤春风满，轻鳞淑景长。纪官宜殿陛，为雨润农桑。五色兼三色，千秋捧圣皇。

赋得敦俗劝农桑 学院取博学鸿词试帖

淑景尧封丽，仁恩禹甸长。辛勤看士女，劝课重农桑〔八〕。绿野春如绣，青郊草正芳。畦边挥黛耜，陌上执懿筐。兰泽高低遍，苹花远近香。和风来密树，甘雨溢方塘。戴胜飞何急，仓庚语转忙。定将收茧税，纻待莠苞稂。喜见趋耕织，欣瞻裕盖藏。豳诗堪入咏，朋酒祝无疆。

题王溯山左茅右蒋图

平生我爱王摩诘，辋川图画妙入神。箧藏此图三十载，晴窗拂拭无纤尘。有时酌酒与裴迪，花枝草色眼中新。浮云富贵非所好，爱山成癖乐其真。披图沉吟仍怏怏，辋川野色平于掌。那似江南烟水区，丹青紫翠多骀荡。嵚崟碕礒仍硱磳，崔嵬历陵人观仰。白门佳丽古所称，谁其峙者茅与蒋。几年卜筑板桥住，秦淮水色钟山树。木兰舟内急觞飞，杨柳楼边歌板度。著书仰屋差自娱，无端拟献金门赋。授简曾传幕府招，蜡言栀貌还枝梧。秋风襆被返白门，窗外寒潮退旧痕。咄嗟独凭阑干立，长者叩户笑言温。手持绝妙倪迂画，画出逍遥庄叟园。短松少鹤相随久，修竹啼莺古意存。两山翠色烟云绕，中有草堂深窈窕。书卷应堪比邺侯，樵苏时复思庄蹻。几棱欣看远近田，一条寒玉溪光晓。春秋佳日快登临，高怀那许尘容扰。雅志高怀见此贤，何须服食求神仙？兰台家世千秋重，艺苑文章四海传。只此蓬瀛共瑶岛，休言绿野与平泉。便拟将身入图画，不羡王维居辋川。

寒夜坐月示朱草衣二首

今夜霜中月，依然照独吟。短檐窥野马，曲木碍归禽。但觉情怀减，其如岁序侵？邻家歌舞宴，彻晓恼人心。

忽念朱居士，耽吟夜捻髭。篆烟萦画障，漏水咽铜蠡。蠹木虫何苦，钻窗蜂太痴。何当一樽酒，斟酌月明时。

雪夜怀王溯山山居二十韵

十日不相见，相思契转深。端忧多雪霰，怅望好园林。钟阜浓于染，茅山翠欲沉。垂缯看凛烈，磐石积顽阴。马蜎严威集，鸦翎宿雾侵。湿苔封薜户，空穴送霜砧。织楚门将塞，诛茅路可寻。田家新酿酒，土室且孤斟。肘后堆青简，床头枕素琴。定须擒寸管，讵肯恋重衾。红树酣荒店，黄花辞故岑。玉虫寒闪闪，金虎夜愔愔。凤尾松堪宝，龙丝竹似针。天怀原澹泊，风物任萧森。不独常披翰，还宜爱盍簪。扁舟良友聚，施榻故人心。荆门、跃舟同在山庄。絮语同挥麈，摊书共识蝉。欢娱良不易，离别感难禁。皲瘃捻髭苦，凌兢拥鼻吟。言归在何日，乞我辟寒金。

丙辰除夕述怀

岁序倏云暮，群动日以迫。青帝将乘权，玄冥又如客。寄居秦淮上，五载星霜易。令节空坐愁，北风吹窗隙。霸子俱跳荡，莱妻只羸瘠。商陆火添红，屠苏酒浮碧。唯有虎宜画，那无鸡可磔。指困复何人，助予呼将伯。堪笑谢仁祖，转向修龄索。王溯山馈米。入夜醉司命，陈辞多自责。回思一年事，栖栖为形役。相如封禅书，仲舒天人策。夫何采薪忧？遽为连茹厄。人生不得意，万事皆愬愬。有如在网罗，无由振羽翮。严霜覆我檐，木介声槭槭。短歌与长叹，搔首以终夕。

元夕雪

元夕三更后，雪花飞满天。全无明月影，空有夜灯悬。词赋梁园客，肌肤姑射仙。何人金殿侧，簪笔祝丰年。

题史铁力竹窗夜坐图二首

月窗趺坐有谁俱，夜色空明照白须。千亩渭川茅屋外，寒烟深处长王刍。

江宁县南二十里，箫管竹生慈母山。头白归来应卜筑，风标常似画图间。

挽王宓草

白鬓负人望，今见玉棺成。高隐五十载，画苑推耆英。箧贮宣和谱，图藏佛袜形。九朽岂烦拟，一笔能写生。毫端臻神妙，墨晕势纵横。装池抽玉躞，观者愕然惊。悬金在都市，往往收奇赢。幽居三山下，江水濯尘缨。窗前野竹秀，户外汀花明。挥手谢人世，缑岭空箫声。卿辈哀挽言，或恐非生平。顾陆与张吴，卓然身后名。

沈五自中都来白下旋复别去怅然有作

金石同交谊，相思涕泪流。如何三载别，不遣一宵留？候馆迎征雁，津亭闻暮鸠。独怜汀上月，双照故人愁。

全椒道上口占六首

山凹晓日上三竿，兰渚停舆露未干。乍暖已教衣襟絮，那知江店尚春寒。

乌犍稳卧闭柴门，千树桃花又一村。翻恨阳禽声聒耳，春原无处不消魂。

海燕初来塞雁归，杨花风满杏花飞。几年白社疏行迹，老树今成四十围。

榆甲雨过春水平，村原无复桔槔声。年来料得多丰稔，墙角先看荠莱生。

湔裙村女集方塘，钗焰波光间日光。为听窃脂枝上语，相邀同赛马头娘。

旧水何堪饮社翁，兼旬兀坐雨声中。因过村舍知春尽，渐见含桃火齐红。

闲情四首

娉婷市近芷萝西，倦客探幽叩碧闺。溪上桃花红雨过，窗前杨柳绿阴低。虽无美酒倾三雅，尚有新诗咏九迷。钗焰镜光私语处，生憎满院晓莺啼。咫尺仙源缘分乖，莫愁真合住秦淮。因贪媚蝶收奁粉，为爱游蜂集鬓钗。飞絮落花三月暮，锦繻甲帐片时偕。朱樱树下重携手，看足明金压绣鞋。绣墩春暖麟文席，彩袖香笼凤翼箫。不是梁清曾密约，那能此处见云翘。兜娘年少泰娘娇，小别麻姑路已遥。窗蔽蛾眉看自在，桥排雁齿定魂销。香熏透骨有谁知，谪向尘凡冰雪姿。昼永春残人乍别，态浓意远泪偷垂。曾闻名士多寥落，何事佳人亦仳离？安得与卿登玉版，大罗天上看书碑。

校记

〔一〕刺　原本、亚东本作「剌」。

〔二〕无事不　陈古愚所知集作「中夜独」。

〔三〕嵇　原本、亚东本作「稽」。

〔四〕嵛　原本、亚东本作「苶」。

〔五〕碧　所知集作「渐」。

〔六〕秦淮　一本作「槛外」。

〔七〕酟　原作「酟」，参亚东本改。

〔八〕淉　原作「裸」，参亚东本改。

文木山房集卷三　诗二

赠李俶南二十四韵

行旌新岁至，候馆早春寒。梅蕊宵疑坼，椒花晓未残。光风迎北户，淑气转东阑。晋接言辞洽，周旋礼数宽。家声重仙李，功业著楼兰。忆昔横戈数，曾闻倚剑看。秋风衰草白，落日大旗丹。羌笛声多怨，鸣笳梦岂安。龙城夸万仞，虎旅凛三单。月朗辉银铠，沙飞染绣鞍。革心有硐户，稽颡是呼韩。禹甸休传檄，尧阶庆舞干。长才试盘错，壮志历艰难。自合膺专阃，还宜议筑坛。边疆欣奏凯，薄海羡飞翰。虎豹娴韬略，蛟龙走笔端。焚香炉鸭瘦，翻帙蠹鱼干。才子珠为唾，先生铁作肝。高情惟觅句，雅韵若无官。适兴还挥麈，新诗拟弄丸。油幢千骑上，鬃马万星攒。躬应升平运，交深寒士欢。挥毫惊浩瀚，伸纸自泛澜〔一〕，伫见颁纶綍，天阶奏凤鸾。

酬青然兄

鸣鸠飞戾天，诗人独长叹。明发念先人，不寐涕泛澜。况当明圣代，敢忘耗羽翰？兄昔膺荐牍，驱车赴长安。待诏三殿下，簪笔五云端。月领少府钱，朝赐大官餐。卿士交口言，屈宋堪衙官！如何不上第，憔悴归江干。酌酒呼弟语，却聘尔良难！淮南旧业荒，江左春色阑。酒人复延访，词客且盘桓。歌场酌大斗，狂呼颜渥丹。忽焉独书空，中心信尠欢。行道会有时，岂能终涧槃。兄其崇明德，无为摧肺肝。

贫女行二首

蓬鬓荆钗黯自羞，嘉时曾以礼相求。自缘薄命辞征币，那敢逢人怨蹇修。

阿姊居然贾佩兰，踏歌连臂曲初残。归来细说深宫事，村女如何敢正看！

伤李秀才并序

丙辰三月，余应博学鸿词科，与桐城江若度、宣城梅淑伊、宁国李岑淼同受知于赵大中丞。余以病辞，而三君入都。李君试毕，卒于都下。赋此伤之。

扶病驱驰京辇游，依然名未上瀛洲。报罗不是人间使，天上应难赋玉楼。

美女篇

夷光与修明，艳色天下殊。一朝入吴宫，权与人主俱。不妒比螽斯，妙选聘名姝。红楼富家女，芳年春华敷。头上何所有？木难间珊瑚。身上何所有？金镂绣罗襦。佩间何所有？环珥皆瑶瑜。足下何所有？龙缟覆氍毹。歌舞君不顾，低头独长吁。遂疑入宫嫉，毋乃此言诬？何若汉皋女，丽服佩两珠，独赠郑交甫，奇缘千载无。

二月三日舟发通济河同李遽门作

丽景方如许，如何作旅人。薰梅红渐减，擘柳绿初匀。古庙春烟湿，荒村社火新。昼眠知有禁，月令是日禁昼眠。宴宴笑言亲。

夕阳

夕阳红与绿波溶，乌榜青烟春意浓。近岸绣幡飘柳外，谁家糍酒祭勾龙。

附 同作 江都 李本宣遽门

蕊渊西下远波融，篷底炊烟煮晚菘。行饭舵楼闲眺望，缘杨村店酒旗红。

投金濑

春风花落溪水漾，贫家柴门闭水上。女儿三十无夫家，日日临流洴澼絖。芦中穷士伍子胥，星奔乞食来村墟。壶浆岂为投金报，感激沉身鱼鳖潴。白蜺为裳玉为佩，昌容练色烟染黛，岸草汀花无限愁，雾鬟风鬟竟安在？人生遇合信难期，倾城颜色无人知，若教身入吴王苑，尊荣宁得比西施？

左伯桃墓

元辰余假装，叠垛迤朝露。兰蕙披光风，松篁夹广路。烟黯蒲塘桥，遥指左桃墓。忆昔并衣粮，含笑入深树。良朋相楚归，死骨终相附。怀古抚残碑，想见交情固。良足敦友谊，胡乃急宗遇？亦有却聘人，灌园葆贞素。

钱图南斋中夜坐

却羡春暄美，都忘客思淹。薜门初倒屣，花径乍开帘。细草荣书带，垂杨拂帽檐。相邀倾酒盏，闲坐数邮签。但觉襟怀爽，应教势利恬。清吟思沈谢，高卧想羲炎。自笑缁常化，谁怜突不黔。从今与朋好，爱说老夫潜。

郃村同司徒左文赵寿民司徒孔文司徒际周话旧

密戚忻相聚，香醪味独甘。烧灯开斗室，设榻近书龛。往事俱重述，行踪亦共谙。为言居胜地，终日事幽探。黄蕊当窗发，丹葩绕户酣。草痕同织翠，水色欲拖蓝。耕凿时无失，林泉乐可耽。仓庚飞熠燿，燕子语呢喃。细雨童驱犊，薰风妇喂蚕。荷锄遵广陌，倚杖瞰晴岚。旷渺情何限，风尘客转惭。良宵难再得，拄颊听清谈。

石臼湖吊邢孟贞

石臼湖中春水平，石臼湖边春草生，团蒲为屋交枝格，棘庭蓬雷幽人宅。幽人半世狎樵渔，身没名湮强著书　海内宗工王司寇，丁宁贤令式其庐。式庐姝子何以告？惆怅姓名为鬼录。检点遗书付梨枣，顿使斯文重金玉。前辈风流难再闻，只今湖水年年绿。

神弦曲并序

郃村地介吴楚，俗尚鬼，奉关壮缪甚谨，社日与勾龙并祀。旋况无聊，为作迎神、送神之曲，令巫觋歌焉。

挟日兮朝暄，蠲为饎兮赤黵，酌清酤兮割黝牲，扬灵旗兮采幡。击坎侯兮鼍鼓，神之来兮江浒。驾翔凤兮飞龙舟，樯风落兮缆锦浮。被犀皮兮衷兕革，操吴戈兮带楚铁，剖鱼兽兮珠文，弭象骨兮解辔纷。巫再拜兮陈词，神去兮江之涯。乘云车兮风马。渺翩翩兮将下。仲春兮振旅，神之的兮捍吾圉。

月夜怀姚文洁黄仑发

黄权真快士，姚合擅诗篇。一别春江上，重看明月圆。檐光摇短烛，香篆袅残烟。此际知何处，清吟夜未眠。

村舍雀二首

衔书授纂也休论，栖宿犹堪傍市门。何事空村来啄粟，可知挟弹有王孙？

昏目还应虑夕晖，春暄且趁短垣飞。无端一阵催花雨，湿透嘉宾褐色衣。

酬李遽门

予性极和缓，余怀多壮意，相约同远行，小日九睚眦。吴船六幅帆，其中小于芥，瑟缩同眠食，讵敢共哕噫。回望秣陵城，小李将军画。因之诗思动，伸纸书倒薤。竟忘局促苦，连宵意不败。君子淡以成，小人甘以坏。愿得常携手，互作韦弦佩。

秣陵关

箯舆芳径草痕斑，明庶风来渗客颜。一带江城新雨后，杏花深处秣陵关。

赠黄仑发二十韵

叔度不相见，因之鄙吝生。春花香水榭，暮雨暗江城。游屐五年共，行觞一座倾。掀髯唯笑傲，捧腹更从横。渴骥临摹妙，捕蛇诗句清。解衣看盘礴，信手即经营。吹影空斋话，游丝小院晴。郗超真好客，许武果成名。忆昔方年壮，翱翔上帝京。每观三耦射，尝餍五侯鲭。瘦马投山店，扁舟问水程。燕吴悲异路，楚越又宵征。老忆家千里，愁形发数茎。言归呼酒伴，良友订诗盟。满贮红粱酝，新烹玉糁羹。虚堂宜说剑，曲室且鸣筝。炉几多萧散，门庭少送迎。悬弧当胜日，折简召耆英。座有金光草，人疑木帝精。狂夫来索醉，洗盏祝长庚。

病中忆儿烺

自汝辞余去，身违心不违。有如别良友，独念少寒衣。病榻茶烟细，春宵花气微。邮亭宿何处，梦也到庭帏。

初夏惠隐寺花屿山房食笋分韵得竿字

偶过支公院，荒畦绿几竿。款扉惊昼课，烧笋供朝餐。合配香粳熟，应知粉箨残。从今谢逋客，留待竹平安。

夏日读书正觉庵示儿烺

仲夏草木莽，离愍郁长辀。凉台不可得，仁祠映林麓。呼儿移卧具，来就老尊宿。板榻欹云眠，草裳离尘服。炎光大火灼，惟期就汤沐。忽然玉虎鸣，但觉金鸡伏。奋铎振天关，冲孔回地轴。顿忘撣暑心，愿言被雾縠。始知转眼间，世事多翻覆。贫贱安足悲，篝灯向西塾。

送别曹明湖

清风戒寒衣沾露，与君相遇青溪渡。秋江骇浪布帆轻，送君归去阖闾城。今夜扁舟润州地，烂熳花开鹤林寺。鲈脍莼羹取次尝，橙黄橘绿强人意。十月闻君又远游，北道严霜渗檄裘。长安卿相旧相识，应须笑傲凌五侯时将谒赵大宗伯。人生知遇真难得，挥手别君泪沾臆。

赠杨督府江亭

狻猊产西域，本非百兽伦。一朝同率舞，图画高麒麟。三苗昔梗化，戈铤扰边垠。桓桓杨督府，钲鼓靖烟尘。功成身既退，投老归江滨。廉颇犹健饭，羊祜常甬巾。明月张乐席，晴日坐花裀。丹心依天桴，白发感萧晨。方今履泰交，礼乐重敷陈。天子闻鼓鼙，应思将帅臣。

真州客舍

七年羁建业，两度客真州。细雨僧庐晚，寒花江岸秋。奇文同刻楮，阅世少犉安。秉烛更阑坐，飘蓬愧素侯。

雨夜杨江亭斋中看菊

秋雨羁慈室，惊传折简呼。黄花依玉箔，翠叶映琼苏。爱客欣投分，论文恕鄙儒。不因逢胜赏，谁解旅怀孤。

雨

皇天不雨五阅月，谁鞭阴石向很山•我今客游二百里，真州僧舍掩松关。维时季商律无射，肃霜纳火细菊斑。夜静薄寒拥衾卧，忽然挥汗热面颜。阿香唤汝推雷车，殷殷雷鸣盈清湾。初疑江边巨艘发，诘朝骤雨声峥潺。翻盆三日不复止，慧门丈室苔煸斓。寒花幽草俱漂没，惟见阶下水潺湲。老夫顾此情怀恶，客居幸得半日闲。呼童邻家赊美酒，箕踞一醉气疏顽。明晨冲泥问杨子，妻儿待米何时还？

方靖民杨巨源携樽过余寓斋小饮

入门携酒铛，慰余羁旅情。旧事殷勤说，新诗刻苦成。雨余秋转丽，霜后水初清。尽日饶佳趣，休辞醉月明。

赠真州僧宏明 僧姓萧，全椒人，余从母之子也。

昔余十三龄，丧母失所恃，十四从父宦，海上一千里。弱冠父终天，患难从兹始。穷途久奔驰，携家复转徙，吁嗟骨肉亲，音问疏桑梓。今年游真州，兰若寄行李，中有一比丘，闻我跫然喜。坐久道姓名，知为从母子。家贫遭飘荡，耶娘相继死；伯兄去东粤，存殁不堪拟；仲兄远佣书，遥遥隔江水；弱妹适异县，寡宿无依倚；兄弟余两人，流落江之涘。髡缁入空门，此生长已矣。哽咽语夜阑，寒风裂窗纸。

岁暮返金陵留别江宾谷二首

广莫风多寒气凝，布帆霜雪照愁灯。从今只可凭双鲤，问讯相如病茂陵。宾谷以秋日抱病归。

长云断岸尽相思，衰柳何堪绾别离？楚鼓数声村落晚，扁舟重过佛狸祠。

天台红藤杖歌为姚文洁作

卧梅书屋春光丽，客来叩户探清制。卧梅老人倒屣迎，呼童执末趋同行。云是天台红藤杖，天台老僧昔我贶，二十五年常函藏，斑深色古寿者相。摩挲今日拂尘埃，笑语闲庭步紫苔，桃枝灵寿差堪拟，枯蔓苍藤何有哉？杖端非饰不噎鸟，铭以篆书独夭矫，蓟门陈君雕镂工，公输刻凤出意表。吾闻千岁藟为虆薁藤，援以樛木同钩绳，且复相随游锦市，应免他时投葛陂。钟山千尺浓云护，曳枝年年湿芒屦，应羡山灵有夙缘，自惭尘坌无欢趣。百岁清闲非易求〔三〕，得意当思五岳游，眼见春花烂南陌，百钱贳醉须阮修。

伯兄自山中来夜话山居之胜因忆去秋省兄未及十日而别诗以志感得二十韵

地本烟霞窟，兄为巢许伦。百年歌帝力，十亩乐天真。抱阜宜营室，还汀许结邻。绿回芳草长，黛染远峰匀。社鼓乌江庙，居与乌江项王庙相近。灵旗牛渚津。山川余质朴，习俗尚清淳。野老嬉游共，村翁来往频。藤萝阴漏月，桑柘影随身。美酒盈杯劝，良苗几棱新。饧箫花外市，牧笛雨中春。幸免家人谪，偏余稚子亲。摊书消永夜，高枕卧清晨。自著潜夫论，宁辞原宪贫。昨秋过故里，留我住弥旬。薜荔依门巷，蒹葭变水滨。圆沙知雁聚，曲港见鸥驯。蟹簖缘溪富，鱼罾罥树均。嘉肴仍速舅，肥牡定娱宾。愿得长相倚，须完未了因。寄声劳扰客，此是武陵人。

陈仲怡刺史留饮寓斋看灯屏同李遽门作

烟销雾縠称丝绝〔三〕，中含火齐光皎洁。鲸鱼鳞甲动蚖膏，秀华掩映管弦咽。风流太守解组归，爱客开樽灯月辉，灭烛留髡客不去，不知门外雪霏霏。

赠家广文蒙泉先生

吾宗宜硕大，分派衍梁溪。各字标黄阁，纶音降紫泥。清才堪禁近，课士且卑栖。系马春风暖，衔杯月影低。槐阴看蝉集，柳外听乌啼。钟阜邀词藻，秦淮净品题。微吟惊侯吏，奏绩付诗奚。大雅将沦落，斯文赖整齐。昔年贤使相，谓嵇相国。投分儿招携。岂合甘萧散，应难得久稽。声称盈玉殿，依旧赴金闺。

哭舅氏

河干屋三楹，丛桂影便娟，缘以荆棘篱，架以蒿床眠。南邻侈豪奢，张灯奏管弦；西邻精心计，秉烛算缗钱。吁嗟吾舅氏，垂老守残编。弱冠为诸生，六十犹迍邅。皎皎明月光，扬辉屋东偏。秋虫声转悲，秋藜烂欲然。主人既抱病，强坐芸窗前。其时遇宾兴，力疾上马鞯。夜沾荒店露，朝冲隔江烟。射策不见收，言归泣涕涟。严冬霜雪凝，偃卧小山巅。酌酒不解欢，饮药不获痊。百忧摧肺肝，抱恨归重泉。吾母多兄弟，惟舅友爱专。诸舅登仕籍，俱已谢尘缘。有司操尺度，所持何其坚！士人进身难，底用事丹铅？贵为乡人畏，贱受乡人怜。寄言名利者，致身须壮年。

题白沙翠竹江村

见山楼

隔江岚翠重，高寝画图展。疑是仙人居，蓬莱水清浅。

香叶山堂

文杏花叶香，古柏虬龙附。俯仰难自如，移亭应就树。

东溪白云亭

东溪看朝阶，荟蔚众皱摧。东溪人已去，白云自往来。

芙蓉沜

朝采芙蓉花，暮采芙蓉叶。芙蓉不见人，临风舒笑靥。

耕烟阁

北舍飞仓庚，南村鸣布谷。细雨试开轩，绿蓑覆黄犊。

因是庵 庵有绿牡丹

架上白鹦鹉，窗前绿牡丹。何如航海客，亲至落伽还见鸿书。

众响斋

大块多噫气，斯斋众响俱。其南为梵宫，其西为仙壶。

仙壶

水色碧于黛，花光红若霞。连甍架飞栋，即此是仙家。

寸草亭

斯园最高处，惟见云舒卷。凭栏一御风，不觉泠然善。

挽外舅叶草窗翁

吴中有耆硕，转徙淮南地，自号草窗翁，所师傥贷季。爱女适狂生，时人叹高义。茅檐四五椽，绕篱杂花莳，肘后悬灵枢，案前推金匮。园林劚药苗，屏风挂盐豉〔四〕，徙柳多奇情，针茅亦游戏。梅福庄光甥，昔贤爱同志。嗟余辞乡久，终岁不一至。前年悬弧辰，留我十日醉。示我平生业，周易绳头字，旁及老庄言，逍遥无物累。自言岁龙蛇，逝将谢人事。绩学翁所勤，近各翁所忌。无人为表微，谁定黔娄谥？

送学使郑筠谷夫子还朝三十韵

帝德敷文教，醇儒受主知。南屏夸毓秀，西浙信钟奇。邹鲁心源接，皋夔事业宜。摛辞先紫闼，簪笔上丹墀。鳌禁回翔日，龙楼申命时。风期储作相，简畀命为师。圣代恩光美，诸生教育垂。中川飞彩舸，长路飏云旗。被化千余里，劳臣三载期。弦歌声络绎、羽仑舞参差。续志人皆仰，因材笃靡遗。冰壶常自耀，水鉴果无私。舒啸闻鸾凤，挥豪篆虎螭。春风开绛帐，夜雪坐皋比。语默无非教，周旋必中规。叩帘仍待问，撤幙不差池。三变容皆见，一隅举所疑。持衡馀奖进，取士掩瑕疵。披览官斋晚，微吟夜漏迟。孤寒群爱戴，𨂂弛荷扶持。昔岁彤廷诏，曾令蓬户窥。不才尘荐牍，授简写新诗。坐待官厨饫，吟看日晷移。儿回瞻謦欬，再拜奉师资。知遇真难报，蹉跎尚若斯。惊心易寒暑，临别重讴思。哲匠饶经济，名贤好翼为。鸾台九重待，凤阁百僚随。教泽咸沾被，酬恩难絷维。抠衣姑孰路，惆怅送旌麾。

晓发姑孰道中

晓风吹酒醒，鞭影拂云屏。水涨燃犀浦，烟迷梦日亭。麦英红菜圃，榆荚白蒲汀。日午征人倦，茅檐野骑停。

慈姥山

店舍看新月，传为慈姥山。伐樵穿径去，烧笋度林还。酒薄难胜梦，灯昏强照颜。仆夫催晓发，衫袖露华斑。

赠洪别驾月航

诗学看前辈，骚坛久擅场。宦游戎马地，归及水云乡。五柳陶潜宅，千金陆贾装。琅函三万轴，流涕说仁皇。佩文韵府参校诸臣，月航与焉。

腊月将之宣城留别蘧门

余日霜霰零，猎叶声飏飔。才从真州返，复向宛陵游。君唱幽兰曲，送我赴轻邮。篷窗窥天缥，江水真安流。雪霁艳朱炎，相思登北楼。

江上曲

玄英遵中川，帆影严云结。青山秀长松，森若锦罽列。江蒲见居人，送寒鼓声咽。客子远行迈，都忘换时节。江上北风多，江岸芦花折。日暮随罛师，渔灯遥明灭。

仙人矶晚眺

舟系危矶畔，登高瞰大荒。雁声来浦溆，鸟影下帆樯。桧柏虚笼月，菰芦远受霜。客游惊岁暮，无计理归装。

雪后过采石矶

我行采石矶，残雪嵌巑岏。青松出秀色，黄竹垂琅玕。碑版悬阁道，祠宇灿林端。曾闻宫锦袍，啸咏过前滩。供奉一云没，太息思才难。舍舟入衢国，风疾客衣寒。

白纻山

白纻佳名在，兹山空翠微。春风回冶步，夜月舞文衣。伏枥歌声壮，龙蟠王气非。可儿谁指墓，惆怅向斜晖。

曹跃舟留宿南轩

留我南轩宿，今年此再过。初夏送督学郑筠谷夫子曾寓南轩。蚁浮尊满酌，鹅素手重磨。贫贱征途久，知交离别多。感恩望霄汉，相顾叹蹉跎。跃舟亦受知子夫子。

入琵琶峡

路入琵琶峡口迟，江天晴色敞尧曦。霜畦绮错衰杨外，满眼青山谢朓诗。

除夕宁国旅店忆儿烺

儿年最幼，已自力于衣食，其东道主皆长者也，故篇末及之。

旅馆宵无寐，思儿在异乡。高斋绵雨雪，歧路饱风霜。莫诧时名著，应知客思伤。屠苏今夜酒，谁付汝先尝？

校记

〔一〕汛　或作「汎」。

〔二〕清闲　亚东本作「闲清」。

〔三〕彀　原作「縠」，参亚东本改。

〔四〕豉　原作「鼓」，参亚东本改。

文木山房集卷四　词

金缕曲　盛夏题霍公山房

何计鞭阴石？只当天、烛龙鞭火，愁心如炽。败屋闲云依破衲，松影北窗堆积。看茶鼎、风吹习习。荷叶三枚延法庆，宝光师、飞锡河娄国。我相在，竟谁识。　山城梵宇巍然立。叹几时、青鸳白马，又生荆棘。假使泉明今尚在，莲社定须重入。霍公谈先君子往事。便满眼、惟余俗物。挥泪我来寻旧址，怅远公、白头今成雪。钟楼外，又斜日。

满江红

夜雨空阶。寻短梦，重衾寒恋。记那日，芳郊香径，桃花人面。楼上春喧开翠幕，窗前侍女挥纨扇。把红红白白幼芳词，思量遍。　武陵洞，天台院，路已失，峰犹转。恰胜常道罢，回眸难见。山獭有情空抱木，冰蚕到死仍留茧。好风光，如梦复如尘，肠千断。

又　冶山卞忠贞公庙

子孝臣忠，垂竹帛，功名如许。想当日，直言正色，褰裳卫主。北府军兵遗恨在，南朝君相清谈误。便全家碧血染雕戈，青溪路。国运改，荒坟墓。王者作，新祠宇。庙为明太祖敕修。看衣冠剑佩，精灵呵护。独叹谢鲲称放达，堪羞王导虚名誉。帐千秋、洒泪冶城边，听春雨。

奴念娇　枕

蕤纹冰簟，早横陈玉体，宝钗斜坠。酒醒夜阑纤手按，剩有助娇花蕊。腻发丝牵，凝脂香染，脸晕回身未？旧家放处，思量怎地能睡。　却笑古陌邯郸，卢郎高卧，尝尽愁滋味。洛水一篇思旧赋，此物赚人流涕。半世孤眠，三更新梦，惟尔知憔悴。今宵无赖，化为蝴蝶相戏。

踏莎行

仄径苔肥，小池萍厚，凭阑只有人消瘦。乍晴还雨暮寒多，余香渐褪双罗袖。　密约无凭，愁肠依旧，菱花知我眉间皱。湿云如梦挂湘帘，帘前春去空长昼。

虞美人 题画扇

殷红浅绿传毫楮，按节犹能舞。八千子弟尽消磨，记得兵残楚帐夜闻歌。　还端阑入江边草，又染丹青稿。世人惟解重娇娃，不见苌弘碧血化为花。

减字木兰花 庚戌除夕客中

今年除夕，风雪漫天人作客。三十年来，那得双眉时暂开。　不婚不宦，嗜欲人生应减半。鲍子知余，满酌屠苏醉拥炉。

又

昔年游冶，淮水钟山朝复夜。金尽床头，壮士逢人面带羞。　王家昙首，伎识歌声春载酒。白板桥西，赢得才名曲部知。

又

田庐尽卖，乡里传为子弟戒。年少何人，肥马轻裘笑我贫。　买山而隐，魂梦不随溪谷稳。又到江南，客况穷愁两不堪。

又

狂来自笑，摸索曹刘谁学书学剑，懊恨古人吾不见。株守残编，落魄诸生十二年。

信道。唱尽阳春〔一〕，勾引今宵雪满门。

又

劬劳慈母，野屋荒棺抛哀哀吾父，九载乘箕天上去。弓冶箕裘，手捧遗经血泪流。

露久。未卜牛眠，何日泷冈共一阡。

又

愁来揽镜，憔悴二毛生闺中人逝，取冷中庭伤往事。买得厨娘，消尽衣边荀令香。

两鬓。欲觅良缘，谁唤江郎一觉眠。

又

郎君乞相，新例入资须文阑学海，落笔千言徒洒洒。家世科名，康了惟闻毷氉声。

少壮。西北长安，欲往从之行路难。

又

秦淮十里，欲买数椽常奴逃仆散，孤影尚存渴睡汉。明日明年，踪迹浮萍剧可怜。寄此。风雪喧阗，何日笙歌画舫开。

贺新凉 青然兄生日

小院清无暑，衬湘帘桐阴柳色，阶前过午。痛饮绿醽今夕酒，此是谢庭琼树。况更有、儿郎阿虎。服食神仙蓬岛客，紫泥菱、满向冰盘贮。千岁鹤，为君舞。　人间富贵虽朝露，也休学、许家马磨，终身贫窭。捉鼻低头知不免，且把棋枰共赌。莫问他、故人何处。小弟今年憔悴甚，但衔杯、不放银蟾去。池草尽，昔时句。

惜红衣 紫茉莉用白石词韵

娇女烟飞，新歌云散，倚秋无力。点砌幽花，明霞衬天碧。土化鸳鸯，曾记取、烧金仙客。萧寂钗折凤鸾，访工人消息。　平康巷陌，佩解罗囊，红蕤枕相藉。奇葩恰许、掩冉芸窗北。试问雁来霜后，几度小阶巡历。只紫荆一树，何处照他颜色。

解语花 雨后荷花

青苹乍破，绿叶低翻，掩映遥天罅。香心撩惹。还剩有、珠颗盈盈欲泻。碧筒堪把。刚植向、药栏花榭。爱多情，水佩风裳，伴几时闲暇。因忆锦帆销夏。露轻盈半面，星眸频射。馆娃荒也，谁提到，玉树后庭闲话。江姝泪洒。曾记取、珠珰偷卸。到如今，莲步荷衣，付雨婚风嫁。

买陂塘

癸丑二月，自全椒移家，寄居秦淮水亭，诸君子高宴，各赋看新涨二截见赠。余既依韵和之，复为诗余二阕，以志感焉。

少年时、青溪九曲，画船曾记游冶。绋𫄨维处闻箫管，多在柳堤月榭。朝复夜。费蜀锦吴绫，那惜缠头价。臣之壮也。似落魄相如，穷居仲蔚，寂寞守蓬舍。江南好，未免闲情沾惹。风光又近春社。茶铛药碓残书卷，移趁半江潮下。无广厦。听快拂、花梢燕子营巢话。香销烛灺。看丁字帘边，团团寒玉，又向板桥挂。元载闻荷中有声，如十五六岁童子，歌玉树后庭花。

又

石头城寒潮来去，壮怀何处淘洗。酒旗摇飏神鸦散，休问猘儿狮子。南北史，有几许兴亡，转眼成虚垒。三山二水，想阅武堂前，临春阁畔，自古占佳丽。人间世，只有繁华易委。关情固自难已。偶然买宅秦淮岸，殊觉胜于乡里。饥欲死。也不管，干时似浙矛头米。身将隐矣。召阮籍、嵇康，披襟箕踞，把酒共沉醉。

洞仙歌 题朱草衣白门偕隐图

山围故国，正桃源红绽。恰向幽人画图看。羡双仙、一种游戏情怀，多少事，付与空江断岸。

被纨斟美酒，琴韵箫声，眉宇何须露精悍。燕子语呢喃，抱瓮而归，乌衣巷，夕阳零乱。我亦有、闲庭两三间，在笛步青溪，板桥西畔。

沁园春 送别李啸村

春雨如丝，假盖冲泥，访余板桥。叹佯狂李白，思原无敌；工愁吴质，益用增劳。水色萦窗，衣香满座，共倚河亭短烛烧。惊心处，又蒲帆高挂，待趁新潮。黯然欲别魂消，帐去住难凭仗彩毫。怕鱼笺三万，仅能涂抹；龙宾十二，只解诙嘲。开府清新，参军俊逸，何日论文倒浊醪。君思我，在秦淮十里，杨柳千条。

千秋岁 四月初一日，金其旋表兄五十初度寄祝。

熟梅时候，帘外薰风透。梁燕乳，庭花瘦。堆盘烹白小，洗盏呼红友。千古事，文章尽为先生寿。伯玉知非后，翁子穷经久。人渐老，愁依旧。弹琴看鬓影，泼墨盈怀袖。须念我，一春寂寞青溪口。

金缕曲 七月初五朱草衣五十初度

织屦堂中客，困风尘，如流岁序，行年五十。南越北燕游倦矣，白下凿坯为室。似巢父一枝栖息。昨夜桐风惊短梦，把园林万绿都萧瑟。秋士感，壮心迫。荀卿正遇游齐日，叹胸中著书千卷，沉埋弃掷。尚有及时一杯酒，身后之名何益？张季鹰斯言堪述〔二〕。天意也怜吾辈在，且休忧尘世无相识。长寿考，比金石。

疏帘淡月

墙匡月转，渐雾鎗秦淮，窗影遮断。憔悴黄花满径，槿篱零乱。丝丝蒜发羞临水，倦凭阑又成长叹。板桥垂柳，渔家系艇，晚炊菰饭。　正客子凄凉满眼，待香醪自煮，绿蚁浮盏。三百青铜买得几炉麸炭。冷吟闲醉原无味，更何堪愁深酒浅。步棢屧倚〔二〕，残星数点，两行哀雁。

月底修箫谱

鹊炉烟，鸾镜影，记向画屏见。竹叶花裙，白苎趁时翦。是他病后心情，愁中风度，几曾带玉钗金钏。　锦堂畔，早把银烛高烧，重帘隔娇面。射覆分曹，姊妹半宵宴。只余几度回眸，一声长叹，瞒不过杏梁双燕。

满江红

雀化虹藏，又过了、今年冬序。临水槛，寒潮绿减，夕阳红聚。几处霜风催铚艾〔四〕，谁家夜月鸣机杼。更木兰、椒叶盖溪头，糟床注。　岂合在，他乡住？岂合被，虚名误。盼故山榛莽，先人丘墓。已负耦耕邻父约，漫思弹铗侯门遇。再休言、得意荐相如，凌云赋。

琐窗寒　忆山居

薜荔墙边，藤萝石上，自然潇洒。长松百尺，绝似虬龙高挂。叹三年柴扉未开，蛛丝网遍茅檐罅。它晚驱黄犊，霜枫红映，夕阳西下。　寒夜从容话。枉眷恋秦淮、水亭月榭。撇却家山，紫翠丹青如画。想泼醅春酒正浓，绿杨村店鸡豚社。几多时，北叟南邻，定盼余归也。

乳燕飞　甲寅除夕

令节穷愁里，念先人、生儿不孝，他乡留滞。风雪打窗寒彻骨，冰结秦淮之水。自昨岁移居住此。三十诸生成底用，赚虚名、浪说攻经史。捧卮酒，泪痕滓。　家声科第从来美。叹颠狂、齐竽难合，胡琴空碎。数亩田园生计好，又把膏腴轻弃。应愧煞谷贻孙子，倘博将来椎牛祭，总难酬罔极深恩矣。也略解，此时耻。

喝火令　题刺绣图

宝髻香螺染，罗裙绿草齐。新裁淡墨水田衣，坐拥菡纹冰簟，团扇也相宜。　拂晓烟初斂，当春鸟正啼。自挑弱线小窗西，绝胜樗蒲，绝胜赌围棋，绝胜笋舆油壁，花外踏香泥。

如此江山

一船离恨斜阳外，遥凝数行穹翠。乱藻横陈，崇兰稚密，才过清明天气。鱼儿燕子，看飞入樯边，皱来波底。绿柳青帘，趁墟人聚水中沚。　终宵眠亦未稳，早月到篷窗，好夜如洗。蜡屐谁家，湔裙那处？偏我羁愁千里。心惊不已，叹百五韶光，只余馀几，雨甲烟苗，菜花开遍矣。

踏莎行

鹿韭香浓，雀瓢香细，何人庭院春初霁。还家两月不曾过，又从江上招舟子。　挑荠篱根，焙茶窗际，一般也有幽闲事。独怜涉险总无端，橹声轧轧波声里。

小重山　三山

云榜凌波拂曙行。回看烟雾里，别江城。点头沙鸟过遥汀。临断岸，绿遍水香棱。　八字贾帆轻。连宵春雨过，浪花平。凭舷山影落窗棂。青天外，何处晓霞明。

燕山亭　芜湖雨夜过朱草衣旧宅

川后停波，屏翳送寒，摇荡澄江青雾。桥外数椽，薜蚀苔殿，映带柳塘花坞。燕子归来，知认否、当年谁主？无语，衔落蕊迎风，缭垣低度。　怊怅孤客凄清，听瑟瑟萧萧，夜窗声苦。梁市阮厨，烛灺香消，知他故人何处？他日相逢，难说尽、别离情绪。思汝，同听者，半宵春雨。

惜黄花　采石

江花红漾，浪花绿涨，过危矶，忆当年谪仙情况。燕子掠波回，鱼妾随潮长，但系着，几行横网。　骑鲸凄怆，钓鳌疏放。古之人，古之人，只今安往？带月卧孤篷，酾酒催三浆，也博得、十分酣畅。

青玉案　途次怀王溯山

梨花寒食春将半，记分袂、溪桥畔。别后顿教春又晚。长堤杨柳，芳洲芝若，绿遍江南岸。　应劳髯叟将余盼，几月游踪似天远。遥忆瑟居情兴懒。一帘烟雨，半炉香雾，坐听流莺啭。

庆清朝 李啸村留饮园亭

雁膳堆盘，龙修满径，尽堪留客舟旋。才通画刺，便教投辖为欢。不用玉船琼斝，清谈挥麈最相关。园亭外，鹁鸠唤雨，声出林端。

多少暮云春树，叹别离踪迹，说系凄然。空廊散锦，还看江月重圆。暗水细流曲径，隔篱新涨一溪烟。空凝思：板桥艇系，红药栏边。

百字令 天宁寺僧舍见青然兄题壁诗

长廊尘黦，是吾家康乐、旧曾题处。一自旁求岩穴里，争说拔茅连茹。兄应博学鸿词科入都，余时亦被荐故云 瘦马黄埃，明驼紫陌，挟策长安去。虎羞龙圣，只留贻赠诗句。

追忆春草鸣禽，西堂清旷，终日同挥麈。老大转伤漂泊甚，分手北燕南楚。花雨空祠，江声虚壁，神鬼应呵护。纱笼何日，木兰花正盈树。

桂枝香 望九华

帆帆乍落，见黛色粘天，九峰堪削。铺岸鱼衣如绣，水荭参错。帆回柁转斜阳里，又依然江天寥廓。嵌空石厂，诛茅哇町，簇叉搀桷。

念客里风光不恶。又斗茶时候，红

莎绿蒻。何日丹炉锻灶，结庐林薄。终南太华都休问，只思寻深洞岩壑。几行沙鸟，几双社燕，几声风鹤。

虞美人 贵池客舍晤管绍姬、周怀臣、汪荆门、姚川怀。

几年同作金陵客，古渡寻桃叶。今年作客在池州，买得鲥鱼沽酒共勾留。　丝丝梅雨维初夏，煮茗消闲话。端阳节近旅愁牵，孤负秦淮箫鼓拥灯船。

减字木兰花 识舟亭阻风，喜遇朱乃吾、王道士昆霞。

卸帆窗下，一带江城浑似画。羽客凭阑，指点行舟杳霭间。　故人白首，解赠青铜沽浊酒。话别匆匆，万里连樯返照红。

西子妆

蒲剑方交，荷钱乍极，泼眼安榴花吐。画梁元乙恰归来，向湘帘，傍人矜舞。新诗漫与。且邀得，狂朋怪侣。坐绿阴，听蜕蝉声断，迎凉庭宇。　羁栖误，三月春光，抛掷如尘土。一帆江上趁潮平，爱河干，午风清暑。旌门幕府，有多少感恩知遇。洗征衫，几阵濯枝骤雨。

高阳台　真州客舍晤团冠霞，以江宾谷手书并新词见示，倚声奉答。

柘月初弓，盲风渐紧，扁舟又别江城。雀室潜听，蒲帆趱就秋声。关情只有辞巢燕，怕看他鸠化为鹰。怪兼旬，为踏槐黄，误了鸥盟。　真州老友重相访，示怀中一纸，彩笔纵横〔五〕。夜掩禅关，剪灯细读，凄清。假饶乐句常连袂，也何须鼓瑟吹笙。尽沉思，爇尽薰炉，沸尽茶铛。

踏莎行　镜芗亭

穷海累臣，上林天子，镜芗亭畔伤心事。霜空木落雁衔书，归期回首初春是。　碧草颓垣，紫苔唐肆，濒江吊古堪流涕。只缘身未到边关〔六〕，不知洪皓含悲地。郝经元臣，元世祖使经来宋告即位，贾似道留于真州十五年，至元将灭宋始还。经在真州时，以雁系帛书，又常游镜芗亭，作记。宋金华诗曰：「木落霜空盗所如，归期回首是春初。上林天子援弓缴，穷海累臣有帛书。」

水龙吟

木犀香满精庐，晚来受月池光浅。一龛佛火，一炉茶影，一床诗卷。旅鬓迎秋，断魂惊梦，曲阑凭遍。怅才晴又雨，重阳近也，留不住、辞巢燕。　休说琼楼玉宇，尽西河吴刚迷恋。功名尚记，昔年知遇，依然沦贱。北固山明，南泠水美，客怀聊遣。谢多情老衲，罕持净洗，把黄花荐。

惜秋华 寓斋菊花红叶为积雨所败，伤之。

荣露凝脂，看施玄的的，脸霞初晕。冷淡幽姿，添他几般丰韵。盲风乍满篱角，黄雀雨惊寒雁阵。霜信。怅离披数枝，闲阶谁问？ 爱赏倾新酝。似佳人绝世，翠眉蓬鬓。呈素质、表腻理，香消灯烬。今宵月漏浓云，又尽教，绿遮红衬。休愠。待移栽、胆瓶重认。

水龙吟 自然铛为真州家芗林赋

半升铛里乾坤，问谁巧制同丁缓。香浓圣水，光莹伏火，淡烟徐转。尽日回廊，连宵寒雨，一樽常满。羡奚奴去后，几番沸了，浑不用挥纨扇。 尽解相如消渴，更添他杜康沉湎。花阴径窄，兰舟波净，相携游遍。小病初愈，故人重到，乳花浮盏。待餐来温饼，朱衣拭取，验何郎面。

内家娇 生日作

行年三十九，悬孤日、酌酒泪同倾。叹故国几年，草荒先垄；寄居百里，烟暗合城。空消受，征歌招画舫，赌酒醉旗亭。壮不如人，难求富贵；老之将至，羞梦公卿，行吟憔悴久，灵氛告：须历吉日将行。拟向洞庭北渚，湘沅南征。见重华协帝，陈词敷衽；有娀佚女，弭节扬灵。思不甚兮轻绝，休说功名！

校记

〔一〕阳春　亚东本、古典文学出版社本均作「春阳」。今从原本。

〔二〕膺　原作「臍」，今从古典社本。

〔三〕徙　古典社本作「屣」，似当作「徙」。

〔四〕艾　原作「乂乂」，参亚东本改。

〔五〕彩　亚东本、古典社本均作「绿」。误。今从原本。

〔六〕只　原本、亚东本作「祗」。误。

文本山房集外诗文三十二篇

石曜诗集序〔一〕

纤河皎洁，应无不死之丹；缑岭迢遥，讵有返魂之草。由来慧业，定属生天，遂使如草斯人，永焉辞世。盖镂心呕血，既经抉摘以无余，而盱眼拗肠，自弃喧嚣而欲去，衣朱山人所传汤子石曜其人也。

家本通华，才称绮丽。七龄揖客，辨座上之杨梅；五岁摊书，易赋中之枯树。兄为灵运，感新句于西堂；弟是少游，寄闲情于下泽。正好郧侯珊架，探来玳瑁千函；常使奉礼锦囊，贮就葡萄一箧。熏炉茗碗，微吟于花明日丽之时；棐几湘帘，晏坐于月白风十洲清之候。亦文绿字，应虎气之难埋；玉轴牙签，有龙宾之常守。

胡为邓禹封侯之岁，已弃人间，乃以祢衡被荐之年，遽归泉路。霓旌绛节，遨游于十洲三岛之间；赤鲤青螭，出没于八石九丹之侧。正使修文座上，得遇颜回；亦令奎宿宫中，相逢苏轼。金茎瑶草，共毛颖以敷荣，玉液琼浆，染隃麋而沾洒。应叹此间之乐，转嗟浩劫之劳。

独有故人，难忘往事。倘叩镮于华屋，定尔销魂；如听笛于邻家，居然流涕。理残编而太息，可泣鬼神，开散帙而校雠，长留天地。竟以寿之剞劂，直可被以管弦。绣列锦铺，护持应多神物；膏残馥剩，沾丐犹及后人。悬以国门，自合不胫而走；胠之箧衍，仍疑破壁以飞。雍正甲寅季秋重九前三日，全椒吴敬梓记于秦淮寓斋。

（汤懋绅石臞诗集卷首，乾隆刻本）

玉巢诗草序〔二〕

吾友玉巢大兄，技擅雕龙，梦能吞凤。才情绮丽，人称系出容居；门第通华，学则家传「新咏」。弱龄染翰，搜残玉轴牙签；壮岁操觚，谱就金荃兰畹。杜陵性癖，惟佳句之是耽；奉礼苦吟，纵呕心而奚恤。柳文畅雅音未就，继以击琴；王之涣赌酒方浓，因而画壁。南浮湘汉，探些只之余音；北走燕云，问悲歌之遗习。虫鱼花鸟，收来斑管居多；风月江山，贮入锦囊不少。羁思旅鬓，何妨重补四愁；孤影穷途，直欲高吟五噫。二百年竟无此作，亶其然乎；六一公叹能穷人，此之谓也。

兹者秋风襆被，匿影僧楼；夜雨芳樽，迟君水阁。启盈箱之芍药，才是徐陵；浣满手之蔷薇，友非吴质。新篇如许，何从重以推敲；近体尤工，宜先付之剞劂。固已哈宫嚼征，清于雏凤之音；更见棘句钩章，大有灵蛇之握。参军、开府，他年与尔细论；白俗元轻，今日姑应压倒。且同剪烛，仍命开樽。雍正甲寅重阳前三日，全椒同学教弟吴敬梓书于秦淮水亭。

（徐紫芝玉巢诗草卷首，雍正刻本）

玉剑缘传奇序

君子当悒郁无聊之会，托之于檀板金樽以消其块磊。而南北曲多言男女之私心，雕镂剞刻，畅所欲言。而后丝奋肉飞，令观者惊心骇目。且或因发于一时，感于一事，非可因玉钗挂冠，罗袖拂衣，遂疑宋玉之好色也。

吾友蘧门所编玉剑缘，述杜生、李氏一笑之缘，其间多所间阻，复有铁汉之侠，鲍母之挚，云娘之放，尽态极妍。至私盟一出，几于郑人之音矣。读其词者沁人心脾，不将疑作者为子衿佻达之风乎？

然吾友二十年来勤治诸经，羽翼圣学，穿穴百家，方立言以垂于后，岂区区于此剧哉！子云「悔其少作」，而吾友尚未即悔者，或以偶发于一时，感于一事，劳我精神，不忍散失。若以此想见李子之风流，则不然不然也。全椒吴敬梓敏轩氏书。

（李本宣玉剑缘传奇卷首，乾隆刻本）

尚书私学序

往读宾谷梅鹤词，诧为白石、玉田嗣响，虽先辈小长芦朱叟亦当却步也。既读君诗，气体温厚，又非词之所能尽。越数年，游扬州过访，叩所著，宾谷逡巡避席言：「年且壮，颇厌薄雕虫技。少日治尚书，未究其义，近乃于诸儒注释外，参以己见，成书数卷。固不敢谓立说穷经以公海内，则仅一人私而已。」

敬梓自维学殖荒落，顷始有志三百篇。群言泛滥，靡所指归，况在诸经，尤为瞀昧。顾尝考刘歆七略曰：「尚书直言也。」又曰：「书以决断，断者，义之证。」俗学于经生制举业外，未尝寓目，独好窃虚谈性命之言，以自便固陋。一二高明之士，喜持辩论今文、古文之真伪，聚讼无休，究何当于「书」之义理。今读宾谷所著，冥搜博采，盖有神悟焉。

夫圣人之经，犹天有日月也。日月照临之下，四时往来，万物化育，各随其形之所附，光华发越，莫不日新月异。学者心思紬绎，义理无穷，经学亦日为阐明。若兢兢乎取先儒之成说而坚守之，失之懦；必力战而胜之，亦失之躁也。昔之说者，谓任章所引周书曰：「将欲败之，必姑辅之；将欲取之，必姑与之。」萧何引周书曰：「天与不取，反受其咎。」疑此即苏秦所读之阴符。老氏之言，范蠡、张良之谋，皆出于此。朱子亦云，老子为柱下史，故见此书。其说岂非奇僻？

而宾谷生千古后，举舜典一「元」字，云已开老氏一家之学，为五千言之权舆。则知老子虽深远，要不外乎经。既而笑曰：「此正余一人之私，盖二十八字先儒久斥以为伪者也。」斯其卓识不在宋儒下盘旋，亦非汉晋诸所能笼络。他若辨九族，辨五事，因梦与卜以破后世鬼神荒诞之见，皆足以补注疏所未备，固非词章之士所可及，以之嘉惠来学，揭与日月同行，可也，岂一人之私学乎哉？秦淮寓客弟吴敬梓题。

（尚书私学卷首，清乾隆刻本。焦循扬州足征录第十三卷榕园丛书续刻本）

辛酉正月上弦与敏轩联句

蟾魄出林薄（吴培源），板桥烟霭生。水纹冰已泮（吴敬梓），云叶雨初晴。钟阜含轻碧（培源），江潮荡远清。凤楼帘影动（敬梓），鹿苑塔光明。香冷寻梅坞（培源），宵长拥竹罂。灵辰宜刻燕（敬梓），逸兴且骑鲸。节近烧灯市（培源），人游不夜城。莺花摧淑景（敬梓），箫管奏升平。巷是乌衣旧（培源），歌翻白练轻。渡寒桃叶去（敬梓），门掩柳枝横。断础缠芳草（培源），丛祠长杜蘅。莱佣犹冶习（敬梓），鞠部按新声。狎客谁江总（培源），佯狂忆步兵。山川留我辈（敬梓），风月自多情。薄宦同樽散（培源），穷途爱采菜。空传贾岛佛（敬梓），谁荐子虚名？且约探春侣（培源），相期载酒行。青郊飞布谷（敬梓），绿树听仓庚。放志还舒啸（培源），闲吟喜载赓。今宵浑不寐（敬梓），参昂烂前楹（培源）。

（吴培源会心草堂集诗四，乾隆初刻本）

老伶行 赠七十八叟王宁仲〔三〕

圣皇峻德如云日，赤雁歌成白麟出。游河巡洛迈唐虞，御宇升平六十一。乘舆六度幸江南，贝叶三花华盖含。勾陈列宿湛卢剑，陪辇词人玳瑁簪。驻跸金陵佳丽地，旧京凭吊思明季。乐舞云门祭孝陵，行宫夜半喧歌吹。中有伶工最少年，歌喉百啭圣人前。幽咽如闻陇头水，嘈切琵琶四十弦。忽然灵威歌天马，行云自止尘飞下，宫女私惊声绕梁，侍臣共见颜如赭。君王亲顾赐缠头，中使携来宠渥优。几日銮舆渡江去，从兹鞠部姓名留。鞠部从兹羡荣遇，秦青咸黑都相妒，下里喧传郢市歌，何人敢学邯郸步。

本朝家法重明良，偶尔伶工一擅场，新磨安敢呼天下，幡绰焉能侍上皇。鼎湖龙去曾偷泣，当日御阶看鹄立，梦里犹闻天语呼，潦倒梨园自于邑。潦倒梨园五十年，萧萧白发暮江边，诛茅自构三间屋，种秫新营二顷田。莳花插竹时酣酒，往事追思曾回首，浓绿参差盼帝梧，嫩黄摇曳瞻尧柳。有时乘兴入豪家，忻看绰板间筝琶，不知匿笑缘何事，为道流涎逢曲车。今年城北花朝会，鹧鸪拉揩纷无赖，四座都为失意人，老伶阑入欢声大。银烛重烧眼倍明，蹒跚两足不成行，参军邦老新装就，缓步氍毹歌一声。一声歌罢群称善，都曾侍瑶池宴，似从天上谪人间，屈指流年若飞电。我语老伶声勿吞，曾受君王赐予恩，才人多少凌云赋，白首何曾献至尊？酒阑烛跋笙歌歇，行到板桥珍重别，曾见当年歌舞谁，秦淮流水钟山月！

（吴培源会心草堂集诗四）

江上阻风同王蕉田李蓬门作

驿路梅花尽，春帆出白门。翻风看社燕，吹浪有江豚。杜若藏篱落，芦芽护岸痕。停舟寻店舍，沽酒坐黄昏。

（陈古渔所知集初编卷二，乾隆三十二年刊本）

西湖归舟有感

满地霜华满舵风，桑阴零落稻粱空〔四〕。浓沾两袖西湖雨，洒向烟波月色中〔五〕。

（陈古渔辑所知集初编卷二）

金陵景物图诗〔六〕

冶　诚

朝天宫即吴冶城。杨吴时为紫极宫，宋为祥符，寻改天庆。元名玄妙，又升为永寿宫。明洪武十七年重建，后有万岁亭。凡大朝贺行礼，于此习仪。山门径道，折而为九，叠拱层檐，楼阁环绕。最后冶城山，相传为吴王夫差铸剑处，晋尚书卞壸墓在焉。壸以御苏峻，偕其二子眕盱同殉国难。于其所葬之处，宫而祀之，以劝后世之为人臣子者，宜也。至今岁时遣官致祭。

冶山幽绝处，烟草卞公祠。庾亮清谈日，苏峻称兵时。荒城残日下，大衍野云垂〔七〕。至今严伏腊，风雨护灵旗。

杏花村

贵池有杏花村，以杜牧「牧童遥指」之句得名也。金陵亦有杏花村，在城中西南隅凤凰台下，无所谓村也。然居民丛集，烟火万家，机杼之声相闻，染练之砧不断，锦绣成坊，足胜杏花春色。又余地傍城闉者，或为园囿，或种松竹，亦微有城市山林之意。昔亦曾种杏百余株，以拟佳名。但开谢不常，盛衰迭见，惟因其名以仿佛之云耳。

红雪笼花坞，青烟扑酒帘。茅屋四五家，新茑悬步檐。清旷屏氛杂，稔知非阛阓。但见春骀荡，不见雨霡霂。

燕子矶

观音山东北，一石吐江渍，三面悬壁峭绝，势欲飞去，则燕子矶也。观音岩怪石礌垂，苍黛参差，上接云霄，而大江自龙江关西来，直过其下。观音阁亦傍岩就江，朱阑凭之瞰江，若在楼船顶上立。行客至此，入观音港，舍舟登岸，即壮缪庙。先至水云亭，入祠，左则大观亭，坐石磴临江已觉苍茫无际。又扪松萝拾级以上，矶巅有小亭名俯江，从石罅下窥，犹见江转矶底。盖至此金陵地脉已尽。其上则采石矶之险，下则金、焦、北固之胜，北趋邗沟，则平衍无山。故北行者多勾留而南归者至多喜色也。

石戴土山砠凌，凌空飞燕子。孤根荡地轴，不信深五里。归客一开颜，太息江山美。亭亭阁上松，淼淼岩下水。

谢公墩

金陵有两谢公墩，其一在治城北与永庆寺南者，乃谢太傅所眺。李白登谢公墩诗序云：「此墩即太傅与王右军同登，超然有高世之志者也。」其一在旧内东长安门外铜井庵旁，所谓半山里者。半山寺旧名康乐坊，因康乐孙灵运。今以坊及墩观之，或康乐子孙之所居也。王介甫诗「今日此墩应属我，我应墩姓尚从公」，东坡讥之。考介甫所居即康乐坊，然则「我名公字」，「我屋公墩」之句，乃误以康乐为太傅也。其图灌木蓊翳，左则永庆寺之浮屠矗于林表，盖太白所咏之谢公墩也。永庆寺在玄武桥西，梁永庆公主所建，因以为名。又名白塔寺。

主家布金钱，绀宇因之成。地险人喧少，超然遗世情。别有半山里，地界极分明。直拗笑獾郎，独与昔贤争。

凤凰台

凤凰台以李白之诗而名，其右为凤游寺。初名丛桂庵，明神宗时，焦太史澹园易今名，立石为记。台属寺内，今台所存者培塿，寺亦倾欹极矣。台在花盝冈，城内秦淮、城外护河二水之间。唐升州城尚狭小，此处可凭高眺远，至杨行密恢廓城垣，逾淮水而南，台之风景尽矣，徒以太白诗存其名耳。又台下有阮籍墓，谓明时掘断碑得之。按籍陈留尉氏人，殁于景元四年。后二年魏始禅晋，又十五年晋平吴，籍始终魏人，固不得葬于吴地。一统志记籍墓在尉氏县东四十五里，是其实也。或疑阮孝绪墓。孝绪字士宗，音同而传讹焉。其图则因旧志而喧染之。酒星亦云没，台空凤难驻。荒葛罥修途，崩榛塞广路。如何剷断碑，遽有步兵墓。后先两酒人，千秋动欣慕。

莫愁湖

出三山门外半里许，有莫愁湖，相传妓名莫愁者居此，因以为名。然梁武帝诗云：「雒阳女儿名莫愁」，则不应在此。其所以传闻者，以石城二字。按楚有石城，莫愁居之，亦非此石城也。今其地广数顷，水色萦洄，石城横亘于前，江外诸峰，遥相映带。中有梁氏园亭，盛夏轩窗四启，清风徐来，令人忘暑，殊不羡渊明北窗下也。又按湖在前明为徐中山王园，盖与贺监后先可媲美云。美人不可见，搔首望天末。蔓草萦裙带，繁华点妆额。遥望风潭清，渐见溪堂豁。野水飞鸳鸯，乔木鸣鸲鹆，当风抚层槛，湖外山一抹。

凭虚阁

登凭虚阁者，所以望后湖也。阁在鸡鸣山极高处，逼近阁下一带，则台城瓴甓犹在，盖千余年物。考华林园、芳乐苑、日观台、永安宫、清暑殿、灵和殿，披香殿、芳乐殿、玉寿殿、五明殿、光华殿、求贤殿、青漆楼、齐云观、临春、结绮、望仙三阁，历代踵事增华，皆在台城内。今则一望荒烟蔓草，惟见水光接天，摇荡于高阁疏窗而已。

登高望翠微，空翠湿人衣。怅望台城外，当年立长围。一朝雄图尽，空嗟人事非。山禽犹解语，沙鸟独忘机。怀古有余情，凭阑逸兴飞。

青　溪

过大中桥而北为青溪。按吴赤乌中凿东渠通城北堑，以泄后湖水，其流九曲，达于秦淮。后杨吴筑城断其流，截于通济城，支流与秦淮合。又自通济门纳重译、涧子诸桥水，遂从西北至三山门，复与秦淮合，以达于江。今其河道由潮沟南流入旧内，所过复成桥、西华门、莲花桥、珍珠桥（珍珠桥者，陈后主泛舟遇雨，水生浮沤，宫人指为珍珠，故云）、玄武桥、红桥、竹桥，入濠而绝，所谓青溪一曲也。秦淮水亭相连，笙歌灯火称极盛。路入青溪则两岸皆竹篱茅舍，渔唱樵歌答于冷烟衰草之外，耕夫扶犁，渔家晒网，昔人拟于苕、霅、潇、湘，犹未足尽焉。

路通白下桥，绿波静如练。林中宿鸟安，桥影行鱼见。旧内水淤滞，断垣藤萝罥。筑城断淮流，怅然思李升。

雨花台

聚宝山之巅为雨花台，世传梁武帝时云光法师讲经于此，感天雨花。其说甚诞。盖山产细石如玛瑙，故名为「聚宝」。山麓为梅冈，晋豫章内史梅赜家于冈上，或云葬于冈下。出聚宝门二里外，直造其巅，上有方正学、景忠介二先生祠。近台则永宁泉，泉极清冽。茶社酒村皆近泉之左右，游人于此小憩。近年冈下建仓颉庙，郡中士大夫春日以牲牷酒醴致祭庙中，奏古乐，用佾舞，每倾城往观。此殊有三代报赛风，不似笃信浮屠者，梵呗喧天，香花匝地已也。

香风吹萎华，烟云笼嵴嵲。缓步上平冈，怀古寻断碣。其旁冢累累，其下藏碧血。柳阴酒旗扬，柳邑茶烟结。开冰操棘矢，逐疫特桃刻。都人修礼乐，用以祀仓颉。

琉璃塔

长干寺旧有阿育王塔，历代皆言其中有舍利口爪发各一枚。明永乐中建塔高九级，纯用琉璃为之，凡十六年始毕工，此郡志所载。寺盖自东晋以来名长干，刘宋以后改为天禧，洪武时灾，上命毋救火，俟其焚尽，因建今寺。壮丽甲天下。永乐建塔时，改各报恩。康熙中南巡，御书匾额一级至九级，各因数起义，辉煌天语，至今士民瞻仰焉。

舍利何年置，凌虚到碧霄。春日光晶荧，秋月影动摇。但悟真空相。何虑劫灰烧。香灯仗佛力，庄严托圣朝。

灵谷寺

蒋山之东南独龙阜有禅院，其地去城市更远，二六时中，粥鱼斋钟，开士尤喜托于此。旧名道林寺，梁改开善，明洪武初徙山之东偏，改名灵谷。自山门入松径五里乃至寺，其路履之有声，鼓掌则声若弹丝，俗呼「琵琶街」。佛殿不施一木，皆垒甓架洞而成，俗呼「无梁殿」，规制仿佛大内。后有浮图，即梁宝志公幻身，改葬于此。塔前有石泉，僧昙隐所得八功德水也。左梅花坞，寺有明祖御制《大灵谷寺记》。石泉旁有松偃干，明祖月夜曾挂衣于上，虫蚁不生。老僧又传言，寺中余杏亦为明祖所赏，赐以玉带，至今果核中有围如带。

接竹倒垂松，水滴如石乳。长松间夭桃，带口梅花坞。左侧近长陵，石马蹲宿莽。守陵犹阿监，谁敢一抔土。乃知圣明朝，隆礼高千古。

桃渡叶

桃叶，王大令妾，王诗：「渡江不用楫」，后人诗亦云：「桃叶春深夜渡江」，则其渡宜与江相近，不当在秦淮上。然彼自送其妾耳，何与人事？此处之必用渡而不可以设桥者，则以通济水关天门来水，不设桥以闭塞水道，故也。顺治时李某为江宁守，设木桥。康熙癸卯易木为石，以垂永久。又不知废于何时。今则仍木桥，名利涉。图作于康熙丙午年，正有木桥之时。图中仍为问渡之景，绿柳鬖髿，画帘隐隐，作二人者立于渡口，舟子操小榜轻摇以至，则王山人所以存古意也。

花霏白板桥，昔人送归妾。水照倾城面，柳舒含笑靥。邀笛久沉埋，麈扇空浩劫。世间重美人，古渡存桃叶。

天印山

去都城四十里外有方山，形如方印，故名天印山。秦始皇凿金陵、疏淮水，此山乃凿处也。吴大帝为葛翁立观，齐武帝欲为离宫，其迹皆湮没不可考。南史载徐嗣徽兵至秣陵故治。齐人跨淮立栅，度兵夜至方山。周文育等各引还。齐兵自方山进，及倪塘。据此，则方山在六朝时，亦为用兵设险之地。今天下一统，承平已久，图中唯绘采樵者数人相与歌吟其下。

岌嶪仙人馆，支筇□一攀。丁丁代木声，遥出林薄间。谷深鸠隐蔽，林茂鸟缗蛮。升平化日舒，行歌共开颜。更须携旨酒，桑柘影中还。

观音山

山在观音门外，俯瞰大江。明洪武初即山建观音阁，正德间因阁建寺，赐名弘济，礼部侍郎吕柟为记之。殿阁皆缘崖构成，危石半空嵌绝壁，上以铁锁穿石，下临江水，如燕怒飞，波涛喷激，历历如画。禅堂亦金碧交错，竹树参差。图中以其半绘大江。由观音山下数十里为乌江，别由三山下二百里为芜湖。九江分道一曰乌江，二曰蚌江，三曰乌土江，四曰嘉靡江，五曰畎江，六曰浮江，七曰禀江，八曰提江，九曰菌江，东会于彭泽，经芜湖名为中江，则此正江流扼要处也。山后石壁方一丈六尺许，有大士像，眉发宛然，不由雕镂而成，亦造物之一奇也。

江湖以漫莽，灌江而澜沛，滈汙六州域，经营炎景外。山凹架佛堂，彤楼远尘壒。梵香祝奇相，安流永清泰。

幕府山

世传王导从晋元帝渡江，建幕府之所在，因以为山名。按晋书帝为琅玡王，与导素相亲善，军谋密策，知无不为。晋国既建，以导为丞相，尤见委仗，号为「仲父」。尝从容谓之曰：「卿吾之萧何也」。桓彝过江，与导极谈世事，以为得见管仲，宜其建牙吹角之地，犹足动后人之凭吊也。其山去城西北二十里，周回三十里，高七十丈。山有五峰，峡中有石洞幽邃。中峰有仙人台、虎跑泉。西北峰曰夹萝，亦名翠萝，上有达摩洞。其图皆觊缕可稽云。

五峰高以长，石洞带翠萝。沙鸟烟中没，云帆天际过，高才推管仲，重任拟萧何。几时军府地，酣眠让达摩。

乌衣巷

东晋时，乌衣、马粪皆王谢所居。乌衣巷在城南，有王谢故居，一堂匾曰「来燕」，久倾圮，马光祖撤而新之。堂后建亭馆。图中所绘浮图兰若，则白塔寺也。寺有唐玄奘法师顶骨舍利。寺在乌衣巷，昔人诗又以朱雀桥对此，谓巷与桥近，则地傍南郊。其浮屠金碧，亦可仿佛长干寺景象。

城南送夕晖，春风燕子飞。言寻王谢宅，闾井生光辉。牛心金柈贮，麈尾玉屑霏。广厦久已倾，人往流风微。惟余旧兰若，茶板出荆扉。

东山

谢安本高隐会稽之东山。及为太傅，从驾南渡，偶步于金陵之土山。后人挹其风流，拟于会稽。土山本无名，今即以小东山为名，与石跪山相望，去城东南四十里。

太傅翼晋室，恬怡见风貌。手持蒲葵扇，都人犹竞效。偶憩林麓间，名山夙所乐。他年屐齿折，淮淝恣腾趠。始知赌墅时，雾隐南山豹。

鸡笼山

玄武湖上有林麓曰鸡笼山。齐武帝早游钟山，射雉至此始鸡鸣，因名鸡鸣埭。建寺于山上曰鸡鸣寺，建塔曰普济塔。前明为钦天山，于山巅置仪表以观象纬，为观象台。中叶迁仪器于顺天，此台遂废。台高二十丈，阶级二百余，始跻其巅。康熙中南巡，御书「旷观」匾额，至今称旷观亭，在山最高处。

射雉鸣鸡处，山形蔚以深。有如纵木座，鼓钹礼鸽王。声华遍海内，毋乃太猖狂。遥指古洞中，此老疲津梁。

太平堤

出太平门外，有长堤，其水则后湖也。一名蒋陵湖，一名玄武湖。湖中洲凡五，前明贮天下图籍于湖中洲地，遂为禁地，灯火不得入。其洲周四十里，鱼虾菱芡之利最多。康熙中百姓纳于官，湖为民佃。乾隆初，上元令请归官佃，又成禁地矣。

澄澈蒋陵湖，神光似沉澧。弥漫春雨多，极望树如荠。芙蕖红欲然，蒲稗青如洗。步上长堤游，云水飘菰米。

长桥

图中绘一长桥数丈，曰长桥，今无此桥矣。或云余澹心所作板桥杂记，即此桥也。考明朝初年设诸楼，贮妓乐其中，教坊司掌之，以延四方游客。来宾楼在聚宝门外驯象街，重译楼与来宾楼对，鹤鸣楼在三山门外，醉仙楼在三山门内，集贤楼在瓦屑坝西，乐民楼在集贤院（疑当作楼）北，轻烟翠柳楼在江东门内，淡粉梅妍与轻烟翠柳对，南市北市在城中武定桥，长桥在其处，所谓「花月春风十四楼」也。或云「十六楼」。今皆毁废无存。

顿老弹琵琶，张奎吹洞箫。镂衣去湖湘，垂白犹妖娆。不见朝朝艳，空闻夜夜娇。惟馀淮水月，曾照几春宵。

三宿岩

朱修撰三宿岩诗序云：「宋虞允文破金军于采石，回舟系泊于石边，故名三宿岩。其题名尚存。今建灵石阁于上，为游览之所。江流虽徙，隔于洲外，而峋嶙特立，自是奇观。」据此，则此地在宋时尚为江流所至，今则隔洲愈远，涛声浪击〔八〕，不到耳边。虽信宿岩中，可以漱石，未必枕流矣。

嵯峨灵石阁，传云三宿岩。其上为青鸳，玲珑怪石嵌。昔日涌江涛，岩下落征帆。今日列僧庐，岩下长松杉。

龙江关

龙江关在大江口东南。诸国进贡者梯航数万里，每岁必至，立关于此，以招来之，所以柔远人焉。郡志：龙江递运所船水夫，红座船水夫，龙江水马驿，应支银两，俱有定额。今客船愈积，所支更增于前。其上税者赴关口。馀往来行旅之舟，则有数小舟横截于河道中，一为问其人即鼓棹行矣。图作夜雨之景，亦以状行旅之优游自得，共赏江山之秀丽云。

系缆龙江关，遥望金陵县。关吏不相苦，泉贝每多羡。昨夜东风急，风前翻石燕。沽酒且停桡，坐看烟云变。

钟　山

钟山在城东北十五里。两峰挺秀，北一峰最高，其上有一人泉。孙吴时改为蒋山，因蒋侯神也。山为都城屏障，阴阳向背，情态无穷。朝暾暮霭，朱殷掩映。其图尺幅中具有层岩列岫之势。北接雉亭山，明陵在焉。康熙中南巡，匾「治隆唐宋」匾额于殿宇，至今岁时遣官致祭。山上旧传有吴大帝陵，今不可考。

紫气冒碧峰，草木郁葱蒨。千磴挹晴岚，松风满台殿。孙陵莽榛芜，□陵唯永奠。荣光上烛天，宸章万目眴。言寻茱萸坞，云深不可见。策杖下层峦，夕阳山几片。

（文学研究集刊第四册，人民文学出版社一九五六年出版）

奉题雅雨大公祖出塞图

玉门关外狼烽直，毳帐穹庐犄角立。鸣镝声中欲断魂，健儿何处吹羌笛。使君衔命出云中，万里龙堆广漠风。夕阳寒映明驼紫，霜花晓衬罽袍红。顾陆丹青工藻缋，不画凌烟画边塞。他日携从塞外归，图中宜带风沙态。披图指点到穷发，转使精神同发越。李陵台畔抚残碑，明妃冢上看明月。天恩三载许君还，江南三度繁花殷，芳草歇，蔽芾甘棠勿剪伐。　治晚生吴敬梓。

校记

〔一〕石臞诗集作者汤懋绅，字齐三，号石臞，出身于安徽巢县世家，雍正元年随长兄懋纲到京，与吴敬梓之好友朱卉（字草衣）结识，相交甚厚，不到二十岁即抱沉疴，二十四岁去世。诗集北京图书馆、首都图书馆等有藏。卷首有序七篇，作者顺序是：朱卉、王蓍、吴敬梓、王梦鲸、江有典、汤懋纲、汤懋统。吴敬梓此序与下一篇玉巢诗草序皆书于雍正十二年重阳前三日，同是骈文。

〔二〕玉巢诗草作者徐紫芝，本姓童，字凤木，安徽建德人。诗草藏北京图书馆。卷首有序三篇，作者顺序是：吴檠、郑相如、吴敬梓。

〔三〕七十八　杨钟羲雪桥诗话余集卷四作「八十七」。

〔四〕粱　朱绪曾编国朝金陵诗征卷四十四作「梁」。

〔五〕洒向烟波月色中　张秦枫编国朝绣像千家诗作「晒向扁月舟色中」。

〔六〕金陵景物图诗，首页题「乾隆丙辰荐举博学鸿词，癸酉敕封文林郎内阁中书，秦淮寓客吴敬梓撰」。有阳文正方形「吴敬梓印」和阴文正方形「中翰之章」图章两个。另有阳文长方形「赐书楼」图记。右下角有阳文长方形「安化陶氏珍藏书画印」，盖原为道光时曾任江苏巡抚和两江总督的陶澍所藏，现归中国社会科学院文学研究所收藏。

〔七〕衍　疑为「桁」。

〔八〕击　原作「系」，以意改。

〔九〕卢见曾别号雅雨山人，乾隆元年（一七三六）任两淮盐运使，乾隆五年曾戍边出塞。出塞图现藏故宫博物院，绢本设色，绘卢见曾及其一行塞外行骑状，左端有乾隆五年卢见曾自题诗，题字绫圈上有郑燮、钱陈群、程梦星、周榘、李葂、江昱等二十多首题诗，吴诗题于绫圈和右下端。

春华小草

吴 烺

春华小草

阜陵城

晓上阜陵城，单衣浥清露。官柳曲尘黄，栖鸦堕修羽。周池水澄彻，美哉金汤固。回首见平冈，累累多古墓。先人旧宅荒，苍烟没老树。谁家轻薄儿，骑马逐狐兔。

杂诗三首

霜风坠庭柯，旅雁过高楼。篱菊圻黄花，倏忽又季秋。人生不得意，其如时节流。少年不可再，胡为守穷愁。修羽既难振，何以为营求！及时一杯酒，聊可以消忧。

寒日晓凄凄，冷光窥我扉。槁叶满庭除，虚檐生伊威。远水明高寝，严霜何漼浩！伤彼芝兰花，不能吐芳菲。时乎不可失，叹息泪沾衣〔一〕。

我行北堂上，忽闻柴扉声。为问叩者谁，乱竹摇风筝。向晚日沉西，宿鸟绕树鸣。窄径久荒芜，石发上阶生。四野多萧条，古藤杂丛荆。步屣独惆怅，破镜当窗明。

原注：余年十五岁作此诗，岑华伯父见而喜曰：「气味声调直入黄初。几时涉笔遂臻此境，觉孔北海未是隽物，使我展折！」

独步

园林独步雨溟濛，半掩松门小径通。十月寒蚕新绩后，绿窗杼柚夜灯红〔二〕。

滁州西山诗六首

醉翠亭

独立醉翁亭，秋光多潇洒，醉翁时复来，吟月长廊下。

欧阳公梅花亭

乱山绕四周，下有樵人路。把酒梅花亭，婆娑梅花树。

酿泉

泉石响泠泠，寒浆溅空山。仙人夜沉醉，独卧莓苔间。

丰乐亭

偶上平冈颠，俯视荒城小。荒城起暮烟，新月出林表。

琅琊寺 先姑丈金谷嗣读书于此，壁上题有醉咏梅花诗。

山僧夜不归，花落满柴门。壁上淋漓墨，残行蚀漏痕。

庶子泉

趺坐幽篁间，洗耳复濯足。轻风山上来，吹皱池中玉。

从江宁返全椒作四首

半山怪石叠嵯峨，风卷轻鸥掠远波。一抹遥天青未减，钟山回首暮云多。

衔山半点夕阳红，小艇蒲帆挂晚风。两岸月明村市散，呼牛声在柳阴中。

半亩桑阴野岸昏，喂蚕天气最消魂。杨花风里新潮长，小燕将泥过别村〔二〕。

饥乌飞去复飞回，苦忆慈颜在夜台。荒冢一抔春雨后，白杨萧瑟野棠开时余归拜先慈墓。

村中感述

男儿可怜虫，出门苦憔悴。寄身于荒村，有如栖古寺。麦饭不得饱，绳床不得寐。地脉走火龙，旱魃太恣睢〔四〕。草木如惔焚，仆夫悲况瘁。水田多黄沙，彼稷不成穗。里胥来催租，农夫心惴惴。茅屋两三椽，白日客如醉。羡彼邻家翁，厘趖成山积。嗟余七尺躯，竟为贫贱累。四顾何茫茫，掩袖拭清泪。

戏柬金宗说兄

客况不可奈，旷野草树帀。一路冒苦热，两夜卧板榻。足倦为卫跷，面孔是蚋嗒。掩卷若得暇，过我语沓沓。

秦　淮

明𤏲照水敞堂窗，金爵钗虚小髻双。几日新添濯枝雨，满河箫鼓夜逢逢。

柳

嵇康宅外旧消魂，踠地长条醮雨痕。此日可怜憔悴甚，西风残照掩柴门。

蕉

楼外风声雁影飞，蛮笺书札近来稀。灵苗狼藉清霜里，日日窗前脱敝穷。

蓼

浪痕经雨上汀洲，糁糁红花拂漫流。梦里忽随江上月，水纹天影看深秋。

桂

芳意难传寒粟姿，武陵山下动秋思。王孙春草归何处，摇落风霜独秀时。

白纻词

凉风吹窗月满庭，美人夜舞花冥冥。玉篸珠佩何娉婷，宛如飞龙乘云軿。歌声悠扬动湘灵，素肤皓齿独芳馨。歌阕舞罢灯青荧，垂泪长吁对明星，胡为怀忧伤伶仃！

缺月

西风摩空姮娥死，吴刚斧断落桂子。老兔夜奔龙王宫，玉杵迎秋捣海水。明珠迸破莲花谢，玉皇大笑天生鐏。湘妃抚琴弹独夜，寒露湿衣吹兰麝。幽人起舞愁不眠，结邻瘦影不满钱。深林鬼啸碧粦然，梦魂飞逐李谪仙，牵衣相羊昆仑颠。

舟泊燕子矶

晓发石头城，晚泊燕子矶。望望江国路，遥遥帆樯迷。浓露浥秋水，轻风生涟漪。隆炽倏已远，清凉渐可披。客子伤道途，柔颜变萧衰。既恐素丝染，复愧歧路悲。伏首授诗书，所恨知者稀。凤凰鸣高冈，鹳鹊栖卑枝。栖息固不偶，岂与同根茎？芝兰生芬芳，珠玉吐光辉。遇时而不宝，菁华委尘埃。江水去不返，流光无多时。感此览物志，靡靡多愁思〔五〕。

咏司马相如二首

马卿多病少资财，作赋何年上玉台。秋水远山相对处，可能消得茂陵才？

一自听琴夜半奔，杜门休问卓王孙。鹔裘且贳临邛酒，长着炉边犊鼻裈。

题家芗林印谱

自昔仓颉与沮诵，依类象形成文章。虫鱼科斗体不一，鬼为夜哭龙潜藏。其后厥惟周太史，籀书剖析分毫芒。迨至后世体渐变，李斯小篆亦差强。岣嵝残碑不可见，韮花薤叶争低昂。吾家季子称博物，雕镂扪摸放凡将。或如彩鸾舞镜槛，或如秋螭盘钗梁。或如金翦攙锦绣，或如玉玦鸣干将。神物出没岂可拟，之而鳞甲飞空苍。嗟乎斯道久沦落，世人无复辨红阳。私印用以识姓字，纷纷讹缪不可当。六书古法叹湮没，安得一启他人盲。愿君勉旃重金石，无若作古赵宦光。

题白沙翠竹江村九首

见山楼

夕岚染翠屏，白云时出没。夜深山气清，秋窗望明月。

香叶山堂

秋风鸣梧柯，木叶下庭际。小径人不来，松门落红桂。

东溪白云亭

晚看白云飞，晚看白云宿。隔水泊渔舟，空亭响落木。

蓉芙沜

田田青荷叶，白鹭相往来。白鹭飞不见，风吹芙蓉开。

耕烟阁

隔浦菱歌断，萧萧飞乱鸦。秋来一犁雨，溪田可种瓜。

因是庵

金粟礼如来，虚堂听禅板。晚风飕飗鸣，花香入茶碗。

众响斋

轩窗敞四面，弹棋此淹留。槐花糁幽径，桐叶鸣高秋。

仙壶

仙人居仙壶，径尺不盈斗。俯仰千百年，但饮蒲桃酒。

寸草亭

明蟾出林杪，幽人独旁皇。携樽藉草坐，一面雀头香。

客真州两月久不见山水之趣舟发扬子江不觉兴至走笔成四十句

嶷嶷市井不可耐，急呼烟艇下烟江。是时日色渐薄暮，烟霞之山横崆峒。江心皎洁镜无锈，照见飞雁影双双。舟师摇橹潆潆，状如梵钟老僧撞。夹口客船攒云树，眠桅系缆阁棹艭。石厂覆水若蹲兽，下有渔人维小艇。江流至此忽湍转，但闻细水声淙淙。少焉微风山上来，摇动五两飘艢。荻芦飔飕响不已，千鳞万甲拥船窗。挂席直下疾如矢，其势欲断枯杨桩。我于此时忽兴发，伸纸不自知愚蠢。行厨具膳酌十酒，倾盆倒瓮翻鸡缸。猫头笋熟味颇淡，一餐饱送填空腔。渐觉水气蒸山脚，拂袖急起加短襜。云光飘飘迷乱眼，波涛澎湃奔骏骢。龙王宫中白莲花，浮出水面然银釭。重州浅渚树环合，染黑沸白聚石矼。凄神寒骨境幽邃，此景佳绝复可瓻。夜深江平风亦定，卧听船鼓已逢逢。江上诸峰应入梦，梦中美人翠髻鬖。

乌

空山吹严风，老树千万株。孝乌翔其颠，策策声偻呼。素体若辉璧，洁映异卑居。刷羽托林表，振矫欲排空〔六〕。偶过高冈下，雏凤栖于梧。鼓翼往从之，饮啄亦得俱。自顾丑掌缩，侧身类雁奴。恐为丸饭投，乃为屋上乌。翩翩美丹质，归飞山之隅。

秋日乌龙潭上作五首

豆花雨过石城头，蜡屐还来胜地游。衰柳数行山寺外，西风无复六朝秋。

开残阴径半边莲，潭影依依卵色天。隔水亭台临极浦，一丛寒玉泊晴烟。

小石粼粼响素波，红鱼拨刺唼青荷。分明一派登高水，流入于阗绿玉河。

淡烟疏雨病芙蕖，浮水凫葵素练铺。绝似青丝堪结网，月明网住女珊瑚。

小径依山脉脉斜，青帘绿树有人家。重来好醉茱萸酒，认取篱边帝女花。

渡江

八月登高水，鸿濛接太苍。遥从京口泻，直下海门长。远岸飞晴雨，群山背夕阳。侧身自吟啸，天地一坳堂。

江浦

策蹇来山县，行人浦溆东。晴云飞不断，吹老鲤鱼风。城郭青岚外，村墟黄叶中。回看江上月，飞出水晶宫。

即事同宗说

向晚入原野，相携坐翠岚。天风下木叶，云影落空潭。适意秋光迥，寻游清兴酣。斜阳司马里，一带柳毵毵。

杂诗四首

孟冬多悲风，严霜下我庭。俯仰岁将暮，摄衣步前楹。流水日以浅，鸿雁时哀鸣。百忧从中来，恻怆不能平。盈盈堤上花，郁郁池中草。人生天地间，悲伤以终老。

朝霞明高楼，寒气沾双扉。轻风摧弱柳，芝兰萎荒畦。柔条不复结，芬芳会有时，佳人因春感，壮士当秋悲。岁晚生慷慨，吾身将安归。

驱车陟高冈，延望郭北路。萧萧起悲风，窈窈蔽广野。美人在西方，道远限关梁。思之不得见，泣下沾衣裳。

明月生东南，高楼临广陌。美人理红妆，俯仰长叹息。中心一何悲，但感生离别。素丝织为罗，上有双飞翼。岂知裁作衾，彼此相隔绝。举翮欲奋飞，徘徊在君侧。

雨夜回文

如何觉梦残，雨细湿红阑。炉鹊飘香冷，书窗半夜寒。

校记

〔一〕以上二首亦见于杉亭集诗一，第二首第一句「寒」作「秋」，第四句「虚檐」作虚室」。

〔二〕独步亦见于杉亭集诗一，题作雨中过杨氏小园，首句「溟濛」作「濛濛」，三句「新绩后」作「犹上陷」。

〔三〕以上三首亦见于杉亭集诗一，为题为南谯道中四首的后三首。第一首第一句「半山怪石叠嵯峨」，作「遥岚一桁郁嵯峨」、第三句「一抹遥天」作「螺髻蒙茸」，第四句「钟山」作「春山」。第二首第一句「衔山半点」作「明霞薄村」。第三首第三句「新潮长」作「翩翩燕」，第四句「小燕」作「掠水」。

〔四〕魃　亚东本改为「魃」。　恣　亚东本误作「姿」。

〔五〕舟泊燕子矶亦见于杉亭集诗一，题为石头城放舟至燕子矶，但无第五、六句和第十三至二十二句。第九句「伤」作「哀」，十句「变」作「易」，十二句「愧」作「患」，末句「多」作「起」。

〔六〕空　失韵，似应作「虚」。

靓妆词钞

吴烺

靓妆词钞

钓船笛　渔父

霜月洛孤蓬，人在芦花深处。风细水纹吹皱，飞半江残絮。　晚潮泼泼打船头，荡入蒲汀去。菰饭夜来炊罢，伴一滩鸥鹭〔一〕。

水龙吟　自然铛为家芗林赋

蜣螂炉畔丹成，仙人铛里琼浆贮。凉飔吹动，轻纹微皱，一痕笼雾。水榭迎秋，闲庭消夏，翠阴亭午。爱芙蓉巾上，温泉沁骨，却洗尽、人间暑。　活火半炉红晕，夜厌厌银盘泣露。花前载酒，竹边试茗，清流频注。蟹眼浮时，行沙声在，落潮低处。问寒风落叶，重帘不卷，听西窗雨〔二〕。

赞浦子

日永蚕花发，奁香媚蝶飞。烟缕含青黛，晴丝罥翠帏。　又是一春孤负，为他费尽相思。多少伤心事，而今只自知〔三〕。

天香 龙涎香

银叶翻残，绣衾熏罢，萦成几缕心字。似结山巾，如垂云幄，唤醒一番痴睡。昼长人静，伴冉冉晴丝飞起。活火初温兽炭，浓香乍沾罗袂。　最怜晚秋天气。渐依依殢人欲醉。月影凄迷薄雾，朦胧窗纸。梦到巫云深处，又遮断屏风小鬟倚。槛外茶烟，丝丝较细。

水龙吟 白莲

玉冠蘸雪凝冰，廉纤寒雨终宵过。一番窈窕，一番寂寞，琼姿婀娜。水榭风微，方塘露冷，宝簪斜堕。想病凉浴罢，回廊人静，垂素手，披衣卧。　最爱芳心未绽。有多般情丝都裹〔四〕。绿垂疏干，青浮轻盖，浓烟深锁。笑脸新匀，小腰乍束，秋容淡沱。似银瓶欲泄盈盈覆水，胜西施舸。

摸鱼子 莼

野艇横、淡烟初敛，晚潮新涨遥岸。荻芦声细西风软，凉雨一天吹散。天欲晚，斗荇带荷今何处，秋草堤钱掠水垂扬线。细茎深浅，记那日妆台，凤头钗股，小髻乱丝绾。痕青遍。相思人在天远。何年携手篷窗底，常把并刀同翦。歌宛转。趁罗袖生香磊落擎娇腕。一双仙眷。只柔橹轻篙，鲈鱼菰饭，长老五湖畔。吴道子画衣裳，磊落生动如莼菜条。

齐天乐 蝉〔五〕

井梧秋冷飘黄叶，蝉声晚来最苦。鬓影轻翻，冠緌乍整，响咽槐阴庭宇。妆楼易主，叹小院荒凉，残阳趖午。怕折柔条，桐弦惊断又飞去。　啾啾清韵翳叶，听西风过也。声乱霜杵。力弱胜寒，膀鸣吸露，犹似那回凄楚。而今记取。便说尽齐宫，旧时愁绪。只有寒蛩，夜阑相继语。

桂枝香 蟹

连宵月皎，见乱苇萧萧，渔家灯小。依约晚潮未涨，举螯来早。荒汀露冷蓑衣湿，钓船横半江红蓼。腥涎正噀，行沙声响，寒蒲缚到。　正满目霜清秋老。想黄花开遍，绿窗深窈。爱尔内黄初凝，蜀姜亲捣。无肠那解相思苦，枉折残、数茎香稻。夜阑醉也〔六〕，小鬟休把银釭偷照。物类相感志：醉蟹不可见灯。

极相思　秋夜

夜深缺月初明，坏壁响虫声。小窗人静，湘帘不卷，挑尽残灯。　渔火昏昏三四点，听哀鸿断续飞鸣。阑干倚遍，柳阴风起，吹散流萤。

闲中好

闲中好，苔径绿于蓝。树影含鸦晚，秋声带雨寒。

又

闲中好，月影半窗冷。熠耀入翠帘，梧桐落金井。

花心动　七夕

水涨秦淮，晚凉天，霭霭淡烟无雨。银汉影横，金风乍热，消尽一庭烦暑。绣题翠幌窥雏鸟，蝉声断，新眉初吐。幽阶悄，云幄连空，阴浓桐树。　惆怅佳期久阻。想此夕河桥，云横仙路。别恨人间，柔情天上，对此潇潇风露。穿针楼上帘初卷，灯明灭、柳阴深处。颓垣外，寒蛩夜阑乱语。

疏影 帘内

凉月初生，看小窗未闭，有人长叹。依约房栊，檀炷香消，透出炉烟一线。残灯欲翳悬红豆，尚独自夜深裁翳。更恼人、风弄桐阴，叶叶枝枝横满。　檐马丁东未定，小鬟正揭起，还被偎掩。最是狸奴，双眼偷窥，不识押帷银蒜。流苏帐里秋宵冷，想好梦模糊难辨。听漏声住铜龙，素影为谁高卷。

凤凰阁 坐雨

恨晚来风雨、凄凄槭槭。纸窗独坐倍萧瑟。因想玉人今夜，同此岑寂。惹暗砌、土花晕碧。　狂花无赖，绝似愁人狼藉。无端含泪减颜色。帘影外、看长天渐黑如墨，忽远处一声铁笛。

月底修箫谱

翦灯花，开绣幌，寒气染人袂。自酌琼苏，寂寞夜阑醉。恼人六幅屏风，那回曾见，又添了一番憔悴。　燕钗坠。最爱残雪随风，飞堕鬓边碎。转过回廊，悄向小窗倚。怪他鹦鹉嫌笼，一声低唤，把小字被人偷记〔七〕。

燕归梁

赢得相思别泪流，欲语又含羞，蒲帆望断凭高楼。应为我，日凝眸。　昏潮蘸碧，晓霜沸白，残月冷沙鸥。西风只解送归舟，全不管，有人愁。

十二郎

湘帘风，约记那日绮窗闲坐。隔阑外，茶烟一丝轻袅，芳意窥人婀娜。凭仗青鸾传消息，问此愿未知能果？想翡翠簪虚，芙蓉带冷，泪痕偷堕。　窗破，暗风疏雨，空房尘锁。恨锦字消沉，几番伫立，怕听征鸿飞过。金线挑时，红霞嚼后，肠断夜阑灯火。最忆是翠被寒生，有甚心情独卧。

望湘人　元夕

看传柑绣阁，插柳小门，今宵风景堪玩。睡鸭笼烟，香螺泻酒，春到曲廊庭院。竹叶裁裙，梅花堆鬓，红灯吹暖。怕绮窗残醉心情，忘了天涯凄怨。　一行湘帘未卷〔八〕。奈好天无寐，梦魂都倦。被明月窥入，添我几番肠断。泪痕万点，情丝千缕，可惜姮娥不管。拟夜深飞到妆台，重整旧时钗燕。

虞美人 回文

稠花乱蕊琼阶满，院小留寒浅。困人归燕语喃喃，醒酒舞风春柳嫩枝残。　垂帘绣幌飘香穗，日永眉山翠。绿窗红粉恨迢迢，槛倚镜奁窥客溜波娇。

百字令 去年今日

去年今日，记檀奴来也，丝雨初残。门掩一庭花雾晚，香泥红蚀苔殷。翦水明眸，回风冶步，只影更姗姗。酿晴天气，芳心犹怯春寒。　今岁又是梅开，好春孤负，好景有谁看？只有一株新柳在，垂垂还向雕阑。翠羽衾单，红蕤枕冷，魂梦绕屏山。画梁归燕，飞来帘外呢喃。

探春

度曲人归，卖花声散，嫩寒天气初霁。窄袖拖蓝，轻衫蘸碧，素骨不胜罗绮。小立赤阑桥，还只怕、晚风吹起。无端掷与相思，双瞳斜翦秋水。　旧事思量如醉，便消尽痴魂，芳心知未？病草侵阶，蛮花糁径，小雨黄昏门闭。独自守空庭，争禁得、许多憔悴。一幅鲛绡，为伊都染红泪。

月华清 秦淮五月

云影才开，烟光初敛，淡月一轮沉水。箫鼓声喧，曲曲药阑花砌。柳阴边、羊角灯明，隐约在、绿纱窗里。佳丽。把湘帘半卷，小门深闭。　多少兰舟同舣，看酒泻蒲萄，盘堆桃李。病试罗衫，携手清歌车子。叹萧条、败屋三楹，算只好、临风鼾睡。差喜。是夜深人静，薄凉侵袂。

绮罗香

春光明媚，偶尔闲步，忽闻炸燃之声出自画桥流水间，凝望久之，俄而仙云倏散不可复留，怅然赋此。

蜀锦为衣，吴丝系臂，小小芳心能烈。褰袖轻拈，含笑欲然还怯。满晴空翦练翩翩，似吹堕数双玉蝶。画桥边望眼迷离，断魂飘在碎琼屑。　匆匆今又去也，寻到一弯小径，余香初灭。犹记抛时，几缕金蛇齐掣。石阑外片片狂花，都是他玉纤曾捻。恨天斜一阵东风，无端飞乱雪。

南浦 玄武湖

云水正苍茫，望湖光一点，夕阳犹挂。小艇去悠悠，歌欸乃，双浆柔波徐打。渔人收网，闲披钓碣长松下。凭高望者，是柳影鬖鬖，灵和殿也。　最怜菰米波飘，有断浦烟昏，明蟾催夜。何处是新宫，沙痕漾，剩有旧时鸳瓦。喂蚕天气，桑阴笼定湖村罅。熏风游冶，爱镜里青山、千螺如画。

小楼连苑　滁州寓斋作

少年漂泊江关，故乡风景都忘了。闲庭寂寞，苔生虚壁，当年曾到。一树安榴，隔墙红覆，半阶青草。怅流光似水，端阳近也，钗头上，於菟小。　长昼恹恹多病〔九〕，满帘栊晴丝飞袅。心情憔悴，也应羞见，落花啼鸟。梦里欢娱，醉中歌哭，不缪怀抱。只晚来风静曲屏六幅，有明蟾照。

校记

〔一〕钓船笛亦见于杉亭集词一，惟下阕首句「晚潮泼泼打船头」作「晚潮初上响船头」。

〔二〕水龙吟亦见于杉亭集词一，惟题目作「赋自然铛」，首句「炉畔」作「炉边」，六句「水榭」作「别馆」，下阕首句「半炉」作「暗生」，下阕五句「清流」作「清泉」，下阕九句「向寒风落叶」作「对半林黄叶」。

〔三〕赞浦子亦见于杉亭集词一，惟三句「烟缕含青黛」作「风片粘罗幕」，四句「翠帏」作「绣帏」，五句「一春孤负」作「一年春尽」，末二句「多少伤心事，而今只自知」作「衔阕诗休读，含悲只自知」。

〔四〕裹　原本、亚东本作「里」，今改正。

〔五〕齐天乐亦见于杉亭集词一，惟二句「蝉声晚来最苦」作「声声晚来凄楚」，三、四句「鬓影轻翻，冠绥乍整」作「乍整冠绥，轻翻鬓影」，六、七、八句「妆楼易主，叹小院荒凉，残阳趁午」作「荒园小伫，有篱落苍凉，垂杨几树」，九句「怕」作「攀」，十句「桐弦」作「素弦」，下阕首句「翳叶」作「未歇」，下阕三句「声」作「遥」，下阕四、五、六、七句「力弱胜寒，膀鸣吸露，犹似那回凄楚。而今记取」作「微雨亭台，夕阳门巷，都是断魂深处。哀吟漫诉」，下阕十句「寒蛩」作「寒虫」。

〔六〕夜　原作「衣」，今改正。

〔七〕小　原刻残损，只留下「⺌」痕，据文意应为「小」字。

〔八〕行　疑系「桁」之误。

〔九〕恹恹　亚东本作「厌厌」。

杉集亭

吴烺

杉亭集 诗一

古 意 癸丑

春山采蘼芜，芳洲搴杜若。美人十五余，朱颜华灼灼。杂佩鸣玉珩，钗梁饰金爵。红楼安镜奁，绿窗桂珠箔。歌声停青云，舞衫回皓鹤。幽姿良自爱，素心何所托。春风吹大堤，杨花飞且落。

田 家

枫林夹茅屋，断续不成村。时有犬声吠，更无人语喧。炊烟向空散，夕照到山昏。欲问于陵子，寂寥方掩门。

杂诗三首

霜风坠庭柯，旅雁过高楼。篱菊坼黄华，倏忽又季秋。人生不得意，其如时节流。少年不可再，胡为守穷愁。修羽既难振，何以为营求。及时一杯酒，聊可以消忧。秋日晓凄凄，冷光窥我扉。槁叶满庭除，虚室生伊威。远水明高寝，严霜何漼浛。伤彼芝兰花，不能吐芳菲。时乎不可失，叹息泪沾衣。

明月生东南，高楼临广陌。美人理红妆，俯仰长叹息。中心一何悲，感念生离别。素丝织为罗，上有双飞翼。岂知裁作衾，彼此相隔绝。举翮欲奋发，徘徊在君侧。余十五岁作此诗，岑华伯父见而喜曰：「气味声调，直入黄初。儿时涉笔，遂臻此境，觉孔北海未是隽物，使我屐折。」

雨中过杨氏小园

园林独步雨濛濛，半掩松门小径通。十月寒蚕犹上箔，绿窗杼柚夜灯红。

怨歌行 甲寅

春风吹绿杨柳枝，倡楼少妇卷帘时。忽见陌头游侠子，含情掩面偷泪垂。泪垂掩面思畴昔，当窗曾把秋波掷。年少儿郎与目成，便拟相将到头白。谁知荡子本无家，弃妾不如桃李花。空床寒拥罗衾宿，夜深灯晕生红霞。君去天涯几千里，阑干日日羞重倚。音信三年不得闻，双鱼愁绝清江水。

过大觉庵

野塘春水阔，曲径到门深。坏砌苔纹合，空堂鼠迹侵。僧归持梵呗，树老宿山禽。钟磬此时寂，寥寥清道心。

幽　居

枳篱相对南山下，一室萧然自啸歌。多病经旬疏酒盏，散怀薄暮看云罗。霜浓小径苔犹绿，风定寒塘水自波。秋气渐深人易感，年来踪迹滞岩阿。

同金大兄钟越南冈晚眺

秋色淡如水，相携眺翠岚。疏花缀幽谷，落叶下空潭。天远雁行直，霜枫清树酣。忽闻钟磬响，归路憩茅庵。

独不见　乙卯

青楼繁花中，娇歌低纨扇。狭邪多少年，良辰开欢宴。倡妇夸妖姿，花钿贴满面。轻衫裁吴绫，浓香烧甲煎。黄金买春宵，不如泥沙贱。绿窗有佳人，更阑压金线。铜钗惜于玉，含情独不见。

秦淮

秦淮新渌暗通潮，夹岸湘纹卷绛绡。雨霁凉生清雀舫，月明人倚赤栏桥。莺花岁岁怜三月，金粉盈盈想六朝。夜市酒阑灯灺后，小楼犹有客吹箫。

寻丁姑祠旧址二首

缥衣青盖今何处，凭吊丁姑湖水湄。无复天神降牛渚，女巫箫鼓丛祠畔。

湖畔荒凉动夕霏，湖边秋水没渔矶。老翁打桨载鱼去，惟有芦花空自飞。

南谯道中四首

欸乃扁舟破晚烟，相风竿影镇相连。樱红笋碧堤边路，肠断江南三月天。

遥岚一桁郁嵯峨，风卷轻鸥掠远波。螺髻蒙茸青未减，春山回首暮云多。

明霞薄衬夕阳红，小艇蒲帆挂晚风。两岸月生村市散，呼牛声在柳阴中。

半亩桑阴野岸昏，喂蚕天气最销魂。杨花风里翩翩燕，掠水将泥过别村。

家岑华先生斋前双桐歌

先生斋前双桐树，风条今已凌青云。往年手种才几尺，枝柯袅苒明斜曛。自课童子日洗濯，遂使生潜意含欣。篱门相距不数武，虚窗延碧交疏纹。有时移席坐树下，绿天泻月光纷纷。东家开筵闹腰鼓，西家博塞罗膻荤。先生著书独闭户，手持一卷玉笈文。桐花未落春已暮，吹衣取次南风熏。诘朝步趾向庭圃，滴残晓露余清芬。嘉树有材待鸾凤，安能屈节栖鸦群。一时猝遇班匠顾，伐为琴瑟挥神斤。乃知此物得所托，讵同李木依河渍。人生有情系感慨，他时追忆如乡枌。阶前苔厚鲜客到，萧疏天籁空中闻。行看一叶堕金井，离离缀实当秋分。

江上 丙辰

唤渡来江口，扁舟十尺帆。川涂弥望久，樯燕语呢喃。波静远山出，天空夕照衔。微吟叩舷坐，秋露湿征衫。

望翠螺

孤棹夷犹处，舟人指翠螺。宫袍去已久，草花至今多。明月不长好，浮云将奈何。古人如可作，把酒一高歌。

石头城放舟至燕子矶

晓发石头城。晚泊燕子矶。望望江国路，遥遥帆樯迷。隆炽倏已远，清凉渐可披。客子哀道途，柔颜易萧衰。既恐素丝染，复患歧路悲。江水去不返，流光无多时。感此览物志，靡靡起愁思。

行路难

君不见，春风昔日金谷园，美人歌舞纷婵媛。主人半醉彻瑶席，花光香气交翩翻。屈指流年不堪数，梧桐叶落惊秋雨，断壁空楼燕子飞，明月重寻旧窗户。西邻有人吹玉箫一声入破干云霄，悲凉忽作塞上曲，千群战马风骚骚。将军大旗戍河朔，穹庐夜静听吹角。欲往从之阻关梁，酒阑看剑荒鸡喔。行路难，路南到处西风寒。

新霁

薰风荡炎景，大雨声滂沱。薄暮见新霁，凉气当轩多。飞萤点修竹，鸣蝉抱高柯。夕露下前阪，浮云张疏罗。仰视明月光，泠泠湿青莎。于嗟思美人，独立发长歌。

苕苕曲

秦淮三月东风多，垂柳夹岸来莺梭，红阑十里湘帘卷，兰浆千双画舫过。风流六代繁华地，冶游何限销魂事，药房兰室赌棋枰，鸾笙象板徵歌吹。吴儿生小字苕苕，家住西邻白板桥，覆额青丝藏白皙，瞳人翦水含春潮。门前都种梨花树，苔痕印遍花间（树）路〔一〕，苕苕娇嫩闭门居，梨花春雨闲庭暮。恨杀豪家轻薄郎，黄金意气最颠狂，强使樱桃成内宠，玉容消瘦减神光。邀笛步前风露冷，苕苕小立无人境，荀令衣裳歇旧熏，沈郎腰带宽新影。鹫峰禅寺会盂兰，彩结歌台锦作栏，共爱苕苕柘枝舞，缠头十万等闲看。盛年一去如朝露，丹砂难遣朱颜驻，谁挽羲和御日轮，不使流光暗中度。太息重逢隔五年，苕苕憔悴已堪怜，春风小院飞花柳，秋雨横塘坠粉莲。雪肤花貌都何益，老大徒伤人弃掷，只有青溪江令祠，墙边流水年年碧。

刘　生

我有三尺剑，绣涩龙文稀。寒芒鬼母箸，爽气风胡知。恩仇未云报，慷慨徒尔为。不及刘生侠，亲持符节归。

佳期竟不归

一城砧杵响秋风，落尽芙蕖百朵红。梦远难寻荒塞路，宵长怕听隔墙钟。疏帷卷处流萤入，黄叶清霜阶上湿。空持明镜照愁颜，两两佳入暗垂泣。深闺刀尺送寒衣，夜火裁缝玉漏稀。料得他乡相忆苦，无那长征竟不归。遥怜万里龙沙外，可有南天白雁飞。

贫家女

贫家女儿夜深绩，寒蛩带露空阶泣，短檠挂壁余光微，秋窗月上清辉湿。问女何太苦，女心常自悲，非不惜手爪，其如寒与饥。终宵绩麻不盈筐，浪浪泪落沾衣裳。倡楼少妇娇且妒，罗如云霞縠如雾。君不见，东邻箫鼓喧未阑，更著霓裳舞翠盘。

菱溪石

菱溪石立让泉侧，穿穴玲珑土花蚀。霜寒水落秋草零，章质斑斓变苍黑。皇道山前流水清，下注荇溪蔚蓝色。当时偃卧寒潭边，过客摩挲不能识。想见曳从幽谷中，一朝费尽三牛力。传闻小者尤精奇，白塔朱家敢藏匿。兹石有六亡其四，双璧刘金竟搜得。于今弃掷大道旁，牧竖樵夫藉休息。人生遇合信有时，微物亦复感通塞。淮南三十六英雄，荒烟平楚空陈迹。

北园

北园秋尽草离离，老圃荒寒水满陂。不见统军池上树，无人更问孟家梨。

庶子泉

亭子红栏坏，看山忆幼卿。潭深容月小，树老受风轻。宝祐何年寺，琴台旧日名。寒花秋草里，凭眺不胜情。

野渡庵 丁巳

南谯三月春风颠，桃花千顷纷嫣然。游春蜡屐出城郭，芳草过雨青芊绵。道旁茅庵隐深树，苍苔紫藓侵门路。漏痕四壁堂欲倾，虚檐断额署野渡。嗟乎当年贤太守，偶尔题诗成不朽。荒碑残碣寻遗踪，风流消歇今何有？君不见，醉翁手植亭中梅，空山年年风雨摧。流泉明月自今古，居士而今安在哉！

和韦二首

移杉郡斋

郡斋有杉树，矗立何苍然。云从古城下，移向苔阶前。清阴覆小室，余荫容高眠。想见微吟日，聊结静中缘。

种柳西涧

宿雨晓欲霁，觅渡多村人。相邀荷畚锸，种柳河之滨。托根在沃壤，疏枝搴淡云。已觉足生意，始知深阳春。纷纷修褉者，祓濯当佳辰。我来藉草坐，翠色留斜曛。

与钟越分手河梁旋复梦见觉而有作

白日欲云暮，良朋将别离。青青芳草色，相送天之涯。握手无一语，彼此各低眉，但觉心事苦，泪亦不能垂。别君入小舟，孤篷溯河湄。岸花自零落，堤柳尚纷披。新月出山角，高高挂南枝，延首见君来，为言长相思。揽袪留我住，相与登匪陬。扪萝陟绝壁，石磴通回蹊。倏忽天籁发，万象空冥迷。回顾不见君，苍黄涕交颐。起视夜将半，疏星转参旗。

艾塘村 戊午

皋陵城废只荒原，井邑萧条暮色昏。一自仙成鸡犬尽，淮南空见艾塘村。

过金先生絜斋斋中留饮同九表叔轩来兄钟越分赋得质字

盛夏不觉暑，炎气忽如失，枯坐小窗中，桐上雨声疾。冲泥著草鞜，来叩长者室。座间三四人，疑义相参质。浊醪饮微酣，吟啸适所适，虽无丝管盛，雅兴亦可述。吾道有真趣，羲轮易西逸，乃知天地间，风景随佳日。

怀轩来

偻指本旬日，相思秋已深。一帆江上别，愁绝远游心。夜月芦花岸，清霜槲叶林。天涯授穷候，不忍听寒砧。

山斋夜坐同钟越作

深宵对良友，仿佛梦初成。秋月令人静，薄寒帘际生。桐疏山鸟去，竹暗草虫鸣。坐到忘言处，悠然心境清。

蓼 花

浪痕经雨上汀州，糁糁红花拂漫流。远梦忽随江岸月，水纹天影看深秋。

江浦县 己未

山县临江口，人烟聚水滩。明流双派合，春雨六峰寒。旧迹铜城废，新声玉笛残。吴船风一帆，遥卸小长干。

自真州放船出扬子江溯流返金陵

客居两月苦龌龊，急呼烟艇下烟江。是时日色渐薄暮，小帆山色横崆㟭。江心皎洁镜无锈，照见飞雁影双双。舟师摇橹橹㯳㯳，状如梵钟老僧撞。夹口客船攒云树，齐呼邪许理棒跤。少焉微风山上来，摇动五雨飘幡幢。荻芦飕飕响不已，千鳞万甲拥船窗。挂席直上如疾矢，其势欲断枯扬桩。长吟得句意兴发，伸纸不自知愚戆。行厨急索具十酒，浓香琥珀浮鸡缸。猫头笋熟味隽永，一餐饱啖填空腔，渐觉水气蒸山脚，拂袖起立加短褡，石厂覆水若蹭兽，下有渔人维小舣。江流至此复湍转，但闻细水声淙淙。云光飘摇落空碧，波涛澎湃奔骏厖。龙王宫中白莲花，浮出水面燃银釭。凄神寒骨境幽邃，诗魔于此未易降。重洲浅渚树环合，深黑沸白聚石矼。夜深江平风亦静，卧听船鼓已逢逢。江上诸峰应入梦，梦中美人翠髻鬃。

秋日乌龙潭上作五首

乌龙潭上柳丝多，系艇浓阴浥露荷。隔水有人吹短笛，女郎学唱采莲歌。

开残阴径半边莲，潭影深澄卵色天。亚字栏杆临极浦，一丛寒玉泊晴烟。

小石粼粼皱碧波，红鱼拨刺唼青莎。分明一派登高水，于阗秋清绿玉河。

淡烟浓霭病芙蕖，浮水凫葵素练铺。比似青丝堪结网，月明网住女珊瑚。

村径依山脉脉斜，青帘飘处两三家。重来好贳茱萸酒，认取篱边帝女花。

同郑松桥登鸡鸣寺望后湖 庚申

萧寺人不到，闲花落满庭。云水练漂白，烟岚螺送青。山禽鸣柳暗，野艇钓蒲汀。最羡湖中客，常读种鱼经。

拟西昆体四首

落花无情辞玉户，东风吹断廉纤雨。南陌莺簧不解啼，垂扬飞絮成尘土。杏子单衫双袖窄，珠鞍宝马黄金勒。遥指青楼大道边，香重春浓归不得。游丝苒袅娇新晴，舍南迢递锡箫声。玉人坐对白昼永，斜阳远上文窗明。韶光不为少年借，桂魂丸丸天自夜。虬箭金壶侵晓摧，灵星欲向西檐下。未免有情长太息，人生行乐须何日。勾漏丹砂不可求，空使桃花笑颜色。

右春

浓云挟雨来湘帘，殷雷惊落西山岩。芭蕉新绿不受染，风中自展书一缄。雕栏四面凉飔入，茶鼎松涛声习习。冰簟银床梦不成，流苏宝帐生绡湿。牵牛垂光光欲燃，玉绳云净当空悬。碧天沉沉露华重，飞萤熠耀梧桐边。万籁寂寥忽消歇，披襟当此最佳绝。清光只在凌扇中，何事劳劳成内热。

右夏

盘龙明镜澄秋光，金炉霭尽沉水香。西楼望月不能寐，捣衣声在芙蓉塘。晓霜未融征雁叫，金微路远梦初觉。拂拭余香酒半醒，薄寒吹上铜钗蠹。宝奁尘满双明珰，瑶琴写怨传清商。曲终敛袂忽长叹，为君泪落沾衣裳。芳兰生香香不灭，花台珍重千条叶。安得幽姿镇长好，双飞化作西园蝶。翠阴穿径垂藤萝，玉人别久青苔多。同心未许长会合，悠悠念子将如何。

右秋

天寒岁暮纷百感，鸳衾晓恋魂犹懒。豪竹哀丝不解愁，后堂容易红灯晚。虾须织帘垂雕栊，玉缸洒泻珍珠红。今者不乐岁云逝，可惜玉颜变哀荣。琼花满庭映窗白，虚廊夜久琅玕折。兽煤翻尽渐成灰，丁丁漏水残声涩。亦知昼短苦夜长，何为悠思鬓成霜。中霄辗转百年事，高楼瞳昽生朝阳。

右冬

客中书怀

屏影绿沉外，茶烟一缕斜。主人能爱客，游子只思家。冬衣欲装絮，秋兰尚著花。可怜残醉后，新月到窗纱。

校记

〔一〕树　疑衍。

杉亭集　诗二

喜晤钟越 辛酉

两载不相见，相看成古欢。忽惊颜色改，转忆别离难。身世愁无定，文章泪未干。空斋灯影暗，话旧到更阑。

拟宫词

白玉阶前碧草生，西风罗帐冷桃笙。夜阑别院喧箫鼓，自卷珠帘看月明。

登清凉山

绝顶一凭眺，秋光清我心。江帆入城郭，山翠上衣襟。钟磬下方静，云烟远树深。湖壖渔唱起，暝色噪归禽。

听宇上人说公案戏赠五首

放棹归来自在行，昏衢安炬最分明。废钟十载埋荒草，悬入空楼便有声。

酿蜜黄蜂枉自忙，为谁辛苦送年光？伊兰本是西家种，却向东家也有香。

一局楸枰几道纹，笑他黑白太纷纷。梅檀林外花千树，不是狮王不许闻。

故人只在故人家，几度寻游路转赊。不用更求三昧火，如来前世本灯花。

月子朝朝总在天，者边虽缺那边圆。拈花何处寻天女，好与维摩细解禅。

春雨有怀程征君绵庄先生 壬戌

东风吹积雨，檐溜鸣阶除。漫漫日月逝，郁郁忧思纡。言念彼君子，恻怆勤著书，朗月耀怀抱，层云荡襟裾。折简招我往，相与味道腴。如何霖潦淹，乃隔天一隅。延首增想似，长吟发裙歔。青阳布大野，冀彼春扶疏。桃李荣广陌，兰蕙被青渠。褰裳著游屐，忘此思心孤。

感旧十三首

小亭卜筑板桥西，一桁春山与屋齐，可爱栏干临水面，数株垂柳绿云低。余家自癸丑春半移寓秦淮上。

新声都付老何戡，旧谱重经仔细谙。吹到夜凉风静后，紫箫一曲望江南。伶工倪老掀笛擅场，余时作小词，倪辄谱而歌之，亦复精于音律。

几剧娇歌绝妙词，檀奴儇巧系人思。子亭醉草清平调〔一〕，肠断杨妃捧砚时。谓莕莕也。

疏帷雨过点流萤，新月初弦素影横。相约明朝看浴佛，自将云子染青精。金陵人于四月八日以南夫烛染饭供佛，谓之乌饭。

鹫峰禅寺空如来，万善坛前受戒回。锦麝幢中装绣佛，唾绒更与制莲台。鹫峰寺在东花园，春夏之交，方丈延善知识登坛说法，听者甚众。善绣女郎制宝幢绣幡以为布施。

桃叶新裁作虎符，碧文小剑翦菖蒲。绿窗几日拈针线，绣得秦淮竞渡图。

烛龙衔尾戏青波，万点明珠落绛河。人在水晶帘箔里，不知天上有姮娥。秦淮灯船相传肪于徐中山王府，听其奏为九龙乐章，太祖所赐也。

碧藕红菱上绮筵，酒酣小极枕衣眠。一方菰蒲雕栏畔，卧听笙歌度画船。长夏秦淮盛涨时，游船歌吹，入夜不绝，水亭夹岸，清簟疏帘，令人作十洲三岛间想。

帘幕重重敞夕菲，柳烟花雨太依微。凭栏贪看新晴月，露湿齐纨白夹衣。

炎威不到木兰舟，日日听歌汗漫游。夜半洗车新雨过，水纹珍簟觉先秋。

青溪北接进香河，七月盂兰赛会多。齐舁金仙临舟舫，红灯千点落微波。每年七月，妇女于小舟中作盂兰会，然灯浮于水面，名曰放焰口。

笑语犹闻小阁中，半栏花竹度微风。关情最不分明处，隔岸残灯一点红。

故宅空传庾信居，风流消歇十年余。而今门巷依然在，燕子春来认旧庐。

出郭

篮舆出郭草痕斑〔二〕，满眼风光四望间。一带依依疏柳外，淡烟遥起夕阳山。

晓发

晓气蒙蒙湿锦鞯，初阳洗出一轮圆。山腰三两人家住，半在疏林半在烟。

舟发云阳驿同台司马作

秋水云阳驿，扁舟东复南。女墙衔春景，季木入遥岚〔三〕。明月千山晓，澄波一鉴涵。联吟有余兴，尊酒亦清酣。

延陵季子墓

季子今何在，高名动客思。让贤辞故国，观乐辨风诗〔四〕。宿草空林暗，残阳暮霭迟。古碑苔藓蚀，秋晚露华滋。

句曲道上望茅山

仙灵在人境，缥缈白云护。苍苔传危冈，青松夹广路。饮烟起孤村，夕照下远渡。连峰翠可挹，飞梁泉欲注。倏忽幽径转，脱落古碑仆。不知清兴狂，但觉夕梦误。素心白石坚，朱颜丹砂驻。三茅迹已陈，千载杳难遇。乍触沆瀣气，恍作神灵语。仆夫倦征途，游子指野墅。遥遥仍在望，去去屡回顾。重岚染屏障，悠然自凝冱。

登惠山寻石门

我行惠山下，遥望石门颠。舍舟入林麓，小径有延缘。村庄背斜日，香稉熟水田。道旁多古墓，长松不记年。渐觉达幽邃，石老苍苔钱。扪萝陟绝壁，树色纷参天。楼阁下方见，时有钟磬传。飞鸟避人影，灭没随苍烟。何处玉佩落，琮峥响流泉。石门隔人世，相传栖神仙。芳躅不可见，毋乃古善卷。余亦素心人，凭眺生留连。会须谢尘鞅，此中呈安禅。

秦园

园亭十亩水东西，路入苍烟容易迷。昔日玉箫金管地，于今芳草碧苔蹊。楼前燕去秋风冷，山下僧归夕照低。徙倚中林倍惆怅，兴衰满眼鸟空啼。

虎丘

系缆山塘薄暮时，虎丘路转更威迟。笙歌半向诸天落，香雨偏从上界吹。霸国风流余旧俗，旅人情况动秋思。遥怜胥母山前恨，弭节重来亦可悲。

山塘同台司马作六首

金虎当年事已沉，剑池秋水树荫荫。风流司马闲凭吊，小憩青肤待月吟。

第三泉上碧梧高，四面松风坐听涛。更有当垆人似玉，苦心莲子手亲挑。

金阙珠宫错落开，散花人远首重回。生公去后台空冷，不知何年听讲来。

淡烟浓霭自黄昏，曲径迷离别有村。曾记小楼秋夜永，梦随明月到吴门。

笙歌夹岸敞红楼，胜地何妨日日游。莫上半塘桥上望，断肠风景是中秋。

一片浓香暗水云，木瓜酒酽客微醺。宵深露冷不成寐，时有笛声楼上闻。

夜泊京口

苇岸吟风霜满林，润州城险踞江浔。银河远落龙潭外，珠斗斜连雉堞深。驿路烟波愁客梦，凉宵漏鼓迫归心。可怜明月空如水，北固山高自夕阴。

舟中望金山

铁瓮城寒薄雾收，舳帆安稳下中流。海门云净月初起，京口潮来天欲浮。树色远连瓜步晓，钟声近接蒜台秋。蓬莱咫尺风吹去，玉带何年访旧游。

寒夜对月和家广文蒙泉先生韵

寒梅凝冰意衰飒，横枝写影上空塌。虚窗夜久生微阴，铜盘清泪滴残蜡。高城远漏断复续，中天明镜照六合。何当独登天柱颠，俯视众山纷合沓。碧澄千顷飞灵香，彩云缥缈当前压。仙人王乔笑相遇，左奉玉壶右挈榼。我醉狂歌更起舞，银光一缕闪剑。

花朝宴集程文丽山护兰斋中四首 癸亥

抹翠云岚染碧天，青青溪上柳初眠。梅花落尽桃花放，春雨春风似旧年。

一竿斜日半窗红，曲录栏干亚晚风。人在护兰斋下坐，花光香气太溟濛。

诗筒点检说平生，瓷碗甘潮雪色明。何处玉声敲礫礫，隔窗棋子落楸枰。

洛社年年逸兴新，百壶花酒酹花神。香山九老风流在，记取花朝会里人。

真州杂咏五首

小帆山色尚青青，几点闲鸥立远汀。回首五年江国路，扁舟重系白沙亭。

将军白发已鬑鬖，犹向樽前抚剑镡。可惜壮心依旧在，飘零大树老淮南。

大悲禅院树阴森，钟磬声微歇梵音。独有清公足清兴，月明松磴坐弹琴。

露重天高四月秋，狂来说剑大杯浮。酣嬉起舞衣衫湿，世上何人睚眦仇。

金缕檀槽听琵琶，清于江岸蟹行沙。客中风景无聊甚，开尽安榴一树花。

惆　怅

惆怅青鸾信到迟，锦书天外寄来时。巫云早断荆王梦，湘瑟空余素女悲。玉户浓情春燕语，罗衾香泪夜灯知。秋河却羡双星好，犹有年年七夕期。

过凭虚阁访徐曾传不值三首

凭虚浩劫上重霄，龙象诸天影动摇。林水依然会心处，空留遗迹记南朝。

尘冷颠当白板扉，青肤一径夕阳迟。如何占得幽栖好，不见董生亲下帷。

紫翠沿江山色来，后湖波影动层台。上方钟磬乌声寂，一树红梅花自开。

赠家楚宝

倦游人老鬓飞篷，十载归来兴未穷。极浦掉船三月雨，小楼吹笛五更风。烟霞有癖随麋鹿，身世无营似雁鸿〔五〕。闲倚山窗自长啸，露华清夜湿兰丛。

删竹和台司马

花外无天透碧虚，并刀亲为辟琼琚。凌云修干成萧散，委地残枝任扫除。亭畔闻声风力弱，池旁临影月痕疏。不因费尽经纶手，烟雨濛濛伴瑟居。

赠江宁官太守效柳柳州韦道安体

直道在天下，斯民未可欺。芸芸彼黔首，讵曰无识知？抚之则颂祷，虐之则怨咨。循良官太守，一郡称其慈。清慎本性成，勤劳志不衰。爱人如爱己，急公如急私。案前无留牍，敏捷推神奇。甘棠坐听讼，昼尽继燃脂。救焚必身往，奋勇不辞疲。以此德意浃，蕴为春风吹。扶杖有老叟，具言「来何迟」？彼此互传述，道旁树口碑。「去年岁将暮，有客旅邸羁，主家给其金，欲归苦无资。呼号吁太守，太守前致词：此事吾责任。何难为尔追？一经吏胥手，特恐成漏卮。签书亲把笔，与尔自索之。主家闻此言，恐惧心忸怩，连城璧竟返，挂帆归江湄。又有舆抬夫，彳亍大路歧。不知何人金，乃在路旁遗，四顾无行迹，欣欣自取斯。归而谋诸妇，将为薪米资。妇言大不可，念彼失者悲。还金古所称，慎勿为贪痴。丈夫然其言，送置原路陲。遇彼失者至，愕然生惊疑。人心多翻覆，忽变鬼与魑，瞋言非原数，此中已大亏。争竞吁太守，太守为剖披。失金自有数，寻金会有时，况在大道旁，失者焉可期？所得非所失，何用两参差？金应与得者，持归畜妻儿。片言即畲服，巧诈将安施？声名震江国，能使风俗移，良法与美意，贻为后人师。

四时艳情四首

细霭阴阴傍晚天，碧池风静水澄鲜。鸟啼小院春将老，花落空廊月未圆。烟袅鸭炉微病酒，漏沉虬箭尚无眠。安能化作金钗凤，辨向香云倚玉肩。

最怜曲榭近东墙，长夏风微院宇凉。弱线闲抛贪斗草，绣帘不卷为薰香。窗中避暑挥绫扇，花底窥人露锦囊。眉语目成都省记，何时梦雨到高唐？

西风残照雁行斜，病怯新凉白夹加，红板桥边秋一片，绿杨城外夜千家。玉颜慵绾归云髻，仙籍难穷贯月槎，愁见越罗襟上泪，丝丝绀碧不成花。

张角星辰事可欢，天教留恨倚雕栏。云深银汉欢娱阻，水溢蓝桥会合难。鸾镜光沉螺黛远，象床尘满凤衾寒。鳏鱼灯暗空房掩，飞雪檐前玉筋残。

咏斋前白秋海棠

剪取瑶姬玉辟邪，数枝带雨自横斜。露浓一径香魂湿，月满三更素影赊。公子轻衣裁粉絮，美人清泪洗铅华。谁怜倾国倾城色，却向墙阴伴野花。

寄轩来七首

平生鲜知己，与子最绸缪，投契舒青眼，相将定白头。联吟山月晓，携手岭云秋，从此淹晨夕，虚斋日唱酬。

丛桂堂前树，依依绿几双。新秋人卧病，永夜月窥窗。药裹烦君检，诗魔笑我降。消愁应有术，聊为一开缸。

十里秦淮路，春波白板桥。我家居水阁，君至泛兰桡。虚榻留歌啸，衔杯破寂寥。相看两如梦，清绝可怜宵。

旧渡名桃叶，风流隔几年。江山自今古，光景足留连。绣幕歌楼迥，红灯画舫悬。颓狂同阮藉，沉醉酒家眠。

城南花事好，相伴踏青阳。古寺临双树，疏钟出上方。过桥村店小，依水野蒲长。爱把春衣典，高歌一举觞。画尽旗亭壁，新诗儿卷成。文章憎俗眼，踪迹苦浮名。漂泊江湖远，艰难岁月更。中年潘骑省，渐觉二毛生。

自此长相忆，天涯涕泪多，关河新梦隔，消息远人讹。暮雨伤杨柳，秋风怨薜萝。离心易憔悴，问子更如何？

小长干曲三首 甲子

湖上雨如丝，艇子沙棠小。送郎犹未回，漠漠前村晓。

柳丝千百尺，未抵别离长。归帆何处宿，回首望横塘。

翠衾残梦断，高楼生晚寒。砧声起天末，叶落小长干。

旧剑

三尺寒泉挂秋碧，龙吟匣中空月白。邯郸少年不敢携，至今绣涩苔纹坼〔六〕。昔时豪客重报恩，曳裙羞向侯之门。此物由来不轻试，为君拂试苍苍痕。

同宁栎山戴丰有寻孙楚酒楼故址

莫愁湖上野烟收，何处西风旧酒楼。买醉客亡山自碧，题诗人去水空流。烟沉极浦枫吟晚，霜落危桥雁叫秋。六代消磨君莫问，苍茫惟见荻芦洲。

送家广文先生俸满入都谒选

清江帆重秋烟起，君今北上长安市。长安卿相交口称，卓鲁龚黄执鞭箠。君行何匆匆，别意临西风，邮亭一祖送，感激心忧忡。金陵八载欢相聚，诗简酒盏无朝暮，桃叶轻荫泛小船，梅花香霭吟新句。君之爱才久益坚，有如铁网罗深渊，独惭小子苦窳器，何幸大臣亲陶甄。人皆贱我虞翻骨，惟君顾之神发越；人皆笑我原宪贫，惟君姁之回阴春。人生之己不易得，何况情深骨肉同天亲。歌亦不能长，泪亦不能堕，梦魂相随千里遥，云山万迭愁中过。君不见，邻家失母儿，暂时不见涕交颐，亦知后会应不远，无奈尊前离别悲。从今踯躅宫墙外，忍见墙头桃李枝！

同严东友登周处读书台

禅关掩城隅，一径入蒿莱，佳辰携我友，步屧登高台。门前有古柏，欹侧白云隈，老干青铜色，经历几劫灰。孝候者任侠，叱咤走风雷，偶然慕贤达，习静超氛埃。乃知佔毕辈，下视真庸才。寒月照林表，石矶生绿苔。岂无蛟与虎，斯人安在哉！

贫交行三首 乙丑

君不见长松生在高山颠，枝柯夭矫凌苍烟。不知经历几岁月，风霜老尽虬龙骨。东皇来时百花开，夭桃繁杏如玫瑰。转眼封姨肆狂暴，但见纷纷委绿苔。长松长松岁寒心，与君结交为知音。

陶公窗下无弦琴，陶公去后尘埃侵。古人相赏必有在，素心何必无千载！我有哀思为谁放？我有娇歌为谁唱？尘世悠悠能几人，高山流水空惆怅！

长安城中多少年，相逢白马珊瑚鞭。酒酣联臂倡家宿，沉檀甲煎香芬馥。朝朝暮暮流年迅，黄金已竭欢娱尽。昔时良宵照春影，今日严霜点秋鬓。寄语纷纷轻薄儿，贫贱饥寒常苦悲，不记钟情忘尔汝，可怜对面隔云泥。于嗟乎！若还覆雨翻云手，安知平仲交能久。

三妇诗

大妇理机丝，中妇裁罗衣。小妇独无事，下阶折花枝，愿郎急怜惜，春色无多时。

寄远曲

深闺美人愁暮春，柳丝织帘烟如尘。翠蛾含情春日短，金徽隔岁音书断。手折樱桃独长叹，良人不归色凋换。

送沈明府调任建德

补萝先生六十余，一官偃蹇悲盐车。烹鲜复作建德宰，折腰苦为升斗糈。忆昔年少夸结客，诗坛画苑飞令誉。长安贵人争倒屣，一饮不惜兼金醵。偶然泼墨写绢素，豪家购为奇货居。虚舟（王澍）退谷（汪士鋐）称老友，籀篆直逼周秦初。尤精刻符世莫比，佩间私印摹相如。公卿荐之觐天子，东南分职济河渠。平生不解因人热，激昂解组赋归欤。凉风高卧北窗下，庄生蝶梦来蘧蘧。少保好贤搜名宿（谓尹制军），起家乃令庐江舒。春秋山高昔贤没，先生怀古遥欷歔。我来留作十日饮，陆离古器罗庭除。自言好奇久成癖，米颠爱石同璠玙。示我兰亭三友卷（先生小影），飘飘如欲凌空虚。别来倏忽一载半，精神烂若红芙蕖，须眉知是寿者象，即今风度何萧疏！金鸡啼向草堂北，应与罗隐同踟蹰。双鱼从此隔秋浦，可能寄我尺素书。

校记

〔一〕子　原本如此，疑误。

〔二〕郭　原本作「阁」，今以意改。

〔三〕岚　原本作「风」，失韵，今改。

〔四〕观乐　原作「乐观」，与上「让贤」不对，故乙正。此类颇多，余不一一注出。

〔五〕鸿　原抄作「鸣」，不韵，以意改。

〔六〕绣　疑为「锈」。

杉亭集 诗三

泊船真州二首 丙寅

近市人喧夜泊船，酒楼灯火乱春烟。江乡风景依然好，旧梦惊心又几年。

枳篱门径掩河干，小犬金铃吠井栏。记共药洲曹廷相别字寻旧约，枇杷花下晚风寒。

泛舟真州城南

漾舟入回溪，水气淡林薄。夕阳乍隐现，垂光生雨脚。人家临河干，柳丝覆帘箔。溯流向深窈，断厓横略彴。初疑前路阻，朗然复寥廓。微飙动水纹，萧萧陨秋箨。身与停云闲，窈窕恋阴壑。返棹心尚尔，佳兴寄杯勺。

海禁

吴松江口水，直下通海潮。襟带连八闽，控制东南条。海中有岛屿，么麽潜僬侥。窃我中华粟，瞻彼皆与朝。奸商但趋利，岂识种祸苗。公然越关津，大舶联吴艄。得缗权子母，奚翅倍蓰饶。今年夏四月，风雨苦萧骚。厘牟尽烂死，水没高田莜。米价忽腾踊，十室九啁噍。皆言海禁弛，此患伊谁招？庙谟照六合，达聪采刍荛。令下肃雷电，侦候严官僚。梁舟横略彴，毋许通短桡。窃恐彼鼠辈，未肯腹恒枵。升平日已久，青苔生丽谯。沧溟望不极，高天正演寥。畴能展长策，顿使隐患消。

送台司马乞假归觐 丁卯

我爱台司马，风流阆苑仙。策名公子贵，筮仕大夫贤。美政春同暖，清操石比坚。文章摛锦绣，交谊薄云天。好客欣投分，倾心许缔缘。疏狂惭我拙，缱绻独君怜。酒向郫筒劝，诗从蜀纸联。竹�三径两，莲盖一池烟。小砌苔纹合，空廊树影圆。春阴张叶幄，夜月坐花筵。曾记游吴苑，相携上画船。江明鸿雁断，沙冷鹭鸶眠。系缆危矶下，停桡曲港边。锦囊终日满，游屐几回穿。灯火毘陵市，烟波笠泽田。江山供眺览，风物足留连。最好中秋夜，偏余霁景鲜。石桥人影乱，兰舫笛声延。凉露侵衣湿，浓香染袖妍。参旗三点烂，月镜半空悬。此际真欢矣，归时尚忆焉。依依情绪在，杳杳岁华迁。胜事还如昨，嘉游已判年。官桥今折柳，曲岸且停鞭。归作荆兰舞，同赓棣萼篇。巴词歌祖席，相送意绵绵。

台司马调任镇江送别五首

木落霜严江水清，骊歌相送出重城。肩舆指点寒山路，人在倪迂画里行。

铁瓮城依北固山，官斋事简昼长闲。定知酒酽花浓候，一卷新诗手自删。

堂背春荣爱日萱，雁行联翩在高天。相遥百里无多路，来往年时好击鲜。司马伯兄任江宁邮鹾观察，太夫人迎养署中。

丁卯桥头足放歌，芙蓉楼下水横波。江云浦树供凭眺，贮满奚囊可奈何。

看山有癖梦中寻，窈窕名蓝叩竹林。明岁探梅官阁里，夜潮卧听海门深。

送徐孝先之扬州

黄叶清霜满石城，城边解缆趁秋晴。渔归极浦寒鸦噪，帆过空江落照明。赤岸晓风仙掌路，红桥夜月玉箫声。三生杜牧扬州梦，不许徐君作去不成。

同周幔亭赋得佛灯

不用红纱覆烛奴，诸天龙象护明珠。微风定后三更静，斜月沉时一点孤。欲借余光依法界，可能分影照昏衢。人间多少茫茫事，对此真令万念枯。

将之京口周幔亭金表叔轩来相送江干话别

草草易成别　临歧各黯然。南风吹五两，催送夹江船。浦树收残雨，津桥驻晚烟。良朋珍重意，频望寄鱼笺。

燕子矶晚泊

石头城下路，数里到危矶。一棹掠波去，双禽贴水飞。吴帆乘月下，楚火带烟归。渐觉溟濛处，遥山失翠微。

登铁瓮城

山势延缘铁瓮城，下看烟霭暮潮生。南徐设险人何处，北固临江景自清。高浪远连深树没，残霞斜衬片帆明。凭将一幅鹅溪绢，两点金焦画不成。

金山二首

放眼中峰最上头，居然身已到瀛洲。山僧路绕云边出，估客帆从槛外收。人静鸟声喧老树，窗虚浪影入高楼。暂时小憩维摩榻，领略禅关五月秋。

万里岷涛一望通，泠泠真似御天风。烟沉南兖孤云白，潮下西津落照红。载酒船从京口去，观泉人立石簰中。江山此日烽烟靖，怀古休夸北府雄。

焦山二首

海云深处是仙乡，忘却人天白昼长。老树虬龙蟠宿雨，古碑苍藓淡斜阳。铭探瘗鹤多零落。我欲骑鲸向淼茫。相对茶瓜片时坐，回头如历几沧桑。

为寻隐士到岩扃，石径沿回屐齿经。三诏洞前秋草绿，双峰阁下晚潮青。心随去鸟翔寥阔，目送孤云入杳冥。此地由来堪遯世，不因猿鹤恋山灵。

甘露寺

孤亭百仞势倾危，山倚高城压水湄〔一〕。荒草难寻孙策墓，神鸦空吊佛狸祠。广陵树色烟中出，京口帆樯掌上移。太息霸图零落尽，武侯石在露华滋。

瓜洲渡江

江南山色立烟鬟，清彻霜衣照客颜。鸥鹭沙头应笑我，一年五次过金山。

月

明月生庭除，萧然觉露寒。羁人独惆怅，斜影到栏干。好梦今宵远，闲愁此夕宽。遥怜楼上寝，不寐听更残。

弱线

弱线萦回刺绣针，一针封就小于簪。灯前点检添惆怅，费尽深闺尔许心。

雁

万里长征日，衔芦北海头。霜寒迷断港，月落聚空洲。渔火孤村树，笳声古驿楼。萧条向南路，辛苦稻粱谋。

幽闺怨 戊辰

后堂栏槛敞春风，栏前绰约花枝红。婵娟成队娇罗绮，玉光钗焰香丰茸。主人钟情爱倾国，明珠百琲等闲掷。酒酣夜傍红蔷薇，月明一树梨花白。自昔姮娥爱年少，黄金难买嫣然笑。空使幽闺怨仳离，晚妆羞向菱花照。江干黄竹裁为箱，叠成金缕绣罗裳。一朝见尔白杨柱，陌上相随游冶郎。斜阳身世空悠悠，富贵荣华难久留。君看歌舞豪家伎，几见寒霜燕子楼？

梦与亡弟藜叔共饮觉而有作

一恸鸰原百种哀，谁教抱恨向泉台？为言病骨经秋冷，强慰愁心借酒开。觉后泪痕珠颗颗，帘前霜气白皑皑。剧伤踪迹如萍梗，偏有精魂觅我来。

忆三弟蘅叔

日落寒江暮霭生，登楼六见石头城。梦投远树离离黑，卧数残更点点清。客路依人惟有泪，他乡忆尔最关情。不如归向荒斋里，一局围棋对月明。

酒旗 己巳

一幅青帘系竹枝，黄公垆畔最相思。若为低拂当门柳，乍可横飘隔水篱。花落短垣微雨后，日斜深巷嫩凉时。重寻旧侣衔杯地，犹向风前自在垂。

哭程媪四首 并序

媪，先王父广文公侧室也。烺幼失慈恃，养于媪，恩义最笃。雍正癸丑，大人挈家迁金陵，媪独留里中，败屋三楹，长斋绣佛，如老尼师焉。烺往来江上，每一相见，辄涕下交颐。今年六十有一岁矣，倏无疾而逝。烺闻凶耗，仓卒归里，为营丧葬，而悲痛已无。用成长句，歌以当哭云尔。

苦节坚持三十春，岁寒始觉有松筠。繁华短梦萧凉境，贝叶寒香老病身。秋尽楼中霜月夜，恨长泉下白头人。一朝撒手悬崖畔，真向西来了净因。

曾记春朝就道时，临风老泪尚丝丝。为言后会在何日，且属前途休去迟。深巷俯门添怅望，荒山策蹇动愁思。谁知此际匆匆别，便是平生永诀期。

闻赴江皋心欲摧，片帆如马渡江来。一棺已了百年事，双泪难倾千古哀。尘暗虚堂饥鼠窜，苔深坏砌野花开。盈盈月照魂衣上，谁把椒浆奠一杯？

报德难酬抚畜恩，此生饮恨竟何言。灯枯不作寒宵梦，幔卷空归永夜魂。故宅萧条看易主，前和潦草葬荒原。空箱点检遗留物，重见儿时犊鼻裈。

宝林寺二首

唐花山寺已消沉，古刹闲门闭水浔。欲访当年杨尚宝，藏经楼迥暮云深。

小阁僧雏晚诵经〔二〕，历阳山色雨余青，荒烟平楚行人少，何处秋风偃月亭。

绝句 庚午

炊径深处两三家，小径沿缘一道斜。偶向槿篱门外见，玉人纤手折梅花。

台城

鸡笼山下白云限，眺远人从野寺来。城角烟深连废苑，湖干波暖动层台。南朝宫阙成灰烬，北府军兵尽草莱。难问萧梁旧时事，西风落木不胜哀。

冶城

晓色苍苍霜满城，危冈迥与绛宫平。千年剑气销磨尽，一代忠魂感慨生。放鹤人遥花事晚，拜星殿僻月光明。飞云阁外风声急，无数琅玕作去雨声。

永庆寺

曲径人稀半绿苔，寺门斜日对山开。绮罗散后余金地，寺相传为梁永庆公主故宅。钟磬声中上石台。茶板不喧栖鸟静，塔灯留照老僧回。纸钱如雪棠梨道，飒飒灵风吹作灰。寺在红土山前，山多古冢。

入清凉寺登扫叶楼

秋林落叶与阶平，穿径人从殿角行。帘卷晚风飞宿雨，楼凭高阜俯重城。沿江远岫窗中暝，隔院疏钟树杪生。红映莫愁湖上水，明霞一缕作新晴。

石城晚霁

苍苍望石城，霞外远峰晴。野烧亭林隔，寒潮略彴横。炊烟犹井井，月色自盈盈。正好登临倦，津桥唤渡声。

寒山晚眺

寒色杳无际，萧然登晚山。日边双鸟下，云外一僧还。茅屋将烟暝，枫林剩叶殷。乌犍归渡口，策杖掩柴关。

冬日偕傅雨田野步

岁寒天地肃，极望尽黄茅。水落留鱼步，林空露鸟巢。浮云依古堞，斜日满荒郊。我友清狂甚，行歌诵解嘲。

冬抄屡试于姑孰使院督学双公限晷催诗余每先成徘徊庭际余寒噤痒之中当涂尉钮君辄以酒饷之赋此志谢

挟策旌门日易斜，半庭竹树带冰花。云遮短景催青管，风送余寒入绛纱。清渴相如文思减，清狂太白酒怀赊。此时不有王宏送，立尽黄昏等放衙。

除夕同李啸村金迥一韦药仙金钟越兄周朋荐守岁姑孰使院呈学使双公

踪迹联浮云，年光掣飞电。冉冉岁云除，椒花芬杯面。雪融见霁景，春气一以变。畴为冰筋吟，余寒落轻霰。诸君枚马俦，旌门荐芗馔。剧饮达深宵，欢情忘别怨。巨公独爱才，下逮缝掖贱。投分浑云泥，笑言足清晏。酣歌绛帐前，中行杂狂狷。千秋慕贤达，胜事传佳宴。东望慈姥山，庭闱一水间。遥知奠辛盘，中心增缱绻。丈夫贵努力，襄首岂容倦？况感知己恩，阳和越禽恋。明年迎翠华，锥颖襄中见。赓歌须庙廊，征逐耻乡县。伸纸诗传观，平衡酒迭劝。坐待朝阳红，绮霞布深院。

永济寺 辛未

离离花石叠成垣，一径微风到竹轩。峭壁玲珑嵌古佛，精蓝迢递护名园。远江日落红生树，薄凌春融绿绕门。极目楚云天外合，寒潮东下客无言。

江上望摄山

东风入夜䉐，朝云犹䨴䨺。破晓张吴帆，波涛势摇撼。长年捩柁行，涉险服其敢。沿回若之字，次第越重坎。日出天宇清，风云消惨淡。望见最高峰，娟娟削菡萏。栖霞幽隐区，廿载迟游览。江上寄遥心，冥冥生百感。

题江村

镜芗亭畔路，步屧入江村。水色绿摇槛，山光青到轩。疏花新缀叶，修竹旧题痕。却羡长干客，归帆白下门。

御试赋得指佞草 得「忠」字五言八韵

瑞草生庭际，嘉英植殿中。质坚能指佞，心直可旌忠。蓂蓂差堪比，华苹未许同。招贤临邃馆，镜物傍深宫。霜雪留真性，灵奇见化工。有邪知抵触，无德岂包蒙。挺秀承天鉴，含芳赞圣功。盛朝歌喜起，奚用此茏葱。

恩赐御制石刻生秋诗恭纪

御香浓处墨痕斑，赐出大家胜匪颁。顿觉凉生襟袖里，还如风在殿廷间。匀调岁月豳风补，细注虫鱼尔雅删。捧到蓬门光焰烛，奎文从此丽人寰。

泊舟淮浦

客路凄清唤奈何，扁舟往来畏风波。楚天凉雨潇潇夜，又听渔郎水调歌。

赠程二丈鱼门

朝入枚皋里，雪霰纷以积。言寻长者居，遂出怀中刺。登堂接客仪，慰藉见真挚。伊余忝通门，历久敦交谊。指囷米屡求，办装钱岁致。以此慷慨衷，不厌故人累。先生静者流，天姿超岸异。读书慕古初，摛文发幽思。诗篇日益工，亲雅别裁伪。欣赏惟吾徒，千载共斯意。小夫重结纳，君子笃高义。钦君一寸心，感叹深瘖痳〔三〕。层冰坚漕河，霜檐激露吹。临别重徘徊，更拭歧途泪。

打冰词

朔风一夜声相砯，漫空尽让严寒凝。布衾朝卧冷于铁，手足卷曲犹枯藤。漕河入望匹练素，疑有鼷鼠潜层冰。舟船鳞次若胶胶，下字去声河面仿佛车可乘。长年兀坐篙师卧，中流游泳知未能。传闻达官此经过，黄符一纸气飞腾。役夫三百把锄来，龟手不得嗟凌兢。大声冲冲震两岸，昆山玉碎填沟塍。鲛宫忽讶万杵响〔四〕，毋乃百堵乘时兴。须臾十里玉波净，天光下上如鲜澂。吴艄衔尾鱼贯进，龙门百仞何难登。信知势在鬼神詟，移山填海力亦胜。凭舷三复黄竹咏，维彼冻人吁可矜。

西苑雪霁有怀故园诸子

晴色遥兮白玉栏，空明如向镜中看。缭垣迢递霏琼屑，远树蒙茸出碧峦。仙峤乍游真似梦，春光细写亦成欢。家山犹忆寻梅侣，破帽疲驴耐薄寒。

校记

〔一〕湄　原抄作「湄」，于韵不协，今以意改。

〔二〕雏　原抄涂改不清，右边为「佳」，左边不易辨，今以意补。

〔三〕叹　原抄作「汉」，今改。

〔四〕宫　原抄作「官」，今改正。

杉亭集　诗四

人日 壬申

独宿空斋梦易惊，霜檐初日射窗明。花前雁后都孤负，惭愧吟楼薛道衡。

和同年王毂原舍人上元夜直庐独酌看月柬同直诸公用东坡韵

龙楼写影隔画栋，舍人兀坐如抱瓮。天街月色空自明，珠鞍宝马何由鞚。香醪贯得兴自佳，独酌何妨饮亦痛。夜静不闻鸟雀喧，中天欲泻金炉汞〔一〕。微吟落笔无纤尘，雝鸣清若丹山凤〔二〕。筝琶腰鼓逐欢场，笑我翻然同入梦。是夕余与同直诸公为歌酒会。新篇快诵开心神，手胝口沫加珍重。淡云澄澈天宇空，姮娥还倩东风送。十六夜余宿直庐。寿陵学步徒自惭，诗成朔吹窗间动。宵深被冷不得眠，瑶姬更谱梅花弄。

燕台喜晤金麟洲作

燕台三月杨花飞，金鞍年少骄春衣。日斜下直如倦鹤，氋氃敝裘宽带围。有客叩门急倒屣，伟然风度逸且颀。故人别久颜色改，执手熟视增戯欷。忆君与余未弱冠，里中旦暮相因依。有时醉画酒家壁，有时卧占渔家矶。登山偶尔学狂叫，云霞千尺毫端挥。轩来锺越万人敌，往往睨壁眠赤崴。放颠作达眼惯白，长老颇颔潜骂讥。光阴荏苒判好会，浮云踪迹伤乖违。湘南雁断阻尺素，（轩来在汉上。）黄山人杳思音徽。（钟越在新安。）君复羁栖沂水畔，天涯落落晨星稀。丈夫立名须少壮，安能瑟缩守岩扉？君才卓荦廊庙器，鸿崖行见金扬辉。知交良会不易得，何期聚首来都畿。典衣且为具斗酒，纵谈夜久灯光微。江南风景入梦寐，樱桃红绽鲥鱼肥。

同毂原游澄怀园四首

上苑东偏路，园扉向水浔。相携有朋好，下直共追寻。宿雨湿苔径，斜阴淡树阴。沧洲无限意，对此涤烦襟。

历历都如画，春云覆假山。水边渔父静，花外吏人闲。枥马空维絷，林禽自往还。回廊三四折，有客掩重关。

新蒲生碧涧，半亩剑纵横。桥断余危磴，亭空聚落英。古墙苍藓合，幽砌绿萝平。小立清阴外，残霞隔水明。

拂拭缁尘满，浑无旧素衣。风光春渐老，烟水兴多违。望去忽疑梦，到来应息机。家山入遥思，空负绿苔矶。

移寓同年谢金圃舍人新居

料理琴书共一檐，僦居新喜傍花龛。居在法源寺旁。尘嚣市远容高卧，风雨宵深足快谈。绿障近分邻北树，画屏遥借苑西岚。江天景况依然是，乡梦何须更向南。

喜钟越兄至

我昨梦见君，知君在途间。悠悠数千里，精气先相关。晨兴闻剥啄，窗射朝阳圜。俨然见君来，喜极泪潺湲。忆与君别时，飞雪满青山。辛未正月与兄别于姑孰使院。慨然寒车去，绕郄陈编斓。祭酒全君志，不复相追攀。双有亭夫子聘兄为幕僚，兄心动陟岵之思，趋驾归省。余从祭酒后，越境瞻圣颜。阴羽蔽大野，仗马森天闲。筋骸苦柔脆，时嗟道途艰。因念君平生，形体尤羸孱。脱令试鞍马，或未如余娴。暮春承明试，名姓点朝班。俶装诣京国，赁庑近市阛。金圃雅好事，求友鸣喧喧。招我同室居，同心亲若蕑。惟有念君语，日日如连环。知君岁计偕，挟策游赤寰。故交与新契，酌酒诗同删。此中绝尘鞅，西山罗翠鬓。疏钟出古寺，苍松来白鹇。时雨洗溽暑，溪流通前湾。风定天一碧，云开月半弯。素心二三侣，晨夕相往无。谓王毂原、褚鹤侣、蒋渔村、钱辛楣、陈宝所、家双溪诸君。奈何余病谑，伏枕似兔跧。宵分每不寐，毋乃鱼名鳏。怀乡煎百虑，踧踧增忧患。空床闻牛斗，中心安得悯！夫君真大药，一见破愚顽。沉疴霍然起，坐听鸟绵蛮。一笑谓金圃：吾兄岂等闲！

病目

瘴瘧既浃旬，荣卫违所养。忽然童〔瞳〕子间，拭之作闷痒。初疑游丝飞，连络隔清朗。须臾更朦胧，野马碍蛛网。银海倏生花，刺促堕榛莽。看朱欲成碧，见一误为两。亲朋失觌面，谈谐昧指掌。杂遝在耳中〔三〕，时闻钟磬响。有似痴蟆精，瞖月入枯嗓。金圃为余言，君病亦非枉。昨见炎熇时，弄冰向盆盎。流连杯中物，亦令目不爽。将求勿药喜，息心戒浮荡。吾思阮步兵，青白判俯仰。又闻左丘明，著述在天壤。达人贵收视，争光羞魍魉。陶然乐吾天，一醉何慨慷！

秋日乞假归觐毂原赋诗赠行依韵留别八首

万里鱼天送晓风，潞河夹岸晚枫红。布帆十幅轻于叶，人逐清秋入塞鸿。

苍南僦寓已经年，爱典春衣泛玉船。余初寓杨梅竹斜街，与榖原衡宇相望〔四〕。记得昆明湖上望，直庐同写白云篇。

渔庄蟹舍掩荆扉，暂许闲身放艇归。欲向桑根问三隐，感恩未敢脱朝衣。

炊金折桂坐艰难，两载京华恋一官。此去定知无长物，荆兰衣敝更重看。

茫茫愁绝百年身，万事真同束湿薪。我亦天涯厌漂泊，那堪更作别离人。

清梵钟鱼隔舍南，风光回首更停骖。中庭明月犹堪忆，何况同心共酒酣。

篷窗未怕客怀孤，尚有家山一酒徒。谓钟越。敲枕寒灯归梦稳，读书堂似旧时无？

丁字帘前云母窗，秦淮秋水尚维舣。几时得遂幽栖愿，门对寒原四十双。

泊舟沧州醉后作

秋容淡荡月在天，清风楼下波沦涟。长年艤棹夜未半，渴怀欲吸帆中泉〔五〕。呼童提壶叩野店，倾囊尚有三百钱。麻姑酒味最清洌，微飙吹动红鳞鲜。棕亭钟越别字小户已辟易，船唇趺坐双眼涸。看余攘臂气吞虎，一斗立尽倾长川。忆昔少年惯使酒，沉醉即向垆旁眠。春花秋月动高兴，典衣忍冻如枯禅。此情独有轩来共，白眼不受他人怜。乡里小儿恣姗笑，两人狂癖久益坚。光影转瞬瞥鸟影，头颅自顾非当年。彽徊往事已成梦，渐觉尘虑胸中填。有如天马受羁靮，砇舭其首加鞍鞯。人生行乐匪易事，六印宁如二顷田〔六〕。片时疏放亦快意，此景与子须留连。他时追忆又陈迹，有酒不饮真徒然。

邳州道中

沙岸牵船树杪行，村墟无复午鸡声。槿篱碍道悬空网，茅屋翻风有败楹。满日寒烟郯子国，连天秋水下邳城。捐租赐复新恩降，中泽哀鸿感圣明。

集家秋竹斋中即送棕亭之汉上二首

握手虚斋里，欢言尽素交。画图携友读，诗卷乞人钞。柏熏去浮青苑，松牌净粉胶。何须更怊怅。往蹇第三爻。

吸山渺无际，送客上湘江。别梦从今始，诗魔知未降。远汀明楚火，高树对吴舩。汉口凭鱼素，相思寄几双。

张氏藏书歌

张君好奇尤耽书，冥搜典籍如畋渔。校雠剞劂寿梨枣，匡床连屋罗璠玙。即今文孙世相守，点检依然盈五车。香浓迷迭袪脉望，展卷仿佛装池初。岂无素封积金玉，转眼雀网张庭除。张君贻谋善百世，后贤食报将何如我！家昔年阜陵下，赐书万卷高楼居〔七〕。饥驱出门不得意，蟫红蝨碧兼焚余。先人手泽已零落，有时执简增欷歔。君家藏弃独完好，手胝我欲同钞胥。白城南面足快意，带经且学儿宽鉏。

题卞味芑诗卷三首

燕市逢君僧舍中，酒酣搦管气如虹。望云忽起归来兴，薄笨寒车逐转蓬。

毛生名纸意难降，镇日摊书坐小窗。不学当筵柘枝舞，笑他紫韵与红腔。

太息尊前百感生，新诗都作不平鸣。风尘京国年时梦，争似扬州月最明。

题先侍读默岩公手迹后 并序

先侍读公以顺治戊戌一甲第三人通籍词垣，日侍禁近，尝以病假归，流寓邗江，与洪敬修先生歌诗赠答，称莫逆交。距今九十余年。先生之孙楚珍复与烺寻世讲好，乃得于斋中敬观先侍读公手迹行书十七绝句，装池完好，墨彩烂然，于以见楚珍之不坠其先绪也。爰作长歌志之。

浓香琥珀盈清樽，主人肃客张华轩。酒酣拂拭开锦赙，墨光奕奕悬漏痕。吾先太史工著作，百篇立就倾词源。八文六体古莫比，琳琅金薤相缤缗。昔年诗人王司李，銮江唱和如堂昆。先侍读公与新城王尚书有銮江唱和集。为署阮亭擘窠字，至今黄影留家园。尚书乞先侍读公书「阮亭」二字。平生文采耻自耀，独有神气于焉存。片鳞寸爪乍隐现，如从古鼎私扣扪。两家先人延世德，交情历久欣重论。吾宗秋竹雅好事，摩挲三复欲忘言。岂无云扃与翰数，此卷宝贵同瑶琨。慎毋载之书画舫，夜半恐有蛟龙吞。

送宁栎山广文

积雨足秋意，俶装辞江渍。长天淡将夕，风笛空中闻。吾子抱奇器，才力追黄坟。卓荦规百代，岸然时不群。忆昔拥书籍，墨沈东西分，酒阑发高论，气压飞将军。溺攒或𫍲舌，巢睫多花蚊。江郎笔正艳，君苗砚未焚。郑公有三绝，落纸犹芳芬。冷官寄啸傲，碧涧余香芹。相思渺何极，窅窅敬亭云。

送汪琴山之官粤西四首

蓟北登高共举杯，酒阑判袂挂帆回。重九与琴山、钟越晤于京师，即日余偕钟越南归。蓬飞已分天涯迥，萍合谁知日下来。远道风霜秋鬓改，寒灯笑语素怀开。交游问讯都无恙，谓毂原、家双溪诸君。别梦依依更溯洄。

羡君棒檄著莱衣，且向家山别钓矶。诗酒暂随朋侣共，簿书好与吏人依。炎方荔熟蛮烟重，绝徼榕深瘴雨霏。天遣奇才化殊俗，双凫应傍鲎船飞。

相携惜别太匆匆，辛苦情怀叹蓼虫。此地翻成君送我，大江犹恐雪兼风。昙花踪迹真如梦，楮叶文词愧未工。可惜松萝山畔客，钟越时在松萝山中。骊歌不遣别筵同。

江路梅花伴晓星，烧灯时节好扬舲。频收风景归图画，极望林峦入杳冥。斑竹春烟凄雁渚，黄陵暮雨敞螺屏。计程百粤南云夕，二月抽帆过洞庭。

饮姚雨亭斋中

雪后晴云压画檐，故交新契笑相兼。张焦衫、周横山在坐同。蔷薇浣罢诗频读，迷迭烧余火细添。坐久谈深欹短榻，灯红杯暖下重帘。明年好践看花约，问讯湖干卖酒帘。

过翠螺书院访韦药仙 癸酉

鼓棹烟波入渺茫，峭帆风落访韦郎。锦袍人去空流水，采石山明自夕阳。倚槛半侵江浪湿，听松不觉夜云凉。软红扑面东华路，那得如君寄此乡。

七矶窯

湓城一战气雄骁，回首宵堆事已遥。太息台城今蔓草，路人犹指七矶窯。

梦日亭

巴滇骏马到湖阴，昼梦惊残日欲沉。东晋强藩真跋扈，南朝往事付微吟。阑干不少春花压，营垒曾经帝座临。我向空亭闲眺览，吴波碧映楚山深。

余忠宣祠

皖阳城外野烟昏，衰草空祠昼掩门。千里大江盘重镇，半塘清水吊忠魂。尚怜快婿称花李，曾醉胡床索酒尊。驻马欲寻风节井，古苔苍藓没潮痕。

㮤矶灵泽夫人祠

湘汉东流雪浪新，荒矶祠庙枕江滨。衔鱼水鸟下庭榭，打鼓村巫陈渚苹。建业梦回津树晓，锦官魂断栈云春。如何小沛屯兵日，只向生绡泣玉人。

姑孰使院晤韦药仙出新诗见示因忆郭侍讲奉墀金孝廉钟越兼呈双祭酒有亭夫子

烧灯十日春风阑，雪晴呼艇来江干。太白楼前理轻棹，款关惟见梅花残。时访药仙于翠螺书院不值。旌门聚首忽如梦，三年别绪纷无端。茫茫身世未暇语，探囊且索诗篇观。玉堂有客联咏啸，明珠百琲盈晶盘。风流下里今歇绝，永曹轻薄良可叹。诵君佳句增感慨，壁合更念知音难。笑余鹿鹿住京国，缁尘拂拭犹沾翰。饥者歌食劳者事，草虫徒自鸣辛酸。去年请急归觐省，玉河夹岸霜林丹。酒酣捉搦孝廉袖，月明恨不同君看。晨星落落我辈在，寸心得失宁相宽。吾师风雅迈千古，生徒歌乐追清欢。赏心应为酌大斗，殷勤努力回狂澜。

奉和有亭夫子挹芳轩看梅

轻云帘外点韶华，廨宇幽闲乐意赊。茗碗浮香清午梦，苔枝缀雪绽寒花。人如水部留官阁，诗比宣城散绮霞。小坐何妨待明月，疏窗写影似山家。

赠龚益占三首

幕府春筵舞柘枝，后堂丝管劝金卮。宵深独作去还家梦，章贡门前暮雨时。

可爱红莲泛绿波，翩翩书记奈君何。稼轩乐府无人解，坐上今看有岳珂。

病酒耽吟耐早春，茫茫真似过江人。清歌一曲王昙首，邀笛桓伊总后尘。

题白云乡思图步江于九韵二首

松阴云幄几重开，寸草离离胜剪裁。乡思一襟应会取，好教束皙咏南陔。
看云异地不胜情，风木萧凉入夜声。我亦频年违子舍，画图谁为写平生。

悼亡三首

心急风帆更觉迟，入宫忽见繐帏披。时余从扬州归，孺人没已七日矣。烟凄素几香初断，灯闪孤膰影乍离。窗下空奁尘尽掩，衣边娇女泪双垂。年来久虑安仁痛，真受今宵刺骨悲。
往事寻思百感纷，黔娄身世不堪云。厨空永昼赊胡饼，余家贫断炊，每贳饼而食。荐冷残冬债布裙。深冬无卧茵，孺人以絮裙代之。素帙青灯依小阁，绿窗金线对斜曛。重泉一恸人何在，十载勤劳竟负君！
零膏剩馥闭空箱，摒挡思君一断肠。可叹铜钗惜于玉，更无罗绮织流黄。难为不慨庐江妇，轻别羞称画省郎。余入都供职，孺人家母病遂沉重。纵有鲛人千点泪，三丘愁绝海茫茫。

题胡镜南秦淮水上词三首

年时尘鞅沾征袖，且喜清闲过水亭。却忆岑华当日句，钟山一角佛头青。先伯父比部公句也。

雨后生衣尚薄寒，相逢莫放酒杯宽。虚窗坐尽垂杨碧，人倚东风亚字阑。

隔岸谁家唱竹枝，笛声只在小楼吹。风流前辈销磨尽，又见秦淮水上词。

送镜南归广陵二首

一棹烟波阔，归帆下广陵。离心托江水，渺渺送良朋。远树青无际，晴峰翠几层。汀洲吟薄暮，历落见渔灯。

十日白门住，名园深绿苔。酒人应索笑，花径好衔杯。君亦疏狂客，交怜落拓材。殷勤报秋竹，迟我更重来。

送郭侍讲奉墀先生新纳姬人归里二首

雨后垂杨色蔚蓝，水亭握麈爱清谈。三年别梦今差慰，一卷新诗与细探。失侣文鸯应共叹，度河香象许同参。匆匆又挂归帆去，良会何时更酒酣。

薰香小阁足清吟，绝调重弹绿绮琴。彩笔定描新粉黛，暗尘好拂旧花簪。情怀暇日萧闲惯，哀乐中年感慨深。笑我鳏鱼不成寐，锁窗空掩雨沉沉。

邗江送友人归白门

大堤芳草碧，送君乘小舸。孤帆指天末，悠然东逝波。日夕对樽酒，奈此离绪何？

秋日同胡镜南泛舟红桥作

商飙发微凉，清光下庭树。我友数相招，邗沟同唤渡。野航轻于叶，延缘诣前路。红桥跨彩虹，潮痕没鱼步。亭台夕照中，霭霭苍烟暮。登临缅畴昔，感慨一以屡。垂杨沾湿萤，不见隋皇墓。何处江南山，晴空淡香雾。忆余春半游，飞红点轻素。时节逐流水，秋容倏妍嫮。踯躅叩名园，清芬袭芒屦。回船动诗思，微吟课新句。照水银蟾明，生衣拭寒露。

题结网图

潮落湖平苇花白，七尺渔竿破秋碧。幽人结网临湖壖，霜柳依依弄晴色。敝庐不闻车马声，缥囊缃帙盈百城。岂羡当时漆园吏，对此居然濠濮情。

校　记

〔一〕汞　京本作「永，从皖本。

〔二〕𪘲　京本作「佳」，皖本作「頤」，盖「𪘲」之误字，今改正。

〔三〕在　京本作「左」。

〔四〕斜街　皖本作「街斜」。

〔五〕吸　皖本作「抽」。

〔六〕六印　皖本作「楼居」。

〔七〕楼居　皖本作「六印」。

杉亭集 诗五

舟过邵伯驿即目三首 甲戌

如吼河声瀑布悬，河干系缆夜无眠。长年惟恐风帆驶，百丈难牵下水船。

甓社湖光照眼明，楼台直与浪花平。人烟万井通嘘吸，一线危堤与护城。

极望中流雁齿排，旌旗一队画船开。流星驿骑传呼急，又道行河使者来。

题张司马芸署秋树读书图二首

秋气在林表，达人心正闲。摩挲寻旧迹，俯仰绝尘寰。石磴流泉细，松亭碧藓殷。乡园入遥思，只少宛陵山。

瘴海炎荒地　缘何老此人。著书淹岁月，薄宦滞风尘，邹衍谈天口，林宗垫角巾。不知图画里，可许结比邻。

次韵题寒山旧庐图

竹石萧疏共一丘，披图如向梦中游。遥天暝暝迷深树，隔水残霞映小楼。城郭尽从亭下见，烟云都傍槛前流。吾庐亦有寒山在，回首家园动客愁。

送王明府令梃辛石门

风城三月春风还，卢沟柳色新可攀。摇鞭此日送君去，夕阳回首明西山。先生家君之挚友，少年束发同携手。廉隅砥砺近文章，声华肯使虚名负？藉甚名坛三十年，金台频索卖文钱。即看剩馥人沾丐，染指丹炉尚可仙。忆我驱车来辇下，凄风峭紧酸辟射。相逢倾盖慰平生，借居便息红尘驾。我橐霜毫禁闼旁，先生适馆近岩廊。偶然休沐论文夜，剪烛同听漏鼓长。君今飞舄语溪畔，垂帘应对繁花灿。展足何妨百里区，清吟犹得凭柔翰。遥知捧檄过江潭，笋碧樱红水蔚蓝。重访旧游无恙在，平安寄语老亲谙，此后相想隔云树，尺书休遣宾鸿误。报最他时复诏还，为君更续巴人句。

金孝廉钟越兄至都下王毂原褚鹤侣钱辛楣三舍人谢金圃庶常李竹芸

明经醵饮寓斋即席八首

行踪真似隔前尘，好向瞿昙问懿因。尊酒寒灯相慰藉，依然同是去年人。

名心与尔久成灰，休叹中郎爨下材。为有故人贪小集，蹇驴风雪又重来。

眼底相知尽古欢，送寒先奠五辛盘。闭门也学治家具，摒当中厨慨冷官。

迢迢水驿路三千，去住艰难数俸钱。记得昔年酣叫夜，麻酒姑冷不成眠。

最能谰语无如子，偶尔伤神独有侬。人到中年易哀乐，茫茫谁解此情浓。

吴楚游归孰感恩，江湖澒洞历寒温。朅来只有诗囊富，读向荒斋昼掩门。

十丈红尘糁客颜，君须小住莫言还。牙生若遇钟期赏，何必烟波独放闲。

换骨难寻勾漏砂，鸡缸且可酌流霞。懵腾一醉听街鼓，剔尽金荷绛蜡花。

送陶明府宰卢陵四首

回首金台夕照前，送君通潞放吴船。江乡取次登离水，一点征帆入暮烟。

清都台下水弥漫，章贡交流十八滩。想到儿童出郭迎，龙华山色马头看。

旧雨淮南溯胜游，风流销歇几经秋。衣亭好句何人问，永夜寒声落小楼。明府滁人，与先姑父金衣亭先生同里亲串。

白苹红蓼秋江上，螺髻丰茸列画屏。一事君风输雅甚，蛮笺手擘写丹青。

过梁编修山舟味初斋啜茗用东坡试院煎茶韵

琅玕影碎秋风生，素琴挂壁寒不鸣。虚斋坐久尘虑息，一瓯香泛蝉云轻。此间风味已无二，况复烹茶出新意。我欲竹炉砂铫偶学山僧煎，六街尘涨何处寻山泉。亦非坡公偃蹇在西蜀，安得新茶泼乳对寒玉。先生诵经常忍饥，每于客至能轩眉。玄亭不厌人问字，担书我日相追随。莫管饼伧齿冷笑水厄，且爱松涛细响坐到日斜时。

送王毂原比部归觐四首

假装何刺促，尊酒送归程。驿路偏秋草，黯然离恨生。暮云千树合，霜月片帆明。怅触乡园梦，依依到石城。

宦况轻于叶，淹留竟四年。文章堪不朽，身世太萧然。志已全乌鸟，心惟托杜鹃。鸳湖秋水碧，好放钓鱼船。

历落嵚崎态，相看百不宜。江南好风景，可以赋新诗。独往真千古，同游定几时？青溪邀笛处，问讯绿杨丝。

犹记寒宵永，山房卧听钟。为言归兴剧，倍觉酒怀浓。策蹇欹乌帽，看山拄短筇。思君不可见，云水渺千重。

寄王进士琴德四首

孟冬风日凄，庭树脱残叶。揽衣步前楹，霜华覆阶湿。冉冉岁将暮，郁郁幽怀叠。所思天一方，道远关梁隔。矫首望飞鸿，徘徊空伫立。

凤凰集阿阁，梧桐生朝阳。造化钟灵异，蔚为家国祥。明珠荐玉敦，太庙陈五英。遇合贵有时，乃卜熙景昌。之子楩柟材，细理敷文章。班匠顾不用，弃掷委路旁。已矣复何道，叹息摧中肠。

朔风激尘鞅，九陌驰轩车。朝谒金张馆，暮寘许史庐。新知若胶漆，灼灼春华敷。昔时同盟友，穷贱趋路隅。高言讳姓字，目笑何其迂。所以扬子云，守玄惟著书。

我爱荣启期，带索朝鼓琴。悠然得三乐，举世无知心。高风一以邈，至今传济南。吾友远行客，永慕梁父吟。金函与玉牒，昫窾勤追寻。蝹彼於陵子，毋乃避人深。因风托情愫，视我瑶华音。

题王编修凤喈三峡归舟图

谽谺峭壁千仞悬，飞流直下濛濛烟。扁舟如叶百滩上，思归独客心茫然。吾闻黄牛东入西陵峡，明月空舲天半插。白盐浮云接赤甲，一发荆襄山岌嶪。风涛千里滞江陵，拂帧犹令梦魂怯。王郎卓荦天下才，落笔往往惊风雷。探奇忽到夔子国，著书屡上尔雅台。

一朝棹头归去来，霜岩木落猿声哀。渚宫灭没何有哉，霸图消歇空氛埃。画手何人识此意，一幅鹅溪染穹翠，中有澄江作巴字。君不见浣花翁，瀼西旧宅惟蒿蓬。男儿落拓依人远行役，安得宝轴秘函掇拾颠崖中。六朝山，三楚浪，诵君佳句精神王。「远梦尚惊三楚浪，旧游重看六朝山」，编修耕养斋集句。于嗟乎！我亦天涯漂泊人，茫茫对此增惆怅。

送江明府燕畦之官汉阴用谢编修金圃元韵

沙岸牵船潞水涯，严城回首忆鸣笳。已传平子三都赋，更种河阳一县花。隋苑勾留今雨遍，楚天迢递暮云遮。知君昼静垂帘处，又向荆南纪岁华。

上陵词四首

东巡云罕指辽阳，中外臣民喜觐光。一统河山开罨画，万年缔造卜遐昌。豳岐再至思王业，园寝重来拜帝乡。此日精诚通肸蠁，松楸霜露晓苍苍。

秋原景物肃清严，取次宸衷悦豫添。赫矣专灵传赤县，依然色养奉彤幨。名王进膳天颜喜，大漠来庭圣泽沾。私语道旁诸父老，尧云何幸又重瞻。

长白山前好合围，草经霜后兽初肥。射雕箭向云中没，搏虎人从碛上归。万点秋岚迎赤帟，一轮晴日照黄衣。赋成羽猎空文藻，那识天朝振武威。

回銮帐殿启卷阿，染翰时时寄雅歌。触目仓箱登万宝，倾心臣庶祝三多。当关紫气扶金辇，入塞黄云护玉珂。细数邮签畿辅近，举朝瞻望更如何？

送秦修撰涧泉请急归觐二首

含香镇日侍彤墀，才子尤深陟岵思。东观已缁天禄史，南陔欲补广微诗。白云亲舍怀乡切，赤马吴船解缆迟。此去直沽瓜蔓水，一篙新绿正涟漪。

闲身暂许卧沧波，清梦犹疑听玉珂。彩笔封题辞鹤禁，青阳夹道送骊歌。烟开岚气收灵岳，风便涛声渡大河。旧雨淮南重问讯，三生杜牧竟如何。

题梁比部冲泉青乳轩图二首

轩窗幽敞净纤埃，花径延缘半绿苔。屋角羲轮未停午，起看清影落茶杯。

此间风景最宜秋，萧瑟声中月满楼。留取泼醅新酿熟，不教斗酒换凉州。

捣　衣

暗忆金微路，霜天着意寒。还将数行泪，留向稿砧弹。月皎声偏急，风凄响未阑。羁人不堪听，夜坐感千端。

观猎

白望向郊圻，将军著短衣。草深狐远遁，天迥雉高飞。遗火生寒烧，前旌指翠微。角弓鸣劲羽，更得野獐肥。

南还舟中述怀却寄都下诸子八首 乙亥

欲别不忍别，马嘶人在门。此行惟下泪，小住亦销魂。入世无长策，良朋有赠言。路难歌莫苦，位置任乾坤。

薄宦又三载，卜邻如一朝。典衣春索米，橐笔晓趋朝。寸禄难为养，归心不自聊。谢郎同此意，愁坐话寒宵。

故人余老屋，许我住西偏。拓石朝临帖，听钟晚悟禅。谢金圃居邻悯忠寺，颜曰「听钟山房」，寺内有苏灵芝碑刻。微风删竹日，细雨养花天。下直攻文史，机云对榻眠。再东孝廉同在寓庐。

自与毂原别，衔杯失酒徒。王比部乞假南归。江山清梦远，文字素心孤。赋笔雄三礼，渔竿竟五湖。天南少鸿雁，报我尺书无？

人海波澜阔，中流有二君。谓梁编修山舟、钱庶常辛楣。天真全璞玉，逸兴上青云。键户惟烹著，研经但著文。翻怜尘土客，营逐日纷纷。

椋亭驱马去，言返阜陵间。复作维扬客，风尘损壮颜。寓书来邸舍，报我有家艰。椋亭与先君子同客邗江，先君子一夕无疾而逝。一痛肝肠绝，盈襟血泪斑。

我已悲风木，凄凉一鲜民。深惭乌鸟哺，只益蓼虫辛。道拙身偏懒，时清仕守贫。南云穿望眼，遗椋滞江滨。

潞河冰已泮，买棹始言归。恻怆思前事，艰难咏式微。云山千里隔，风雨寸心违。歌罢长天暮，春阴冷客衣。

题赠周养之三首

镂雪雕琼一卷诗，眉山宗派是真师。闲情合在无言处，正好羚羊挂角时。

闻君雒诵在船窗，一笑相知意早降。杨柳春风玉河路，扣舷觅句下清江。

频年踪迹滞边关，万里龙沙匹马还。此去家园寻旧约，武林多少好湖山。

次韵周养之送酒

轻舟自北下，兼旬多南风。翻羡吴艒疾，瞥然随归鸿。周郎爱韶景，才气卑崆峒。佳辰过眼掷，其如负乃公！新诗贻我读，皎若新磨铜。贱子素跋扈，酒阵夸豪雄。瑟宿芥舟内，地绝天难通。闻君尚有酒，乘兴复推篷。独怪君不饮，休诧吾樽空。既醉更强酌，力挽十钧弓。明发醒时忆，斯语殊难工。

蜀山湖

烟波百顷蜀山湖，汶水南来向此趋。齐鲁微茫津树合，山川平远驿楼孤。柳垂曲岸鱼将子，麦秀中田雉引雏。前去任城多美酒，拍浮应学谪仙沽。

任城道中见月

绿杨夹岸响风声，雨霁云开已二更。凉气暗生襟袖湿，微波不动縠纹平。山回清济参差见，酒贯任城取次倾。两月船窗真瑟宿，川途极望客心惊。

药根上人双树堂听雨四首

几阵薄凉侵袂，一片湿云压檐。燕泥堕地蜗篆，蛛丝当户蜂粘。

竹叶黄边转翠，苔痕紫处还青。帘际一襟秋意，居然鸥鹭沙汀。

京华一别三载，故人风味重谙。衣上软红尽涤，瓯中嫩白同参。

药师韵如休已，句压诸子长城。何处香林薝匐，试证西来妙明。

七夕前三日同王比部毂原龚明府梧生傅上舍雨田集吴炼师山房分得知字

雨后仙坛碧藓滋，钩帘坐久席频移。竹梧阴暗清风度，钟磬声疏夕照迟。六代山光飞鸟外，一襟秋思暮蝉时。同来薄醉凭栏处，旧梦闲情玉笛知。

同金麟洲饮李笠芸斋中有怀轩来在成都

十年前事真如梦，旧侣重寻感昔游。无恙琴樽余老屋，初凉竹树入新秋。酒间狂态犹飞动，醉后诗篇孰唱酬？却忆故人天末去，巴西暮雨锦江流。

秋日过琅玡寺见李先生息翁题壁

寺门高下亚松枝，山努沿缘天四垂。石磴坐看云起处，木樨香到晚凉时。三生已悟尘中劫，十载重吟壁上诗。欲觅旧游何限感，雪鸿洞口草离离。

灯

一点蚖膏缀晓星，更残人去小闲庭。窗开屈戌风萧瑟，帐掩流苏梦杳冥。珠穗暗垂烟自绿，金钗初拨晕犹青。那堪别泪盈盈夜，酒冷香销倚画屏。

题韦药仙翠螺读书图

粉笺色如雪，点染成岩阿。苍松淡落照，叶叶江帆多。我友耽著述，昕夕此吟哦。忆昔叩关至，门径深烟萝。弟子三五辈，执策同弦歌。相与咏考槃，硕人留轴薖。星霜岁屡易，悠然东逝波。斯图乍拂拭，恍忽身再过。旧游如可续，凭君问翠螺。

移居和陶二首

我爱鸡笼山，偶然竟卜宅。闲园半亩余，烟霞自朝夕。京洛软红尘，频年苦行役。一枝栖暂稳，聊以暖孔席。明发念先子，风雨感畴昔。嘉树抚田荆，敝庐何忍析。

酌酒共劳苦，于焉赋新诗。苍烟霭林薄，禽鸟随所之。故人各滞淫，道远增怀思。风霜岁云暮，怅望芳春时。安得税尘驾，啸歌恒于兹。万物皆乘化，至人宁我欺。

冬日信宿山庄感寓用唐人韵十首

严冬日易暮，同云四山暝。独客投山庄，凄风夜长听。惊禽稍欲栖，绕树声未定。启户天忽明，瑶花覆樵径。

老翁持村醪，酌我东堂上。窗开深树间，布席亦幽敞。塍南古寺钟，历历送清响。此间堪息机，伊谁共欣赏。愧我尘劳人，悠然结遐想。

余性慕烟霞，轩裳非所悦。入世多幽犹，壮心渐磨灭。艰难历后深，意兴闲中发。寒山杳相对，芳草已云歇。积雪浩漫漫，千里耿明月，岁暮独踟蹰，何以酬佳节？

橐笔侍西清，寸禄代百亩。阘亢点朝班，迂疏愧僚友。范子甑有尘，阮公厨无酒。扑鹿软红中，羸马日奔走。思家望白云，心折江南柳。抱痛始言归，遗经在虚牖。我生胡不辰，白日宿南斗。君子乃固穷，此意人知否。

茫茫倦飞鸟，振翼何所投？故乡已如客，萍梗同漂流。悲来填胸臆，泪下不能收。平生恃定力，超然与天游。

我有半亩田，归来拟种竹。生气观春荣，高致爱秋肃。娟娟凌云姿，素心抱幽独。与结岁寒盟，虚衷乃如谷。

滔风倏已敛，晓色弄晴霁。高低见远山，云云犹曀曀。言登东田阪，朝日衣上丽。冻鸟时一鸣，孤烟起天际。茅檐三两家，荆扉树根闭。乌犍眠屋角，童作挥肱势。穆然太古初，逍遥聊卒岁。吾生宁多求，所欲亦纤细。顾兹增感慨，朔风吹衣袂。伤彼南征鸿，霜天振清唳。

虞渊淡夕照，错落明诸峰。寒气忽凛冽，阴云向空浓。稚子原上牧，少妇林间春。行人去不息，关山知几重？一身此栖托，百虑今已慵。僵卧独不寐，冥冥闻远钟。诘朝揽青镜，毋乃成衰容。胡为率旷野，萧条寄吾踪？

野老强解事，相对夜深语。怜我宦游人，去家几寒暑。感此发长叹，虚名竟何许！

我家蒋山下，淡泊无所营。闭门掩深巷，萧然远世情。窗中绿梧直，庭际苍苔生。春花篱落艳，秋虫阶砌鸣。其如八口饥，驱我四方行。于嗟独憔悴，不如草木荣。

耕　第一图　浸种〔一〕

暄和节候肇农功，自此勤劳处处同。早辨东田穜稑种，蹇裳涉水浸筠笼。

百谷遗□种，先农著懋功。春暄二月后，香浸一溪中。重穋随宜辨，筠笼用□同。每多贤父老，占节识年丰。

气布青阳造化功，东郊俶载万方同。溪流浸种如油绿，生意含春秀色笼。

浸种　溪头夜雨足，门外春水生。筠笼浸浅碧，嘉谷□新萌。西畴将有事，耒耜随晨兴。只鸡祭勾□，再拜祈秋成。

耕　第二图　耕

土膏初动正春晴，野老支筇早课耕。辛苦田家惟穑事，垄边时听叱牛声。

原隰歌□□，茅茨暖气舒。青鸠呼雨急，黄犊驾犁初。畎亩人无逸，耕耘事敢疏？勤劬课东作，扶策历村墟。

宿雨初过晓日晴，乌犍有力足春耕。田家辛苦那知倦，更听枝头布谷声。

耕 东皋一犁雨，布谷初催耕。绿野暗春晓，乌犍苦肩赪。我衔劝农字，杖策东郊行。永怀历山下，往事关圣情。

耕 第三图 耙耨

每当□□念民依，南亩三时愿不违。已见深耕还易耨，绿蓑青笠雨霏霏。

农务时方急，春潮堰欲平。烟笼高柳暗，风逐去鸥轻。压笠低云影，鸣蓑乱雨声。□头□共稳，斜立叱牛行。

九重霄旰廑民依，课量阴晴总不违。缥缈云山迷树色，绿蓑扶耙雨霏霏。

耨耕 雨笠冒宿雾，风蓑拥春寒。破块得甘霔，啮塍浸微澜。泥深四蹄重，日暮两股酸。谓彼牛后人，着鞭无作难。

耕 第四图 耖

东阡西陌水潺湲。扶耖泥涂未得闲。为念饔飧由力作，敢辞竭蹶向田间？

校记

〔一〕以下十三首诗京本无，据皖本补。

杉亭集　诗六〔一〕

题家竹屿秋江归兴图二首　丙子

三载羁栖者。投簪身复闲。归心与秋意。写向剡藤间。桑落洲前月，枫香驿外山。江流渺何许，窅窅送君无。

旧业欣仍在，家园兴有余。微霜三径菊，秋雨半床书。坐上衔杯客，门前问字车。山灵慰猿鹤。腾笑意何如。

同朱紫岑沙白岸张少华曹渔庵朱桂泉集饮家拙庵先生遂初园

名园春已半，碧水淡空林。胜侣乐豪饮，主人真素心。山容当户近，花气入帘深。我醉凭阑望，寥寥作楚吟。

听松楼晚眺

荞麦青青绣野平，听松楼上晚风清。灵岩秀绝凭谁画，一塔烟中取次明。

题家竹屿遂初园十四首

砚山堂

轩窗敞幽邃，山影含虚碧。度阁纷琳琅，烟霞自朝夕。时有檐间花，因风落瑶席。

小查山阁

苍烟蔼林薄，亭亭小查山。微风过阑角，心与停云闲。虚窗送遥瞩，飞鸟何时还。

春草池

宵来春雨生，芳草夹广路。陂塘一鉴明，点点下鸥鹭。不见楚吟者，长怀谢公句。

岩东精舍

幽岩晚空翠，岚气明前除。朝阳瀲霁景，林际烟光虚。小憩众籁寂，悠然爱吾庐。

水平桥

红阑分曲录，露重苍苔滋。飞虹饮寒碧，下上青琉璃。沙鸟点头去，风潭自涟漪。

香溪田舍

横从四十楞，䅉䆉相与与。卓午邻鸡鸣，炊烟淡平楚。极目上平田，塍南独延伫。

依绿轩

夏木阴千章，夕阳漏疏影。烟霏交林樾，苔色侵衣冷。不闻山鸟鸣，虚堂人习静。

归云坞

西岩雨初歇，襞絮犹缤缅。微风动密筱，冉冉沉石门。欲访陶贞白，相去已忘言。

青瑶池馆

水亭敞四面，縠纹漾阑槛。鱼藻杂凫葵，练痕青湛湛。缅想凉秋时，霜严色初减。

篠簃径

琅玕千万个，一一凌云姿。穿径忽忘返，积翠沾须眉。风雨飒然至，不辨来何枝。

金粟坡

王孙秋不归，山花已零乱。应有修月人，小住寒香馆。此子疲津梁，禅心参鼻观。

听松楼

秋窗作细响，断续若私语。商飙振林间，寒声骇清虚。仿佛广陵涛，复向海门去。

西爽台

夕岚互明火，紫翠纷万状。蹑磴登高台，开襟把晖旷。徘徊椒蕙间，独立青云上〔二〕。

扫叶廊

清霜下庭树，叶叶风声急。萧瑟堆空廊，黄依绿苔湿。不逢煨芋僧，留课山童拾。

题李晴洲天际归舟图

春水渺无际，天涯独客归。孤帆溯沙岸，新梦到林扉。官阁人千里，江村树几围，但愁良友别，莫遣尺书稀。羁旅心偏远，云山兴不违。烟霞同寄傲，鸥鹭共忘机。绿渚频移棹，红尘暂拂衣。回思京洛聚，顿觉旧情非。

题沈学子秋灯夜读图

疏灯独夜照旃檀，萧寺羁人感万端。一院竹梧天易暝，半楼钟磬露初寒。微云河汉参差影，秋水南华取次看。料得碧空凉月满，更携素帙倚阑干。

秋竹招饮指香堂丁香树下同镜南赋五首

骀荡风光满院凉，丁香一树覆微霜。定瓯清茗窗前坐，看到花枝渐夕阳。

客邸招携只素交，中厨蔬笋出嘉渚。莫辞尊酒无珍味，剥白榆犹满近郊。

鹿鹿风尘未息机，南陔华洁似君稀。行踪一枕钧天梦，衣白山人愧紫微。丁香紫白各一株。

又见春光到眼前，鬓丝禅榻感流年。花间莫绾同心结，已过东风二月天。

忆昨支硎山下过，梅花如雪点春衣。墙阴新绿已如此，独客飘零何日归？

春深园居

屐齿印苍藓，林间一启扃。残红依石磴，穹翠下茅亭。昼永人增懒，吟成酒未醒。饧箫声断处，斜照淡空庭。

送汪国子对琴入都

水驿三千里，迢迢君去时。暮云淮浦树，春雨峄山碑。进学先生解，谈经国子师。宫墙连上苑，系马绿杨丝。

同闵玉井陈授衣蒋秋泾易松滋汪对琴严东有分赋得酒船

一棹清波趁晚风，两三人许素心同。樽移柳下香添碧，杯泛荷边色借红。剧饮推篷明月上，微醒欹枕夕阳中。湖光岚气溟濛处，醉眼遥天入望空。

题王少林春江夜渡图三首

小帆山下抽帆去，遥指金陵积翠中。料峭寒风吹薄暮，苇灯渔火一星红。

清渺寒流鉴客颜，半船书画与身闲。一丸冷月船窗冷，卧看苍苍六代山。

画手诗人两合并，时崔衡谷同船。此来端不负江行。雪晴好问梅消息，春水巴陵一夜生。

赠戴明府兼呈遂堂先生四首

官斋留饮日，回首忽经年。孔李通门久，龚黄奏绩先。乡心辽海月，宦况广陵烟。何逊清吟处，梅花破冻妍。风雅今谁主，岿然一老存。毁勤裁伪体，泛滥溯河源。天马行空稳，鲸鱼掣浪翻。无由共良夜，剪烛细同论。

斯人今不作，相对忆麟洲麟洲殇明府幕中。廖落诗千首，萧条土一丘。招魂来北渚，流涕向西州。独抱千秋意，茫荡感昔游。

吾兄真静者，谓椋亭。莲渚得相依。挥麈清谈永，论文夜漏稀。风尘凋客鬓，霜雪敝征衣。应愧官桥柳，婆娑已十围。

喜药上人来金陵即送返邗江二首

避喧弹指阁，消夏泛湖同。迢递红桥下，莲花叶叶风。故人秋水外，离恨夕阳中。乍喜重携手，江潭正落枫。

小住金陵县，言寻六代山。绽衣秋色里，卓锡白云间。一钵尘嚣远，孤丹江上还。屠苏堪习静，芋火正冬闲。

送别轩来三首

八千里外飘零客，孙楚楼前一笑逢。谁料优昙花一现，又浮秋水去临邛。

燕市风高拂敝裘，与君执手话离愁。卢沟桥上萧凉月，照得行人欲白头。
十载光阴倦鸟飞，酒徒重见旧情非。伤心莫下长亭泪，听尽猿声到秭归。

小花烛词为秦修撰作四首〔三〕

新得芜城窈窕姿，党家风味讵相宜。玉堂香梦朝寒觉，春雪垂帘啜茗时。
长安北望渺天涯，娇小难禁薄笨车。绀碧唾壶凝别泪，雷塘西畔是侬家。
螽斯樛木古时贤，未必高风竟杳然。辛苦而今君自晓，何妨夸说见犹怜。

送秦修撰还朝

驿路惊看使者轺，凤城北望在云霄。尘随冀野新调马，雪点文昌旧赐貂。彩笔余香留粉盝，银笺佳句贮诗瓢。遥知取次春明近，二月东风柳万条。

漂母祠

英雄贫困日，一饭亦艰难。带剑辱屠市，谋生凭钓竿。可怜诸母漂，独向一人餐。多少穷途者，苍茫感白端。

集老树轩同谢金圃王东白傅雨田赋二首　丁丑

卜宅已云僻，叩门时复闻。槐阴清溽暑，苔色淡斜曛。簟滑知秋信，帘垂漾水纹。故人衡宇望，不用叹离群。

小饮须乘兴，深杯着意添。轻云千片合，新月两头纤。角胜藏阄戏，分题检韵拈。莫愁街鼓动，留醉夜厌厌。

送周青在孝廉归省

京华僦居近禅室，风雨掩头恒不出。乘兴即叩康乐门。取醉诙嘲破萧瑟。周郎气概千人雄，攘臂一呼无与匹。不饮往往矜酒户，翻笑酒兵皆失律。兰膏爇尽不肯眠，相对听钟坐促膝。偶然小别东华尘，言旋不用諏吉日，仆夫整顿薄笨车，霜华晓踏马蹄疾。知君挟策趋明廷，已欣小试凌云笔。归及江南烟水春，戏彩时怀陆生桔。作客年年送客归，日暮高城吹筚篥。

首夏同棕亭雨田寓法源寺僧舍二首

幽居小憩风城偏，深掩禅关谢俗缘。柏叶绿肥初夏雨，枣花香淡夕阳天。烟霞风味真同调，疏嫩情怀似昔年。一局围棋人散后，桃笙拂试且高眠。

古木阴阴台殿宽，暖风时送鸟声干。细分泉脉通金井，重叠苔痕上石栏。长日琴樽书馆静，暮天钟磬寺门寒。人间只此堪留恋，愁听劳歌行路难。

四友诗

金閵

自是人间绝代姿，休将明镜照娥眉。棘猴事业心原苦，蕉鹿行藏数亦奇。应为麻姑怜小别，不因宋玉好微词。年来大有江湖兴，未敢烟波理钓丝。

山舟

闭门只与佛为缘，扫地焚香万念捐。百岁功名归茗碗，一生心力寄韦编。春风庭院非今雨，晴雪帘栊似去年。翻笑太常萧瑟甚，清斋为我省餐钱。

宝所

心事年时与昔违，故人风味尚依依。不将黡本摹黄影，肯使缁尘化素衣？雌伏何妨聊戢羽，鸥盟应许共忘机。井公一笑投壶误，日暮偏携博进归。

约轩

宦况萧然一叶轻，廿年踪怜托浮名。最怜故态疏狂在，却喜新诗刻苦成。儤直禁垣宫漏近，独眠禅榻梵钟清。梅开忽忆曾相访，太白楼前雪乍晴。

送傅雨田南还

祖道一杯酒，飘零失路人。要看江上月，轻别帝城春。画刺终留字，初衣未化尘。贫交珍在意，握手共沾巾。

花朝后一日集老树轩赋燕巢用花朝二字为韵二首 戊寅

几点社公雨，春林初著花。暗尘粘户网，残垒隔窗纱。流宕空飞幕，飘零忆旧家。凝香栖宿处，别绪绕天涯。

泥融生岸草，风雨过花朝。欲问彩绳手，空梁久寂寥。移家无定所，人宅畏尘嚣。转愧红襟鸟，羁魂尚可招。

铁画歌和梁侍读山舟

鸠兹铁工汤天池，锻铁作画无不为。味初斋中见小幅，草虫趯趯蟠花枝。坐间韦郎为余说韦约轩，此枝天池擅奇绝。昔日欧湖老画史萧尺木，茅屋与汤切邻里。闭门泼墨皴染工，万里烟云浮素纸。天池暇日常往观，负手却立生长叹。主人咄咄咤怪事，匠心已入秋毫端。归来凿石炭，鼓鞴吹洪炉。一水一石供点缀，山亭涧壑相扶疏。忽然心思诣神妙，不写山川写花鸟。活火能飞比翼禽，金丹铸就长生草。尤工兰竹称逸品，水国江蘋攒碎锦。断芦折苇何离披，只在扬锤细端审。豪家范以青丝障，银烛高烧画堂上。七宝琉璃未足珍，巧工丁缓都应让。交游落魄多博徒，得钱聊可偿摴蒱。似兹杰作世亦少，死后声名传上都。坐客闻言生百感，绝艺由来遭坎壈。君不见采石矶前太白楼，画壁云山空黯淡。太白楼壁萧尺木画。

猛风行

大声喧阗屋角来，老树槭槭枯枝颓。家人对面忽不见，眯目尽是沙与灰。屋瓦堕地纸窗裂，身上木棉裘已折。哓起却立如爰居，不恋布衾似寒铁。忆昔耒往荒江上，日日推篷占五两。断芦折苇空港中，独坐沙头看骇浪。年来蹀躞东华尘，梦魂不到江之滨。孰知北地苦高燥，此声聒耳何其频？初如战马脱羁靮，百万千戈逢劲敌。又如属镂冤魂恨未平，激起怒涛同壁立。将母拔大木，复恐吹倒山，掀天揭地无时闲。杜陵野老不解事，尚想寒士皆欢颜。莫以穷愁嗟瑟缩，犹有三楹白茅屋。骀荡和光定有时，明日推窗看朝旭。

送王东白之官蜀中

烧灯已过白昼长，芳蕤馥郁熙阳春。诘朝送客入巴蜀，别怀忽忽增感伤。王郎才调本无敌，花朝按拍么弦急。不向人间斗艳词，无端却效崔斯立。一官落拓去天涯，蜀道艰难两鬓华。刀州树色云中出，玉垒山光郭外斜。苍茫古迹今何有，胜地追寻肯虚负？市上应多卖卜帘，桥边不少当垆酒。莫逢九折叹迍邅，畏道何妨叱驭前。平生忠孝当兼尽，况是君家有昔贤。只我关情旧朋侣，怕见骊歌饯行处。离愁却似风中丝，一日萦回千万绪。计程春暮到绵州，万里关山足壮游。独有梦魂相忆苦，月明夜夜海棠楼。

喜陈郎至赋双燕诗戏呈山舟太史三首

天涯小别动经年，何处飘零剧可怜。今日双栖杏梁上，依然王谢旧堂前。陈郎新婚挈眷而来。

来去萧然一叶身，红绳系足最情真。旧巢寂寞芹泥冷，重向雕梁拂素尘。

春深消息倩谁猜，双宿双飞日几回。赢得官中笑花蕊，夜香添炷拜高禖。

题客窗听雨图二首

轩窗送清响，桐叶影离离。坐觉烦襟涤，应怜碧藓滋。秋声来几案，凉气上须眉。永慕蒙庄子，濠梁寄所思。

檐溜时涅滴，商飙乍有无。谁将剡藤纸，写出辋川图。竹树笼烟密，云山入梦孤。东华尘鞅客，对此意踟蹰。

送赵礼门之官黔中兼怀梁冲泉太守

精蓝萧寂日经过，喜尔襟怀爽气多。乡梦倭迟归白纻，邮程取次到乌萝〔四〕。楼头长笛添新句，厅事高松对细哦。却忆梅溪贤太守，凭君问讯近如何。

秦学士招饮寓庐喜涂长卿至分得痕字横字二首

休沐经旬独闭门，偶然招客共开樽。微风入槛翻书帙，小雨沾衣渍酒痕。却喜故人来日下，忽教乡梦到江村。灯前偻指浮踪迹，多少新诗与细论。

企脚匡庄水簟横，忘机犹是旧鸥盟。怜才端合推仙吏，取醉何妨斗酒兵。老树压檐风叶响，疏英点砌露华明。年时休卖长门赋，定有凌云荐马卿。

秋　声

商飙萧瑟透书帷，坐觉轻寒袭带围。三径霜清虫未歇，半楼月上雁初飞。偶寻落叶闲题句，何处疏砧远寄衣。忽忆江乡微雨夜，残荷丛蓼旧苔矶。

中秋夜与金圃对饮豆花精舍有怀王东白傅雨田二首

凉露下庭际，虚窗拓树间。一杯良夜酒，相对故人颜。身外忽如梦，此中宜闲关。清光不受滓，何处是尘寰？

风景不堪忆，流光亦可怜。去年明月下，把酒夜灯前。醉脱王郎帽，狂凭傅子肩。三湘与巴蜀，应共此时圆。东白在蜀，雨田在楚。

月夜登楼独酌怀雨田

宿雨滴桐叶，秋晴天乍开。推窗见明月，疑向城边来。虫声集蔓草，凉意在苍苔。思子同良夜，难忘白玉杯。

赠韦舍人约轩移寓二首

面市原非晏子居，偶然托足亦吾庐。笑君长物真何有，累杀奚童两架书。

茗碗香炉结静缘，晴窗点易露朱研。不愁风雨频来往，只在城南尺五天。

重题约轩翠螺读书图

松竹阴中太白楼，楼前瞰俯大江流。记从楼下停吟屐，曾向江干泊钓舟。门径尚堪寻昔梦，山灵可许问前游？如今君亦劳劳者，烟雨空辜水国秋。

大阅恭纪八首

圣朝威德今无敌，万里西戎向化来。都护羽书驰瀚海，葱河秋水过轮台。

讲武乘时卜仲冬，六师南苑整军容。避荒蕃使观隆礼，亲受天家雨露浓。

羽林万骑肃腾骧，蛇鸟风云阵势张。更见司鎚陈赏至，大官分赉及降王。

明珠宝玉耀兜鍪，夏服三成射大侯。共仰登坛天子圣，勾陈宿卫尽共球。

九天仙乐奏承云，百福琼浆饮六军。五色光中霞烂漫，烛龙火凤两边分。

绝域都归怙冒中，车书从此万方同。圣人宵旰忧勤日，善缵三朝未竟功。

昨岁龙媒曾入贡，于今回鹘复输诚。直教饮马河源上，鱼海春波洗净兵。

上林长杨讵足夸，马扬词笔徒纷拿。岂知圣德高明极，寸管难窥日月华。

校记

〔一〕诗　皖本作「古今体诗」。

〔二〕上　皖本作「间」。

〔三〕题目作「四首」与实际数不相符，疑有误。

〔四〕乌萝　京本作「乌罗」，据皖本改。

杉亭集　诗七

同钱篨石先生谢金圃王礼堂钱辛楣韦约轩王兰泉金轩来游王氏万泉庄园亭分赋各体得六言绝句八首 己卯

六街残雪融尽，尚觉花信沉沉。有客招邀挈榼，丰宜门外追寻。

西庄学士嗜古礼堂，手挽王郎钱韦。笑入道旁古寺，摩挲仆地残碑。

敬斜几行花援，横从一带水田。美人翠眉新画，西山不隔春烟。

登临腰脚独健篨石，入门遍历林丘。却笑谢公后至，已输一刻佳游。

风潭何翅百顷，只少莲叶青青。萧散似袁家渴，位置如茶仙亭。

对此那能不饮，坐尽寒流暮鸦。莫怪斯游太早，吾曹冷淡生涯。

古藤自垂璎珞，暗户时罥蟏蛸。寻到回廊一折，看见游人过桥。

三子相期未至，褚鹤侣、陈宝所、曹渔庵。谢客各自关门。名园咫尺不赏，应被溪山笑人。

题寻源二首图

偶然闲却垂纶手，犹是烟波一钓徒，小坐船唇看活水，翠濛濛处泊王刍。

天光云影总相宜，妙趣寻来只自知。日暮也应回首望，微波绿遍水仙祠〔一〕。

题水香园图二首

屋角流云去不停，芙蓉三十六峰青。何人掬取丹砂水？手挽浮丘上小亭。

黄山诸峰如翠鬟，曹溪阮溪明玦环。疑是仙人炼玉处，烟岚漠漠迷松关。

金轩来至自楚中访余京邸旋即别去赋赠二首

一别五寒暑，思君千万山。谁知今夕酒，重对故人颜。楚雨衫犹渍〔二〕，燕尘鬓欲斑。

那堪风雪里，又策短辕还。

太息依人久，飘零涕满衣。时从事开制军幕中〔三〕。频年长作客，何日竟言归。诗句愁中老，朋游病后稀。迢迢皋陵下，虚忆旧渔矶。

同谢再东李笠芸登陶然亭

兼旬风雨游情懒，此日登临放眼闲。迢递乡园斜照外，参差宫阙翠微间。秋烟浮动千家晚，落木萧森独鸟还。更欲期君明月夜，提壶沽酒叩禅关。

送家竹屿游西山 庚辰

晓色阜城西，垂杨绿绕堤。小车向村落，孤杖访山溪。石窦延云入，苔龛与树齐。芙蓉宫址在，怀古定留题。

竹屿游西山归而抱病复赠以诗

一入烟霞窟，尘寰似判年。青春为客倦，长日拥衾眠。松籁思潭柘，茶香想玉泉。云房留信宿，曾悟上乘禅。

食蒌蒿联句一百韵

涡余节候交，风物动秀润。掠水燕未孚，嘉善谢墉金圃寻香蝶将困。林间闻商庚，烺草际驰狡鶂。好雨地𩘬苏，墉殷雷土膏震。绛龙坼竹腱，绵马抽药畹。扬肺肺远，墉烺桑童童交引。郑圃感过欢，漆园寄委顺。纵意台简游，墉洞观修短运。乐生陶咏绵，烺动戒凶悔吝。缨组礼多牵，墉渔樵迹堪溷。窥园惭仲舒，烺借米乏公瑾。人事蚁梦酣墉，年华鸟羽迅〔四〕。奔尘纷流逸煖，旧雨寡问讯。履素淡五交墉，不才泯三恨。南北舍周张煖，青白杨妥慎。招邀畅襟期墉，俯仰惊眩瞬。桴榼斫未殚煖，获落用还轫。翳身类蜩瘖墉，争路耻牛骏。驾言同虚徐煖，安步散烦懑。联袂王贡游墉，并粮左羊获。春思榆荚天煖，乡情楝花信。且辞青云衣，聊贯玄石酝〔五〕。饮食穴中需墉，资斧床下巽。燥吻胆不豨，渴肠脉屡偾。坼田待澍霖煖，祟冈浥神濆。屠门却肥鲜墉，饤盘屏腳膘。剪蘸古篆披煖，采菌小盖建。仙药列莱葱煖，禅味杂芦䒷。丰茸烝茹陈墉，馚馪香气喷。苹苓种本皆墉，蔨蒌名所仅。出并王帚蓄煖，性带冰台韵。生生盛渐洳墉，采采类藻蕴。江乡春之三煖，蔬草物有万〔六〕。絓池捋鸡苏墉，沃衍挑马蔺。豆实蚕眠登，笋萌燕来近。群品竞华滋煖，此徒亦延蔓。点羹最宜鱼，辨臭仍异汎。酢薄酸碱调墉，茎叶根芽嫩。鸡脚簟失鲜煖，马齿苋非隽〔七〕。入馔贪多多墉，案酒喜顿顿。幽土抄水菹煖，迩年竟充牣。隰田既丛生墉，朝市每贱贩。纷纷刀镰余煖，往往车毂辚。极衣事摘拮墉，倾筐富摭攈，带露远各担煖，望曙竟相趁。却蝹负薪劳煖，那有争桑衅。就买命僮厮煖，精择嘱女娠。中心披不伤墉，由蘖折未慭。堆积筠篮欹煖，洗刷瓦盆莹。及时擷素英墉，越宿怕紫晕。清泉戎盐瀹，明火玉膏烬〔八〕。煎熬乘热铛煖，捻掐谢淬刃。色配丰本碧墉，气俪有椒薰。玉跳脱半规煖，青琅玕一寸。朵颐置左肴墉，猾齿禁先饭

〔九〕•堆案若组纶烺，出厨无孑荩。苗条象箸夹墉，殷鲜翠瓷衬。无为细君遗烺，也分孺子馂。加笾倘可重，冷炙不烦劝。按图族滋多墉，验节岁无僭。疏雅购为奇，笺诗蒿不远。洵区莪而萝烺，复别蔚与菣。菁青待旁搜，皤白供谛认。游动或恐淆墉，方渍底容紊？抽苗苗独灵烺，托根根非钝。产植良细微墉，芳烈含严峻。蓬勃随坟垆烺，笋蔓辞秽粪。玲珑节何珊墉，细腻肌不曼。藜藿体诚宜烺，叶苇品第进。盈丈讵惊秋墉，计寸宁厄闰。栖尘欣拭目烺，盍簪快插鬓。冲和道之腴墉，淡泊神以镇。青毡坐咬嚼烺，朱门任排摈。咀华得中甜墉，养气葆内健。比昌歜益聪烺，拟灵萱捐忿。宝此青虚姿墉，除余宿昔疢。秋飔忘莼思烺，冬曝陋芹献。茹荤戒颜渊烺，长斋师苏晋。岂曰老饕慰烺，庶几灵府浚。饥驱本蹈常墉，刻苦乃循分。觅醉恬蘸截烺，谒食饱馋[illegible]。漏移莲滴沉墉，烛跋桦烟烬。竹窗一轩豁烺，莞席重扫拚。诗魔各神通墉，酒兵无德怨。濡首衡必平，咸拇气加奋。良会恐迢遥烺，余怀更缱绻。择术输齐民墉，生涯羡农畯。稼圃契素心烺，膏粱殊凡愿。荃化感风骚墉，兰滋佩典训。智禀卫足葵烺，节厉坚中筱烺。野材非时珍，靡草讵再振。思虑徒乱麻墉。荣华实朝舜。结庐盍言旋烺，越陌相劳问。剪稗去不仁墉，恶莠斥乡愿。趋时观生机烺，辨物布小券。代耕力堪食墉，肯蓄贫可赈。科头杂佁儗烺，裹足绝州郡。山庖方士参墉，食经鼎娥论。但灌一亩畦烺，安用六国印？柴门没蓬蒿，老终我无闷墉。

沓沓吟

嗜嗒吟成可奈何，绝无一急莫相过。笑他触热驱车者，褦襶从来易见呵。

青芦二首 辛巳

十里城南路，苍苍蔽荻洲。微飙动疏叶，仿佛翠波流。吹管羁人怨，垂帘少妇愁。陂塘有瑟甚，风景易惊秋。

独有南冠者，乡心此际悬。吹绵思雁宿，烧笋忆鲂鲜。细雨江村夜，斜阳水国天。潮痕啮沙岸，记泊钓鱼船。

三月三日喜晴同家百药侍读陈宝所韦约轩两舍人同年燕集寓斋分赋二首

宿雨夜来霁，卷帘见轻烟。小室自洒扫，叩门声忽传。同心三两人，得意欣忘荃。聊复修禊事，拔除尘虑牵。清谈过永日，讵必闻管弦？回首忆南国，水滨斗婵娟。临流出素手，一一仙裾翩。幽兰发紫萼，惆怅芳春天。

我思泰和人，小会东堂上。随波泛羽觞，襟怀亦闲旷。兰田与蕙渚，胜地不可望。洁我盘中蔬，酌我杯中酿。吾宗如逸人，叙述独神王。人生驰飙轮，着屐当几緉。诘朝写新诗，佳辰入高唱。有客问昨游，风期足豪畅。

题茂松清泉图

苍松偃虬龙。苔色多古意。趺坐豁素襟，清风送凉吹。静爱流泉鸣，山空响红翠。游心绝埃壒，适兴淡名利。得毋幽求子，此间托高寄？余亦同心人，悠然结遐思。

同陈治泉王渐逵张紫岘李云栖姜希莱施小铁小集城西枣香书屋分赋

深巷见绿树，入门如溪湾。主人尚高卧，一笑同开颜。壁间读新诗，秀色何斒斓！为言故人作，即在西邻间。立谈未促膝，有客来叩关。翩翩见二子，昆玉双连环希莱、小铁。彼此各倾倒，嵇吕相交攀。主人指酒瓮，奚头命童孱。燥吻对美酝，舍车不肯还。移樽到隔巷，老屋甚旷闲。熟葵似人立，丰草杂苔斑。招邀数君子，流品出尘寰。入坐浮大白，狂呼胆不豩。拇战万人敌，十钧弓独弯。穿杨难久恃，一醉气疏顽。空庭起眺览，暮色来西山。美人隔香雾，高低罗翠鬟。阜城门咫尺，轮毂驰朱殷。此外玉泉近，雨后明流潺。会当勇腰脚，不辞登陟艰。治泉足天趣〔十〕，忘机若鸥鹇。他日更携具，吾知心不悭。诗成太草草，尚气群公删。

次韵酬家秋竹

名花乃美人，冥冥隔香雾。相思不得见，惆怅对芳树。之子天一方，几载阻良晤。城隅掩荆关，萧然若净住。忽念红尘人，新诗吟岁暮。我亦驰遥情，得毋梦相遇？区区一寸心，寄君与君如。

题成比部画

结茅临碧潭〔十一〕，轩窗足萧爽。檀栾修竹声，遥答流泉响。微飙动縠纹，鸬鹚飞两两。境与心同清，仿佛羲皇上。惟有山中云，时时自来往，安能谢尘缘，此间寄幽赏！

赠王瘦生 壬午

六街尘涨驰飆轮，绝无一急徒纷纷。王郎托迹栖委巷，终日兀坐关衡门。我闻王郎名，未识王郎面。美人隔秋水，脉脉不相见。昨见药公精庐中药根上人，素纸一幅写长松。挂壁似有风雨至，之而拿攫飞苍龙。借问谁所为？乃是王郎作。笔下分明有化工，胸中多少闲丘壑。我语王郎君莫悲，君今具此超人姿。世间万事皆偶尔，乐莫乐兮新相知。古来盛名今何有，怕看浮云变苍狗。三尺龙泉任锈生，不如且尽杯中酒。

题家比部渔浦行乐图即送请急归里

桐覆小山树，历历争清芬。绿苔与红叶，交映涟漪纹。静者结遐想，小坐空人群。微闻风涛响，秋到苍松根。少陵叹今雨，渊明对停云。斯意徒脉脉，投契良独难。吾兄性幽旷，步趋追古人。潘郎面城宅，颜子负郭田。生产不肯治〔十二〕，要路岂屑奔？闲中觅至乐，一卷玉笈文。如彼禅悦性，妙不在语言。我思邗江晤，风景依依存。光阴瞥鸟影，十载阅历臻。美酒不易饮，何况求神仙？不如故交在，臭味久益亲。君今请急归，暂得萧闲身。玉箫明月夜，应泊红桥闻。何时更斟酌，新诗复同论。余亦高兴发，归梦荒江滨。漱石石齿齿，弄波波粼粼。小船驾赤马，古刹寻青鸳。一枝筇竹杖，乐事难具陈。芳草遍驿路，萋萋怨王孙。君行非偶尔，悠然见天真。

送渭川弟宰普宁用东坡与子由别于郑州西门之外韵

丈夫不肯居如兀，青云高兴乘时发。头白扬生尚守玄，人生何苦甘寂寞。年来踪迹江天隔，音书望断孤鸿没。叩门惊见吾弟来，联袂共踏天街月。池塘梦醒乐复乐，剧谈身世转凄恻。一官从此更离别，榕树蛮烟绝飘忽〔十三〕。剪灯把酒忆畴昔，相送官桥水波瑟。知君讵是百里才，寸禄欣沾且供职。

校记

〔一〕遍　皖本作「过」。
〔二〕渍　皖本作「湿」。
〔三〕军　皖本作「府」。
〔四〕乌羽　皖本作「乌羽」。「迅」原作「凡」，即「迅」之本字。
〔五〕玄　旧抄本作「厺」或作「厺」。此与「青云」为对文，故当作「玄石」。
〔六〕物　皖本作「类」。
〔七〕非　皖本作「入」。
〔八〕火　皖本作「堂」。
〔九〕猾　疑当作「滑」。饭　皖本作「饮」。
〔十〕冶泉　皖本作「冶亭」。
〔十一〕茅　京本作「苧」，误。今从皖本。
〔十二〕肯　皖本作「苟」。
〔十三〕树　皖本作「叶」。

杉亭集　诗八

出郭 癸未

出郭尘土净，驱车不觉喧。三春杨柳色，今日别都门。亦欲竟长往，其如终恋恩。漂萍随所泊，何处是家园？

登舟

河干才见水如烟，便觉身轻欲挟仙。十丈尘清社公雨，全家人上孝廉船。赢来樱笋乡中味，抛却轩裳梦里缘。寄谢长安旧游侣，麻姑少别即千年。

漷县

画眉冢废生春草，京兆张郎去不回。斜日神潜宫外望，晚鸦飞上晾鹰台。

武清怀古四首〔一〕

惊人白简阳司隶，一夕群珰尽见收。应笑窦何谋略少，至今风裁想泉州。

清风遥望雍奴城，太守年高畏夜行。试问长安尘土客，几人侵晓听钟鸣。

休说文章仗彩毫，中书诏令也徒劳。笥沟烟水空萧瑟，何处荒坟吊二高。

小窗点易露朱研，太息风流缅昔贤。我欲青门栖隐去，人间难得种瓜田，

天津

津门遥望暮烟平，南下杨村几十程。二水汇流趋海速，千艘挽粟挂帆轻。行縢兼愧无书画，逻卒何劳问姓名。惟有麻姑春酒美，一尊今夜泊当城〔二〕。

杨柳青

回首津门三十里，打头风急客舟停。推篷惊见春如许，杨柳青边杨柳青。

壬申岁泊舟沧州醉后赋长句忽忽已十二年感而作此

泊舟浮阳郭，水烟淡将暮。垂杨竞柔绿，缕缕斗妍嫭。云光射东波，夕阳在深树。归禽三两声，高城笼薄露。忆余昔经此，酒怀忽奔注。沉醉篷窗中，坚卧赋长句。回首十二年，壮心已非故。芳草青蒙茸，不见胡曾墓。诗人多寂寞，徘徊向歧路。西风吹微波，

潮痕下鱼步。

东　光

下邑临河僻，舟船自往还。春波浊漳水，古木鲁阳山。梨枣家家贱，渔樵处处闲。人声喧晚漕〔三〕，帆转小龙湾。

沛县怀古六首

东岸南坨泗水亭，亭前春草自青青。兴亡事远休凭吊，曾祭蚩尤衅沛庭。

汉家原庙剩荒丘，县里城边泗水流〔四〕。太息韩彭葅醢尽，君王何事赋三侯。

兰台文字已销磨，断碣重重挂茑萝。莫问延熹当日事，东风斜日水曾波。

忆向辕门射戟枝，纪灵合斗事倾危。英雄笑杀「人中布」，误救忘恩「大耳儿」。

妻子相依小沛屯，豫州身世太艰辛。如何戎马苍黄日，绡帐殷勤比玉人。

卖卜青州亦自佳，凌云志与许由侪。画图不使君王见，千古高风姜伯淮。

舟中即事

点点吴霜欲上颠，风光好处且流连。有时樯燕拂船去，无数野花开水边。中酒阻风原不恶，怀人得句亦堪怜。轻寒轻暖阴晴乍，正是江乡打麦天。

题相马图

妍皮不肯裹痴骨，天生良马气超越。冢云何必千里驱，神骏先看在龁龁。花鬘连钱迥出群，一身騕褭多奇文〔五〕。渥洼之产宁足数，魄力突过飞将军。拂帧英风生素纸，寒竹双批贴两耳。莫言华既仰秣时，一顾何尝不识己。

为沈沃田题王楼山先生遗照

想像须眉古，风流异代倾。功名先哲远，图画后贤评。贾岛金难写，平原绣未成。客窗残雨夕〔六〕，愁绝隐侯情。

题听泉图

秋林无停声，淡然落空外，曲径答细响，暗与天风会。静者爱泉石，一心观众籁，幽韵时近远，琮琤溅寒濑。我思王右丞，辋川作图绘。雨深南北垞，斤竹浮苍霭。君今如枕流，双耳任激汰。坐视飞鸟还，遥云系山带。

酬徐厚庵

绿杨城外征帆卸，行李匆匆投馆舍。故人一别八载余，执手虚堂共情话谓对琴。座中有客兰为心，意气凌云无与亚。片言投契襟怀开，索我新诗即题画。骅骝一顾真空群，百万骊黄俱在下。君以相马图索题。君之爱马如爱才，此中寓意有长驾。风光荏苒炎熇时，火云赫曦及朱夏。客窗兀坐谁为欢，不向邻家问酒价。叩门忽见长须来，折柬手持频慰藉。筠心嫩笋琅玕碧，奚头清醥珍珠泻。堆盘欲跃汉口鳞，抽刀好割辽东炙。不用厨娘捡判单，衔杯醉倚藤花架。诗成不觉风露凉，半轮明月清光射。

过十八峰草堂

阑槛凭虚望，峰峰积翠浮。琅玕千个晚，钟磬数声秋。塔影明流外，人烟古渡头。重来玩凉月，桂树小山幽。

又古诗一首

轩窗拓向北，楼与松梢平。延缘曲栏角，水鉴涵虚明。望见江南山，诸峰如削成。群公发高兴，拈韵寻诗盟。颓然一耆硕，谓杭堇浦先生。坐隐夺心兵。后期约玩月，湖上秋光清。

题沈沃田小照

古心与貌俱，斯人真倔强。读书追黄坟，好奇探网象。柱杖携一条，蜡屐穿几两。倦游罢津梁，著述引修绠。旋怀乐键户，客至即烹茗。堆案罗图书，留我共欣赏。偶爱九章术，欲测三角影。四率别异同，两铭肖俯仰。方圆辨平立〔七〕，黄赤识丁丙。小数先垛积，大法及少广。此学本孤行，今时益绝响。不辞心力殚，竟忘昼夜永。吾道有真趣，声华讵虚奖。寄语同心人，述庵王子昶。

题弄月莲花沟图

天都六六峰近奇，莲花沟更天然姿。轩辕丹灶不可见，至今月照清涟漪。幽人结想绝埃壒，置身要在烟霞外。人月应难辨古今，水天何处分疆界。灵砂百斛洗银潢，骊龙珠走盘中央。莫教流下空山去，惊醒诗人仰屋梁〔八〕。珠露琲琲九天落，六月惟愁紵衣薄。当年却笑宫锦袍，夜深采石江边捉。

题画二首

栏干一曲任天斜，带眼开时便作花。无限春心关欲住，不教容易去天涯。

长板桥头嫩麴尘，数枝婀娜不胜春。清寒未换清明火，肠断湔裙水上人。

初秋集兰雪堂听江鹤亭谈新安山水之胜

秋至暑犹炽，良会亦云艰。主人好客甚，布席蕉兰间。轻风拂书幌，微凉怡醉颜〔九〕。卸帆才数日，新自新安还。双屐齿尚蜡，名胜曾跻攀。曹溪与阮溪，明流如玦环。莲华三十六，秀颜罗烟鬟。水清鱼可数〔十〕，峰峭云偏闲。此中谢尘鞅，恍若居仙寰。清谈惊四座，聆者心闲闲。举杯结遐想，似听泉潺湲。归卧水纹簟，梦游天都山。

题赠杜太守补堂八首

太史昔传循吏传，汉家文景继成周。贤良今见二千石，召杜谁云不可求。

太息前明三百载，四维隳尽掇巍科。早知一样头囊木，何苦趋朝佩玉珂。谓魏藻德 注见下。

乡曲如何有定评，瞽宗竟尔饮香名。一朝撤主人心快，地下庸材魄也惊。公守通州时，乡贤祠旧有藻德木主，按明史清于上官撤之。藻德，崇祯大学士，降闯贼，责赇掠死。

小民力作岂游手，酒幔饧箫亦可怜。算到锥父宁有几，大官不赖水衡钱。酒肆糖饧等税，久经恩免，时司榷欲复，公力请停止。

断瓦零砖没草莱，忠良祠宇半倾颓。岁时重展椒浆奠，欲赋招魂向夜台。公守绍兴，修葺先贤祠墓，捐俸赡其后昆，使得承祭祀。

越国君臣事渺茫，一编越绝纪兴亡。绘图一一开生面，千古英风浙水长。公考吴越春秋及越绝书，绘越国君臣像，各系以赞。

解印归来兴倍豪，萧萧华发卧江皋。红灯绿酒人争访，白雪阳春调自高。

相逢邗上早秋天，十载相思慰夙缘。准拟秋江同泛泛，水蘋花外泊渔船。

过黄氏林亭分韵

名因竹树绿交加，楼上平台四望赊。飞鸟不还岚翠湿，乱蝉未歇夕阳斜。吟情角胜看分席，秋意微凉爱煮茶。却绕回廊行几曲，西风欲绽小山花。

翠玲珑阁雨中即景

高馆暑气微，凉意在绫扇。梧桐叶叶声，疏雨滴成片。草色垂石栏，苔纹滋药援。四坐犹清吟，炉香拂琴荐。

程筠榭重葺枝巢诗以落之

古人重伉俪，情文写真朴。遗挂尚怆怀，况在空山麓。萧萧白杨声，秋风动崖谷。墓田青几棱，于焉构小筑。伏腊馨椒浆，岁时享羹饨。星霜亦云易，鼪鼯窜老屋。虚檐架桔槔，广场眠碌碡。程子恻然悲，先畴此中卜。扫拚去蟏蛸，薅除芟朴樕。葺宇名枝巢，孝思寄风木。春秋洁盘匜，跪拜罗伯叔〔十一〕。森梢璎珞柏，檀栾琅玕竹。手泽欣犹存，遗书畅所读。至性感后人，诗篇删「蓼蓼」。永惟先灵妥，毋使茂草鞠。

和陶饮酒 分得第十九首

阮公昔埋照，刘伶不求仕，得酒即欣然，古人贵适己。作达一以豪，疏狂宁足耻？朅来华轩会，车骑填闾里。英贤迈等伦，嘉兴良共纪。愿言永朝夕，揽祛数至止。不饮亦复佳，况有量可恃。

将之吴门留别邗上诸子

浮踪如叶任飘萧，赖有良朋慰寂寥。卜宅已忘身是客，簪花却愧鬓先凋。新凉竹树东西屋，细雨烟波上下潮。此去吴门寻旧侣，淮南回首小山招。

家爱棠锡山官舍喜晤蒙泉先生八首

官斋如梦烛火红，杖履重亲白发翁。喜极欲教双泪落，八年离别太匆匆。

忆向秦淮泛画船，花朝嘉会旧因缘。而今老辈销磨尽，无复歌笙醉绮筵。

宦况当年浙水西，钓台风范古今齐。拂衣一笑投簪早，千里飞鸿印雪泥。

老屋暑然署遂初，闲栽花竹半庭余。先生长物真何有，架上惟存数卷书。

老去襟情一倍开，吟余清兴寄茶杯。听松庵里松涛细，柱杖犹能着屐来。

石磴苔痕碧颜铺，木樨香处路萦纡。花间细听泉声落，更向山僧索竹炉。

回呼旧游成昔梦谓台司马，亭台竹树逐时新。名山合与名流赏，此是清时洛社人。

小坐船窗尽一杯，殷勤别意重徘徊。邗江此去无多路，明岁探梅我又来。

赠爱棠

放衙人散午烟青，山鸟山花下讼庭。茧纸松煤翻石拓，竹炉桑火订茶经。游扬寒素吹春律，坐卧云岚满画屏。比似庐陵贤太守，江梅手植醉翁亭。

过惠山寺憩听松庵同蒙泉爱棠作

到门先觉桂香浓，树杪微风送晚钟。三度时巡留睿藻，千秋让德仰姬宗。爱棠新构泰伯庙于寺中。人寻小径穿苍藓，僧煮寒泉泛紫茸。坐久忽闻涛韵细，夕阳楼外几株松。

自惠山听松庵携仿制竹炉至筠榭斋中和九龙山人韵

放棹蓉湖古寺幽，听松庵下惠泉流。竹炉旧式山房得，砂铫寒声别馆秋。摇扇乍看红焰活，题诗不觉素心稠。湘筠编就湘纹细，风雨萧萧梦楚州。

鹤亭重仿竹炉复绘图纪兴同人分赋得七言古

山僧制炉远尘俗，编削琅玕翠成束。舍人好事摹作图，名流题咏纷相属。小物曾邀圣人鉴，至今奎藻荣光烛。醴陵爱客尤耽奇，仿制规模如刻玉。品字柴添活火红，蟹眼才浮鱼眼续。坐客摩挲古致存，依约松涛涤烦溽。好手画师发意匠，老树茅斋出深绿。装池长帧微诗篇，清吟一一阳春曲。定知胜事人争传，他日重盘消夏录。

康山秋眺

慷慨已相许，沉沦岂足尤？如何为奄寺，亦解爱名流。远岫归云暮，高城落木秋。谁家歌水调，丝竹至今愁。

九日鹤亭同诸君铁佛寺登高余偕棕亭泛舟红桥不与次日用分得韵成诗

胜地频来未觉厌，石阑痕浅暗潮添。衔杯人落风前帽，看月船开水上帘。蜻蛚声中秋蓼瘦，雁鸿过尽晚峰尖。年年料理登高兴，两处盘桓亦不嫌。

重九后二日泛舟瓜渚小憩雪庄归集筠榭斋中对月

落帽有余兴，看山憩雪庄。小舟适容膝，归路渺何长。露叶明书幌，秋筠扫石床。酒阑更拈韵，觅句步虚廊。

秋　阴

鱼鳞层叠向空排，取次轻烟幂小斋。修竹声中天易暝，远山淡处晚尤佳。帘垂香霭添衣润，坐对凉飔畅酒杯。忽忆津亭人乍别，云帆无影去江涯。

集筠榭斋中有怀江橙里新安道上

高馆张灯夜，依依念远人。江帆云外影，计日下西津。水落严滩浅，秋晴白岳新。何时返征棹，觞咏又佳晨。

题程寿泉小迂图四首

荻苇丛中泊小船，船头月子十分圆。迂生此际真迂甚〔十二〕，目送秋潮下远天。

小小山斋足画图，客来烹茗紫砂壶。如何却爱沙棠艇，笑杀迂生真个迂。

衮衮红尘热面颜〔十三〕，梦魂不到旧家山。可怜襏襫驱车者〔十四〕，输与迂生镇日闲〔十五〕。

迂癖何由分大小，云林仿像是前身。年来我亦天随子，愧尔江湖澹荡人。

同方介亭尤江村闲步真州城西小饮酒家作

招邀出郭四五里，踯躅闲吟三两人。入门见佛识古寺，过桥得路知通津。山厨剧饮日未晚，野塘弄水天如春。偶然忽忆京国事，拂衣一笑真前尘。

家嵋川于江浦僧房见牡丹一本能冬春两季作花介亭为图索同人题咏

百杂交枝缀彩霞，忽教富贵到僧家。也同结夏能舒叶，又解先春便作花。粉瓣早随葭管动，绛台轻受麦风斜〔十六〕。才人费尽胭脂笔，两样描成一样夸。

石野塘招集水香村墅

爱客招邀暂驻骖〔十七〕，园亭旧辟径三三。烟霞气味皆同调，湖海文章尽盍簪。岁晚寒声鸣老树，雪晴薄凌照清潭。烦君更绘鹅溪绢，坐上诸君多精绘事。好把新篇寄一函。

赠方酌圃

冻合河梁阻去津，冲泥许我往来频。纵谈那碍超元箸，不饮居然是酒人。作达每从歌啸得，风流独见性情真。可知余亦疏狂者，一笑灯前意倍亲。

题补衣图二首

白璧明珠度好春，风光回首是前尘。那知双袖飘零处，重见当时刺绣人。

叶叶衣衫薄薄罗，罗巾碎剪縠纹波。空箱岂少青绫缎，要验年来泪点多。

种梅和酌圃

谁把孤山影，移来槛外横。土酥宜雪后，气润识阳生。应感栽培力，难忘点缀情。东风容易暖，只傍小窗晴。

行安书屋啜茗用东坡试院煎茶韵

梅花初种东风生，小窗冬暖檐禽鸣。竹炉拂拭贮活火，山童摇扇红焰轻。我闻惠山泉水称第二，圆甘方劣有深意。即使中冷取水频来煎，不及黄梅时节留天泉。君不见，昔日东坡在西蜀，也爱香芽碾团玉。滑稽我和方朔饥〔十八〕，每看茗碗偏轩眉。行安居士有同癖，渴怀许我相追随。且趁诸公冷吟密咏未搁笔，让予缓斟七碗吃到日斜时。

僧庐雪中杂咏四首

独　酌

兀坐唯余古佛俱〔十九〕，暗中寒气袭肌肤。汉书堆案无心读，细火微温酒一壶。

烘　被

辗转凉宵梦不成，布衾年久易寒生。床头鼠啮人惊起，检点薰笼坐到明。

负　暄

初阳不敌严寒重，砚晒窗间冰不开。卓午懵腾余睡思，梦魂那得到蓬莱。

扫径

地偏绝少高轩过，一任瑶花昼拥门。却笑僧雏偏好事，竹枝净扫见苔痕。

雪夜有怀酌圃

梅花新种得，一室自幽闲。小艇忽然去，连宵尚未还。遥怜今夜雪，好看隔江山。可忆僧庐客，孤吟短烛间。

干蝴蝶和方竹楼

铅粉经秋八月天，无端紫玉竟成烟。穿花舞翅今何在，阅世枯形剧可怜。奁镜晓妆留昔媚，罗浮春梦记前缘。徐熙妙笔能描写，扶起风中彩袖翩。

雪后集行安书屋送员帆山之金陵二首

遥山雪后露巉岩，点简琴书束一缄。岁晚人人动归思，笑君何事挂征帆。

尊酒露灯对别颜，主宾且得暂时闲。怜余一样飘零者，忍向江头望故山！

登拂云亭故址望南山雪色

晴光桥上暄，荒城路纡折。言寻古亭基，山川出高洁。子春昔为图，指示快称说。欧公纪以文，清言霏玉屑。胜游曾几何，池台狐兔穴。娟娟见南山，依旧修眉列。缅想登临人，光阴鸟影瞥。怀古抒遥情，寒风吹积雪。坐视夕阳沉，越峰互明灭。归路独踟蹰，屐齿层冰凘。

悼水香村墅鹤和东坡鹤叹即用原起句

园中有鹤驯可呼，我来饮酒亭东隅〔二〇〕。鹤也引吭如识予，予宁与鹤有旧乎？于嗟汝鹤真羁孤，区区鱼稻聊全躯，一身之外何所余，频年铩翮难为娱。谁知病死在斯须，荒池照影今已无。人生高蹈各有趋，依人毋乃与鹤如。

东坡生日同人绘图集饮用李委吹笛鹤南飞为韵余得吹字

客中岁晚寒风吹，友朋聚首唯酣嬉〔二一〕。忽忆诘朝是十九，元祐罪人悬弧期。街南尤子好笔墨贡夫，伸纸作图山歷仄。指香居士高兴发，沿途拉客卑致词。安守主人亦好事，虚斋洒扫茗具治。朝日辉辉射东壁，新图拂拭楣间垂。峭壁直下一千尺〔二二〕，三老对饮如巢枝。李生横笛泛小艇，一鹤引吭相追随。是时严冬木叶脱，江山洗尽妖娆姿。但见流波急苍莽，远峰重叠罗修眉。东坡距今几百载，风流往往如见之。我曹风味亦不恶，举杯太息非同时。诸公慎勿自非薄，古今相望皆如斯。安知他日非故事，后贤把酒来吟诗。

返棹邗江留别真州诸同好用白太傅岁暮韵

天涯暮景急相催，倦客还家也要回。执手最怜人乍别，多情更约我重来。作碑索价岂名士，饮酒论钱非异才。他日樽前谈往事，殷勤记取岁寒杯。

赋得明月照积雪和酌圃二首

朔气静于水，虚窗生夜辉。乾坤千里净，身世一尘微。默默淡中趣，棱棱霜助威。清光真不染，倚枚掩荆扉。

识得天心秘，严冬即是暄。露芒垂列宿，全体见真原。万象已无影，六情宁有根？皓然观大块，欲赞竟忘言。

和答沈沃田程寿泉见怀

将归且住屡迟迟，仆本无家漫系思。好友正耽长夜饮，故人忽寄岁寒词。心如鸿鹄飞千里，身似鹪鹩借一枝。多谢封题频念我，开缄三复雪盈墀。

对雪怀鹤亭兼呈家莳田

一别江头扬子津，尺书欲寄每因循。雪天云树空相忆，故里松楸独怆神。驴背清吟随处得，鹤裘风景逐时新。悬知酬唱围炉夜，应念羁栖岁暮人。

次和酌圃寄怀

醉眼迷离上小舟，一天风雪指扬州。君如古剑宁轻赠，予愧明珠肯暗投？岁晚何人怜旅况，冰坚几日冻河流。多情只有方三拜，念我冲寒芦荻洲。

校记

〔一〕武清　皖本作「武清县」。
〔二〕夜　皖本作「夕」。
〔三〕晚　京本作「挽」，据皖本。
〔四〕里　京本作「理」。泗水流　皖本作「水自流」
〔五〕骤　皖本作「骤」。

〔六〕客窗　皖本作「客愁」。

〔七〕立　皖本作「直」。

〔八〕仰　皖本作「满」。

〔九〕怡　皖本作「恬」。

〔十〕鱼　皖本作「石」。

〔十一〕跪　京本作「跽」，即「跪」之本字。

〔十二〕际　皖本作「日」。

〔十三〕红尘　皖本作「红颜」。

〔十四〕褦襶　皖本作「褦褦」。

〔十五〕输　京本作「轮」，据皖本。

〔十六〕轻　皖本作「亲」。

〔十七〕招要　皖本作「招邀」。「要」即「邀」之本字。

〔十八〕方朔　皖本作「东方」。

〔十九〕唯　皖本作「有」。

〔二〇〕亭　皖本作「城」。

〔二一〕酋　皖本作「饮」。

〔二二〕一　京本涂改不辨是「一」是「二」，据皖本。

杉亭集　诗九

雪　甲申

春雪如冷人，数见亦可厌。寒气于焉凝，晴光未能觇。空江失远帆，长路没野店。飞鸟匿厥形，疏梅闭其艳。铜铛水难温，竹炉火不焰。布裘以冰冰，荒除撒盐盐。晶光结墨池，重阴恋铅椠。仰面月在梁，捻髭花满髯〔一〕。釜冷费薪炊，壁颓用草苫。银海无边涯，白物任聚敛。时有雨廉纤，那少波潋滟。威使裘褐轻，势压灯华焰。去腊建今春，新畲与旧兼。敢云寒士愁，佥曰丰年验。更鲜诗兴狂，但思酒力酽。僵卧如袁安，得毋友朋念。

和江云溪

涂泥填夹巷，不见冶游人。花信都难问，天光未觉春。漫言宜作瑞，颇厌照如银。迟我登山约，衔杯亦怆神。

同程寿泉江云溪集程豆田斋中听曹山人弹琴主人倚洞箫和之酒阑各赋七古一首

入春天气易成雨，今朝风日何暄妍！舍南有朋约小集，虚庭洒扫开兰轩。携手相知三五辈，香炉茗碗同周旋。矮笺次第读新句，素壁拂拭张古弦。坐中有客善指法，一弹再鼓清心神。萧萧振响窗下竹，淡风斜照生轻寒。主人高艺更奇绝，洞箫一枝通灵仙。倚声为奏幽兰操，金徽玉管齐彬彬。大声铿锵叫鸾凤，小声伊轧抽丝纶。流泉过峡涩苔径，松涛到耳歛云根。满堂敛色静不语，高空仰视多停云。回思十载滞京洛，春衣涅尽东华尘。疲驴蹀躞没堀堁，无由残梦归江干。迩来瑟居虽寂寞，吟朋饮伴无朝昏。人生百年贵适意，当前好景须留连。我为诸君浮大白，来日红桥泛画船。不然闭置若新妇，可怜孤负三春天。

题江聿亭平安车图

新制车如小舫轻，单轮稳便锡嘉名。考工万矱随心匠，命驾东西但意行。不向太行寻险径，只从远路认前程。知君怀抱同秋水，眼底康庄到处平。

和寿泉探梅

佳辰有客泛船回，为访红桥花信来。几点着枝原可爱，不须等到十分开。

又和湖上口占

我辈钟情最可怜，关心湖水与湖烟。明朝准拟河干去，醉倒城隅燕尾船。

题钟进士按剑图

钟进士，嵋礫须眉负奇气，闻说横行白昼中，小鬼成群充尔食。嗟嗟进士何太狂，曾经挟策窥岩廊。胡为按剑更独立，得毋有人投夜光？公乎公乎距今几百载，英姿飒爽居然在。魑魅纷纷近益多，慎勿食之撑肠拄腹为磊块。主人毫端有化工，衣如莼菜颜如松。高堂月黑风雨夕，古剑跃出成苍龙。

再题平安车图

高斋雪后爱春晴，几点梅花绽小庭。玉色画义悬粉壁，摩挲缣素见闲情。闲情欲补冬官记，小小巾车发新制。只轮却用两人扶，四面疏窗窈深邃。深邃居然斗室中，榭林残照柿林风。霜前杨柳千条绿，雨后芙蓉百朵红，红红绿绿遥相间，行尽秋山看不厌。指点前溪深树中，一片酒帘出茅店。沽来茅店酒杯宽，醉里微吟兴未阑。会得先生造车意人间何处不平安。

送汪稚川北上

倾心十余载，此日慰相思。骨相轩昂器，文章绝妙词。暮帆江雨重，晴树岳云垂。为报长安侣，龙文出匣时。

挽程寿泉

感君一见气相亲，为拂东华袖上尘。乳石镌成文最古，花笺题就句常新。世途难觅嵚嵜友，天意偏摧澹荡人。怕向南邻深巷过，伤心何忍转车轮。

和徐石沧

春晴不可得，且聚雨中天。玉树花当槛，银光蜡照筵。豪情见言笑，酒态入诗篇。那惜论交晚，虚窗夜听泉。

苦雨十首

去年至后五回雪，直到春来尚未晴。谁料春来依旧冷，满城风雨过清明。
润逼衣裳取次霉，炉香欲出碍书帷。蛮笺有句无心写，墨沈从他凝砚池。
墙上蜗涎几尺长〔二〕，墙腰苔藓晚苍苍。鸣鸠乳燕无消息，夜夜愁听漏水长。
纸伞淋漓革鞜穿，可怜花柳不曾妍。湖光久别今何似，十里濛濛尽冷烟。
舍南舍北多吟侣，酒为看花到处携。两月阴云愁不展，谢公双屐懒冲泥。
愁对残花早闭门，无聊独自罄清尊。萧萧瑟瑟通宵响，不是过人也断魂。
柳绵不到打球场，榆荚无心学沈郎。天意也悭风雅趣，春原不许钿车忙。
三春心事为判花，坐惜娇红枉怨嗟。薄福自来桃李命，莫嫌雨横更风斜。
匣牟闻说叶全黄，望岁农夫意可伤。负郭我虽无二顷，砚田也怕半年荒。
宰官勤民读繁露，斋宿祈晴禁市沽。只愁六月炎风燥，打鼓迎神来暴巫。

积雨初霁橙里招集净香园

新霁朝曦分外鲜，酒人招我泛湖船。春光乍暖乍寒候〔三〕，风景时晴时雨天。桃李簇成仙峤路，亭台半湿绿杨烟。樽前有酒须沉醉，莫管堤长落翠钿。

首夏同人集休园

草色苔痕绿满畦，到来小坐水亭西。泉平曲沼鱼争唼，花落长廊鸟自啼。隔栅仙禽如客瘦，压檐老树与云齐。此间幽赏应须记，留取琅玕待后题。

同蒋舍人春农爱余书屋看牡丹分得侵韵

薰风取次到园林，蝶为芳菲处处寻。鸠妇声中天欲雨，鼠姑香里夏初临。一围锦绣宜长昼，百朵玲珑向夕阴。更点明灯栏角看〔四〕，花浓酒酽袭吟襟。

江鹤亭招游焦山

首夏风日清，游兴跃然动。我友倏相招，不抱汉阴瓮。担囊入吴舸，微飙片帆送。有如鹰排霄，又若马脱腔。望望江南山，美人赴秋梦。午发邗溟沟，暮抵焦公洞。山灵旧友朋，游处昔曾共。石气苔藓滋，树色烟云重。径途稍改易，位置相伯仲。宫墙指圣居，荣光烛梁栋。回梯补欹岩，偃蹇卧螮蝀。石磴互萦折，下视江天空。野禽乐深林，绵蛮清音哢。翠屏仰面看，不见天衣缝。主人爱豪举，同游亦已众。济胜资短筇，扶携却仆从。归憩海西庵，飞觞饮必痛。涛声到枕喧，吟魂落菰葑。

海西庵

楼上晴空面面江，楼前鸥鸟一双双。缅怀高隐心常折，庵内奉焦隐士像。坐爱精庐意早降。鹤亭于庵内构小斋数楹，颜曰鹤寿堂。下界烟波千里阔，上方钟磬五更撞。廿年回首空尘迹，又到禅龛点夜釭。

松寥阁

虚窗只为大江开，万顷烟波此溯回。远树际天迎晓日，惊湍激石走晴雷。无多场圃疑秦地，不尽林亭接斗魁。却笑求仙太迂怪，人间何处不蓬莱。

和江醴陵焦山述怀

漠漠水云淡，欣欣游思浓。径危略约接〔五〕，欹侧饮江虹。涛声在上界，翘首见古松。轻帆如撇燕，一一画远峰。稍觉夕烟起，已知岚翠重。神仙倘可学，吾意能相从。服食采瑶草，毋使成衰容。

别峰庵

两峰凹处别成庵，一面空江却向南。瓜渚欲浮波淼淼，芜城如梦树参参。到来不觉山中小，静后才知野趣甘。寄语坡公最佳处，何妨此地筑花龛。

象山登僧楼

一鹢帆欹燕尾风，象山顶刻路能通。岭头杂树残红在，楼上晴烟晚翠空。玉照晓奁云髻拥，仙槎秋水客星同。凭高极目真无际，万里扶桑更在东。

鲥鱼

泼泼银鳞活，垂垂密网牵。登盘云母厚，入馔石华鲜。微雨空江夜，轻凉首夏天。酒人常对此，那不饮如泉。

笋

冒雨生沙际，穿云傍石边。最怜初出箨，莫遣大如船。露下根尤脆，山中味独全。东华尘土梦，回首忆频年。

桫椤花

桫椤香叶满祇园，始识禅房古木尊。不与凡花共开谢，惟从净土托根源。飞帆细雨青连岸，清磬斜阳绿到门。欲洗军符寒荐汝，长斋绣佛伴朝昏。

题焦隐士三诏处

我嗤焦孝然，偃蹇卧荒洞。讵知幽岩间，构此美梁栋。魂来应复惊，惭愧名花供。

鼎跌歌

焦山古鼎有石趺，好事得之空江沚。纪年却署熹宗朝，辨论津津悉端委。我闻分宜昔当国，不爱贤才贪货贿。炉樽盘敦璆琅琳，甘心夺攘殊未已。斯鼎亦在青盼中，攫向华堂配文史。后来事败家籍没，鼎归不翅马加齿。当时咸以为不祥，施往焦山荐法喜。此言乍闻亦新奇，孰知乃委巷谈耳。鼎实不知所从来，刻舟者辈溯其始。物之存亡亦偶尔，于止得知其所止。不然拂拭贡天子，应与球图比厥美。何为沦落在下里，怪雨盲风镇山鬼。鼎之遭际乃如此。樗栎不材富年纪，鼎兮甘老空山里

宿金山二首

片帆遥指翠微间，胜地重来一解颜。烟树远分瓜步镇，浪花轻卷石排山。南零水色浮瓯嫩，北固钟声到岸还。细读岩前昔贤句，欲将处士旧诗删。

有客诙谐纵眼观，归心已向暮云看。窗中楚火明沙岸，楼下吴船系石栏。高枕似沾江浪湿，微吟不放酒杯宽。主人风雅应无敌，话到深宵兴未阑。

鹤亭招集净香园观竞渡四首

莲叶田田绿到门，亭台位置别成村。红桥十里皆图画，占断风流是此园。

日午移船系竹林，修廊曲曲俯幽浔。忽闻铙鼓喧声急，绣伞红旗下绿阴。

垂杨低映赤栏前，一缕斜阳万缕烟。风曳帘波通笑语，有人楼上看龙船。

轻儇绝似捕头鹅，夺得飞凫踏绿波。明月夜凉人静后，玉箫水上起清歌。

题江橙里集句杨柳枝词五首

记向秦淮住水亭，东风二月柳条青。板桥旧是消魂地，玉笛凄凉不忍听。

斜日灵湖一水遥，马蹄芳草路迢迢。章华台畔人何处？只有垂杨学细腰。

燕南赵北旅愁多，攀折柔条唤奈何！无限江潭憔悴感，淡烟疏雨醮湖波。

几树垂垂覆苑墙，晚鸦归后暮烟苍。人间流水无红叶，肠断秋来带夕阳。

遣兴莫如微醉后，关情最是送人时。无端又费江郎笔，轻擘蛮笺赋柳枝。

题方曼生小影

江干雪后早春晴，与君邂逅金陵城。旌门下笔万言就，行宫奏赋群公惊。自尔声华真籍籍，意丝飞扬无与敌〔六〕。清平三调李青莲，乐府千篇姜白石。我挂征帆去潞河，郁亭衰柳正婆娑。相思望断江南树，别绪空吟蓟北歌。闻说郑公有三绝，青毡兀坐寒于铁。酒客来时过竹林，广文舍后多槐叶。一官落拓似悬匏，赋就归欤更寂寥。庄叟寓言称放达，杨雄謇吃独牢骚。梧桐树下清阴满，闭门且玩闲书卷。赢得才名当代知，漫教兴趣逢人遣。远梦依依念故人，须眉披拂画图真。关心怅触十年事，可许图中竟结邻。

鲍香沙招同泛舟红桥观荷

早凉且办芒鞋去，郭外浑忘溽暑天。清气独深莲叶浦，凉飙多在木兰船。花神定不因人热，画本何须著色妍。一棹放歌归路晚，东城又见月华圆。

湖墅种菜歌

泗上风云起龙虎，驱策群英若雷雨。飞腾独数开平王，手执长矛卫真主。图成麟阁最称雄，龛定何人第一功！采石矶头秋树老，峨嵋亭下暮潮空。世家青史高声价，血战勋名畴与亚〔七〕。千载金书有誓盟，百年乔木成姻娅。蓟北俄惊靖难师，可怜勋旧泪偷垂。国恩重锡通侯爵，幸免王孙泣路歧。王孙卓荦云中鹄，乔若先生号苍谷。被服居然儒者风，笑谈洗尽豪华俗。早岁文章负盛名，才华直压汉西京。哀时不少长沙疏，述古非无董相经。有明末运真如毁，四海纷纷盛疮痏。伴食中书粥饭僧，弄权宰相暌车鬼。碧血长埋牢户间，举朝谁劾会之奸。批麟折角能舒愤，攀槛牵裾敢犯颜。回首河山堪一恸，楚江盗贼兵戈閧。激成忠义亦徒然，练就家丁复何用？南来烽火照临安，宫厥无人寝殿寒。皂荚桥边荒草遍，乌衣巷口夕阳残。空江流水滔滔去，便是死生肠断处。却向龙宫夺得回，夫人泣血留君住。从此人间变姓名，家亡国破一身存。零砖断甓寻朱邸，衰柳寒烟锁白门。种瓜不识青门道，湖墅苍茫没秋草。雨中烟苗隔町畦，水荇风絮缘池沼。而今谁访故侯家，枯木声中噪暮鸦。莫共文孙谈往事，伤心落尽晚菘花。

净香园观秋荷

良会订隔宵，侵晨出城闼。名园十亩余，垂柳多于发。金塘略彴为，万朵芙蓉发。蝉声断续闻，轻风散清樾。广场布瑶席，宾主兴蓬勃。丝管啁啾鸣，不辞觞百罚。忆余屡至止，寻历尚恍惚。时节若流水，秋容叹飘忽。他年入梦思，芳草未云歇。坐中倩好手，绘图写没骨。诗成张明灯，林梢挂凉月。

棕亭携令子冀良就婚于余寓邸成长句八章余亦抚今追昔怅然于怀作此奉答

清秋星宿夜中分，纤月楼西尚巧云。百辆不须迎少女，六萌翻遣驾郎君。催妆诗句多名笔，赠嫁香奁只布裙。一任邗江人绝倒，先生牵犬是新闻。

葭莩本是旧因缘，两小无猜自昔年。博议好同嘉婿订，尚书谁共乃翁传。泉台久已心相许，亡内在日已有朱陈之约〔八〕。故里遥知眼更悬。失母乌雏今拂羽，谢公那得不偏怜。

当时遗挂独伤神〔九〕，径寸惟留掌上珍。几载京华随薄宦，二年旅食寄通津。鸣环从此为新妇，酹酒真堪报昔人。料得登舻无限感，小妻执手话频频。

弟兄相对惜蹉跎，回首光阴一鸟过。上已河边同袚禊，清明水面共飞墉。半窗风雨联吟夜，廿载云山寄远歌。少壮几时嗟老大，樽前早觉鬓丝皤。

萍叶蓬花命可叹，飘零到处即为安。故山空赋思归引，京国徒悲行路难。人去九原恩未报，泪枯千点梦初残。白杨衰草荒郊外，倩尔年年上冢看。余少失母〔十〕，养于庶祖母程，冢在全椒南山之陲，兴言及此，用属吾女焉。

百年身世总茫茫，喜色今宵一举觞。风日清佳宜燕乐，宾朋谈笑胜笙簧。全家久叹艰生计，半子何堪赘异乡。莫把焦桐弹别调，人间愁绝蔡中郎。

阜陵城外树扶疏，老屋依然古巷隅。争羡佳郎如冠玉，可知爱女胜怀珠。绝无罗绮骄夫子，好取羹汤试小姑。说道长安应解忆，思亲定有泪痕濡。

水蓼江乡雁正飞，一帆江上送将归。惊心节物更新易，偻指平生故旧稀。五岳烟霞人未老，三冬文史愿多违。明年骑马东华去，又见红尘染素衣。

集饮橙里斋中拟皮陆秋夕文宴得青韵

主人不厌客频经，留客虚斋风露泠。帘曳烛光摇夜色，楼迟蟾魄见秋星。吟安险韵抛残帙，读罢新诗倚曲棂。酒尽更阑人未散，漳兰香气在铜瓶。

徐艺农斋中分赋秋云

无心初出岫，凉意住还飞。已觉银河淡，能令璧月微。英英寒细草，漠漠湿生衣。惆怅江东远，怀人对落晖。

归里杂感十首

广陵城边新月明，广陵城下暮潮生。相携稚齿上船出，肠断家人离别情。

独客无家空自回，亲朋凋谢总堪哀。巢由不得买山隐，猿鹤何须笑我来。

记得移家白门住，水窗闲坐数沙禽。梦回三十年前事，瓜步寒潮知我心。雍正癸丑先子挈家自全椒移居江宁。

老辈难忘冯敬通，鞭驴挟策逐秋风。小船一叶当中坐，望见乌衣夕照红。冯先生粹中寓钟山书院，每应岁科试，辄偕烺由浦子口至张家堡坐夜行船抵滁。先生举贤书卒于都下，今十三年矣。

乌外残霞树外山，故山只在翠微间。小年游冶关心处，枕上时时有梦还。

想到松楸一怆神，年年寒食柳条春。岁时瞻拜输田父，惭愧东西南北人。

守黑山房看奕棋，纪群风味耐人思。而今宿草供凭吊，两世亲情付涕洟。息翁李先生，烺大父行也，暨东来表舅氏款烺最挚，今已俱作古人。

身后虚名定无益，生前精力竟何如。偶从饼肆闲披检，认得岑华手注书。先岑华伯父身后书籍多半为人窃去。

几年仆仆东华尘，彭城薄宦羁闲身。此日思君不得见，忍将鸡黍吊陈人。李表兄笠耘官铜山丞，去年卒于官。

玉门养炬忆前游，期望难将坐席酬。今日木樨花满树，西风谁倚枕山楼。先庭旅伯父所居，号枕山楼。

赠许月溪

不见先生久，相看如梦魂。须眉成老辈，词赋讨真源。雨笠朝寻友，秋花昼掩门。竭来栖隐处，始识野人尊。

周鹤亭广文家修亭司训招同岳水轩金棕亭俞墨岑江鹤汀冯昆阆朱昭平江曙华江存南冯鹭宾集饮署斋遂登奎光楼眺望

奇字玄亭客问曾，黄华红叶伴诗朋。开轩已揽无边景，拾级同寻最上乘。雁外关山空夕照，樽前踪迹对风灯。年来远道相思梦，并入秋心付剡藤。

水轩相别八年喜晤于南谯官舍道故之余相招痛饮赋此志谢

未向江头理钓纶，孤琴长剑阅风尘。诗情不愧称名士，客邸翻教作主人。冰雪襟怀豪气在，金兰然诺道心真。几时共遂幽栖愿，竹屋牵萝竞结邻。水轩斋中有竹一林。

同棕亭阻雨宿真州三十里铺大悲庵

清霜欲落水沉潭，一碧遥天逗窃蓝。晓日烘霞明岭外，片云衔雨过江南。难寻雀室维枫岸，暂解骡纲住草庵。不是前途泥没踝，良宵那得共君谈。

同春农饮周籧庵斋中对菊和陶二首

心闲地亦僻，不闻尘市喧。黄华足秋意，采采东篱偏。移植小庭下，叠石成假山。同心三两人，昕夕相往还。高论破聋俗，欣赏复无言。

灵均昔爱此，日夕采其英。泉明更独酌，嗒然忘世情。况君有美酒，布席花间倾。夜凉秉银烛，时聆蜻蛚鸣。良朋当好会，感慨深平生。

棹歌和李晴洲十首

呕哑烟橹一枝柔，水气濛濛冷似秋。大舶七帆何处卸，侬家只解弄扁舟。

饱挂风帆两岸平，棹歌声里太关情。趁船人在船头坐，也胜荒山趼足行。

柳阴系个橛头船，修补船唇尚未全。一夜潺湲梅子雨，石桥流出水溅溅。

沙棠艇子爱寻春，逢著渔郎莫问津。一自陶公归去后，仙源从此更无人。

十日滩头且待侬，一春吹老楝花风。问君何事偏西笑，只有清江却向东。

打鼓津头船正开，抽帆解缆莫沿洄。人生但得乘风势，休笑牵船容子回。

长年生来水上居，眼前儿女非羁孤。炊烟晚饭芦中湿，坐看残阳下绿芜。

弄水湔裙翠筱湾，打鱼晒网绿杨残。江鱼白白不须买，云母水晶堆满盘。

岸上山容绾翠鬟，船头月子烂银环。轩车轹辘长安道，争似舟人镇日闲。

凿空难求天汉槎，量沙那得到恒河。李郎绝似刘郎笔，欸乃声中唤奈何。

筠榭斋中赋瓶中红叶

秋林霜后影，曾记绕柴门。折向胆瓶内，犹疑夕照昏。烛声摇夜色，霞彩映朝暄。沟水题诗处，人间空断魂。

立冬前一日集豆田斋中

铜钲初日照疏窗，霜压琅玕翠几双。汐社有人联旧雨，彩毫对客按新腔。残花尚觉秋心在，冷面难教酒阵降。从此良宵添小集，围炉坐听梵钟撞。

江聿亭刻平安车图成招客同玩酒间赋四首

墱子高悬纸鞭黄〔十一〕，墨花拓处发奇光〔十二〕。他年集古标新录，跋尾还添字几行。

成裘集掖费功夫，廿载闲心只自娱。片羽吉光堪郑重，莫教错认考工图。

高馆明灯召客来，名花烂锦照衔杯。琢成一样青花石，什袭纱幮手自开。

倒薤垂珠体势全，轻罗薄翼似凉蝉。装成即是金兰谱，千古交情石比坚。

题殡云图

薄命真如夜向阑，摧残风月太无端。新歌有泪拈红豆，旧恨无心倚赤栏。桂叶眉峰妆阁闭，梨花梦雨墓门寒。可怜肠断何人识，传与人间画里看。

为张看云题南华宫詹松石小幅二首

南华宫詹擅诗笔，偶图松石亦清狂。才人落墨有余趣，何必纷纷说恽王。

萧条客馆看云子，昔梦前游忆竹林。牵我新诗题小帧，松涛犹自响哀音。

真州留别程玉泉方竹楼方介亭江竹乡家思堂

岁序欲云暮，客怀犹自赊。良朋一樽酒，慰我滞江涯。孤塔月中影，短篱霜后花。明年相忆处，风雪在京华。

黄瘦石招集观剧酒酣踏月归隐玉斋作四首

射雉城边风日清，虚堂揖客话离情。柘枝教就家伶舞，便作当筵子夜声。

雁叫霜天月正皑，峭寒不到郁金杯。尊前莫讶新相识，联句曾经梦里来。谓宗心源、家梅原诸君子。

水绘园亭忆昔年，风流消歇剩寒烟。紫云老去杨枝死，又见清歌上绮筵。

仆本天涯落魄人，当歌对酒易伤神。吟余隐玉斋头卧，一枕霜钟夜向晨。

画竹歌

竹楼胸中万竿竹，落笔森森成一束。雨态烟姿各有情，云心月意纷相续。古来擅场文与可，其次亦有吴仲圭。两贤妙手脱尘俗，至今绢素生光辉。谁知竹楼更奇杰，胆大粗豪纯气魄。黑龙跃出沧海波，万个琅玕戛寒节。我有一张泾溪纸，折叠收藏破书里。酒间磨墨倾瓷瓯，竹楼见之发狂喜。一枝两枝纤腰柔，女儿十五含娇羞。忽然辣阔为密箐，棼酣大肚须髯虬。鸣呼绝技世所绝，笛袜之材何足说。五百年后真奇珍，慎勿轻付双荷叶。

客雨香庵有怀鹤亭

天马精神本绝踪，偶然对客语从容。滑稽风味工调侃，真挚心期贯始终。吟兴岂因忙里废，交情不在暂时浓。兼旬小别思颜色，卧听僧庐向晓钟。

雪夜梦沃田

残冬踪迹滞天涯，远梦同君看六花。客邸频年偏好客，家山轻别更思家。即今老辈几人在，况有新诗千首赊。料得春来多逸兴，吟篛携我逐钿车。

怀橙里

回首邗江一水滨，紫玲珑阁忆留宾。途穷欲下分离泪，交久才知淡远人。送我扁舟添别绪，临歧一语最伤神。平生潦倒谁怜惜，争似先生谊独真。

冬日挐舟访汪璞庄适值他出寓书留余如皋之雨香庵中偶成奉寄四首

坛坫东南处处喧，风流六子集文园。题诗点笔花盈砚，爱客开樽月满轩。赠策人皆夸太白，买丝我欲绣平原。关河千里遥相感，那惜乘槎一溯源。

射雉城边暂倚桡，霜天寒雁影迢迢。雨香庵刹多幽僻，水绘园亭总寂寥。何处笙歌寻北里，更无词赋艳南朝。钵池剩有荒凉月，不许羁人旅恨消。

小住真如访戴船，冻云工雪逼残年。愁看弥勒琉璃火，不见诗人玳瑁筵。好手画师同寂寞谓家思堂，多情衲子共周旅谓庵僧且容。辛盘却忆团圆夕，煨尽炉中榾柮烟。

此际翻成去住难，稻粱谋拙朔风寒。孤踪只合常为客，癖性从来定鲜欢。京国云山天北极，故乡烟水梦南冠。此情只有霜钟解，一觉僧寮感万端。

宗心源家拜梅两君寒夜携樽过寓

风景萧条逼岁除，晚钟才动闭门居。何来二客闲相访，顿使孤怀兴早舒。得酒欢难分主客，论心交不在亲疏。明朝踏雪冲泥至，定有家诗一起予。

和汪意园述怀元韵奉赠四首

才华三十擅诗坛，摩诘前身是宰官。画里高松堪对论，卷中修竹报平安。莲塘倚棹烟波细，花径牵舆岁月宽。此日放衙看候吏，不教乡梦落林端。

白下城西有旧家，三春晴雨冶游赊。断桥攀折藏鸦柳，古寺闲寻覆水花。浮白风光怜酒幔，踏青天气爱钿车。绿芜巷陌行人少，何处檀槽响琵入琶。闲身未许卧烟萝，林向尊前唤奈何。小市鱼盐风俗美，春原鸡犬乐情多。宦游依旧居江国，色养无殊在涧阿。况有盍簪朋侣胜，朝朝对酒更当歌。君是人间未易才，欲持金粟问如来。停云馆冷诗千首，延月窗虚酒一杯。岂有仙禽羁玉圃，定将骢马上金台。匆匆莫讶分携速，频望音书寄驿梅。

校记

〔一〕髭　皖本作「须」。

〔二〕此句皖本作「负壳蜗牛上粉墙」。

〔三〕乍暖乍寒　皖本作「乍寒乍暖」。

〔四〕栏　皖本误作「兰」。

〔五〕约　皖本作「仢」。

〔六〕意气　京本作「气意」，据皖本。

〔七〕勋　皖本作「功」。

〔八〕亡内　皖本作「亡荆」。

〔九〕时　皖本作「年」。

〔十〕毋　皖本作「恃」。

〔十一〕鞕　皖本作「靪」。

〔十二〕拓　皖本作「𩊚」。

杉亭集　诗十

踏灯篇 乙酉

射雉城东百余里，如云屋宇联成市。玉折珠圆流水清，由来丰利称名美。我来正值三春初，柳未抽黄梅渐舒。观察园亭留下榻璞庄，宾朋吟啸欢相于。风光逼近烧灯节，晓日晴云照微雪〔一〕。忽闻街巷动喧哗，要赛花灯盘彩缬。监鹾长使最风流意园，握手衙斋数唱酬。令节与民同乐事，衢樽共饮听歌讴。才人小技场偏擅，零缣碎锦裁成片。制就交龙大小灯，巧工丁缓何曾见。璞庄出缣素绒锦，李砥斋、左筠溪、家思堂同制各色灯景极精巧。锦棚高架入云端，楼下烟霞楼上观。月色入帘难问夜，露华沾袖不知寒。反腰贴地婆娑舞，趁拍花奴十棒鼓。万点明珠落绛河，一群火凤翔华渚。乱坠天花上绮筵，流苏缨络赤阑前。青春车子回身媚，白发诗人望眼颠，对酒当歌发长啸，古有大傩畅民气。九门磔禳索百神，八蜡顺成兆丰岁。两君磊落钦寄才，偶然游戏襟怀开。知尔他年作霖雨，苍生亿万登春台。

过刘翁隐居二首

主人真静者，别墅闭门居。支枕闲听鸟，垂竿不羡鱼。槿篱寒沼外，茶具小窗虚。不踏尘嚣地，相传廿载余。

为怜修竹好，随意到园林。一径古苔色，断桥流水深。苍烟蔼嘉树，素壁挂鸣琴。众窍然寂，旷怀无古今。

红尘京洛梦，回首定依依。倦翮几时返，闲云他处归。烟波江上棹，风雨故山薇。对比应惆怅，劳劳未息机。

汪碧溪招同王光禄礼堂蒋舍人春农小集乔氏东园八首

衣边才拂客途尘，便有招邀旧酒人。闻说梅花甘寂寞，寻游好在野塘滨。

京华远梦太匆忙，光禄诗笺尚弆藏。回首八年弹指过，依稀重到万泉庄。

淮左名园斗艳姿，楼台金碧巧工为。却缘地僻余天趣，枯木颓垣亚竹枝。

春来花草气扶疏，被面东风二月初。闲倚水窗看暮景，有人原上动春锄。

苔阶一折到修廊，刻石前贤字几行。今月樽前夸作手，风流不让古人狂。

王郎当日红桥下，官舫银镫祓禊时。日晚衔杯重惆怅，吾曹冷淡正相宜。

三年留滞广陵城，杯酒殷勤仗友生。喜极又愁来日别，黄埃马首不胜情。
薄宦难求阳羡田，斯游不遂意茫然。归途风景凭谁画，一带春城入暮烟。

寓庐种梅二株已两度作花矣行将北上以诗别之二首

小庭残雪滑苍苔，一桁湘帘向日开。不是吾庐应也爱，担泥手种两株梅。
鸟影光阴二载余，当窗两度见花疏。他时远梦空相忆，官阁凭谁更寄书。

将之都门留别邗江诸同好四首

三年寄迹广陵城，颇觉吴霜镜里生。对奕有人头信宿，看花到处得逢迎。短笻双屐登高兴，流水寒鸦吊古情。回首平山堂下路，饧箫吹过几清明。
栖迟倦客本无家，身似鹪鹩阅岁华。淹惯酒痕襟袖湿，簪来花朵帽檐斜。疏灯老树听春雨，小艇秋潮送落霞。懒慢自怜真得计，片时安稳是生涯。
一笑相知眼最青，诗坛酒社也曾经。万竿竹簌穿苔径，百顷荷香坐水亭。上客才华多绰约，名园风雨独伶俜。长安此去寒宵梦，犹逐烟霞到晚汀。
堂堂风景竟销磨，那不樽前唤奈何。去住情怀同社燕，飘零身世类蓬科。难忘好友离心切，易洒临歧泪点多。一醉登车人未醒，怕闻玉笛唱骊歌。

段器之周受堂过寓出平心杯留饮遂以杯赠受堂次日器之成古风一章依韵答之

北窗五六月，偃卧凉风多。浓云送时雨，檐溜声滂沱。空庭草色含烟波，关门兀坐将如何。忽闻二客冲泥剥啄叩门至，恍然快读阳春白雪之高歌。芥舟不向坳堂拕，玄蝉却在林间和。科头跣足乏礼数，一笑那婀佩玉傩。暮色萧萧动桦烛，微飙瑟瑟悬藤萝。斯时不饮岂可得，浊醪贳取墙头过。吾庐差甚蜗牛窝，蔬柈饾饤亦委蛇。酒酣捉搦寻诗魔，壁间题句伊谁呵。涂鸦且勿正其讹，千里一泻龙门河。渴怀燥吻手频摩，急搜箧笥出酒螺。螺色嫩黄若雏鹅，已如漏卮善滴沰。复如欹器置陵坡，注之不竭满而溢，中有人兮神峨峨。持以赠君非婐㛂，吾曹酒政嫌烦苛。此虽小物不足贵，鄙意直同金叵罗。人生好景易蹉跎，闻鸡起舞屡傞傞。朱颜不借黝生力，百年安得时时酡。闻道保障湖边多绿荷，沙禽水鸟处处堪婆娑。莫管红尘京洛甚时到，与君明日出郭拿轻舸。

感寓五首 丙戌

束发就家塾，昕夕攻诗书。问君何所为？将为君子儒。朝廷设科目，海内群贤趋。一朝登仕版。名姓光乡闾。如何清华品，乃厌承明庐。汲汲求置置，快若鸟脱篘。一身耽醉饱，何暇惜廉隅。廉隅一以丧，祸患与之俱。不见赭衣子，锒铛充若卢。

朝有百执事，诏禄分等衰。司农计经费，不为贫宦施。嗟嗟七品官，张皇徒兰为。轻裘锦绣段，轩车溢路逵。便娟列仆从，骄马当风嘶。其身且云乐，其心良已悲。盗钟自掩耳，眯目非粺粃。一朝五技穷，信义弃如泥。不贪以为宝，毋为识者嗤。

寒儒作冷官，踡踡煎百虑。仓无五斗米，机无一尺素。黄金无术成，白首栖郎署。闻有谒选官，豪华肝胆露。挥金舞榭朝，取醉歌楼暮。相逢结知己，中情托幽素。拂我南轩尘，治我中厨具。惠然竟肯来，欢笑恣餍饫。愿言略势分，直欲同肺腑。庶几形骸忘，得毋将伯助。朝过寓庐门，寂然无仆御。叩环人不应，苍黄却回顾。邻翁含笑言，昨已驱车去。

寒士久不遇，乃作京华游。平生青云志，啸傲凌王侯。路旁见显贵，肩舆叱前驺。一刺竞通谒，从此缔绸缪。投诗与温卷，岂敢自含羞。华堂宴宾从，丝管声啁啾。醵金尽同辈，献寿称觥筹。谁怜坐上客，典却青绮裘。

我有一村僮，穷苦所无托。相携至京邸，聊以充役作。日饱太仓米，颇觉此间乐。不向可之骂，讵事王褒约。三年刷羽翰，大异羊公鹤。翻然改初心，云悔从前错。人皆餍膏梁，主独甘藜藿；人皆善奔走，主独惜腰脚，双鬓已星星，严霜陨秋箨。我闻识时者，如锥处囊橐。且随县尹去，排衙听呼诺。聆之发微笑，尔去当踊跃。他日尔归来，仍栖旧帷幕。

读晋书

典午乱天纪，陵替始惠怀。草窃首元海，居然卓荦姿。嗟嗟陈元达，遭逢一已奇。虽非草庐顾，出处义不亏。许身在一旦，自命王者师。鹿蠡本篡贼，情性何其乖。诛戮尽耆旧，秽亵盈宫闱。畋游既无度，营造复非期。廷尉冒白刃，侃侃屡陈词。想其抱树日，肝胆良可披。于事虽无补，于心诚不欺。岂无明哲术，缄默以待时。

为韦约轩编修题其尊甫铁夫先生授经图

古人守一经，宝贵在所授。匪惟精训诂〔二〕，将以善宇宙。去圣日以远，鄙儒失讨究。遂使经世辞，区区辨句读。卓哉韦先生，德与才兼茂。掇拾煨烬余，犹农务耕耨。条条肉贯弗，浮浮气蒸馏。岂樗里智囊，寔康成经袖。中年秉木铎〔三〕，设教泗滨右。斯地遭荡潏，田畴久沉覆。奸民乐兼并，里胥技将售。先生适司事，利弊洞然透。大吏采其言，一一九阍奏。捐复七千余，求为民藏富〔四〕。精心卫名教，攘臂杜私窦。挥斥暮夜金，和平异矫揉。平生羁微官，健翮未云蹬。不以己力绵，而使吾心疚。嗟嗟真经师，是为名实副。以兹衍家学，佳郎复名宿。凤池抽彩毫，銮坡纡华绶。况有文孙贤，峥嵘早肯构。纷纷颂达人，于焉昌厥后。

题钱方壶先生行乐 先生是辛楣学士尊甫

古人贵适意，图画写方寸。君子耐岁寒，寄兴良不远。拂帧见天真，风标识清健。檀栾报平安，夭矫对高论。况复冰雪姿，干老发香嫩。彳亍苔径间，披裘乐无闷。悠然世外游，贞吉占嘉遁。先生邃家学，纪载资文献。长公抜天才，著作帙盈万。卓哉三不朽，唾手可立建。渊源溯所从，斯里若操券。独愧驽下材，十载叨缱绻。风流窃鲤庭，一一得成宪。高山与景行，瞻仰毕素愿。

程二文蕺园舍人招饮陶然亭

历劫难消选佛场，登临且复共徊徉。烟中芦荻千层碧，雨后轩窗一倍凉。兴对绿樽应有记，机如白鸟已全忘。五年残梦匆匆过，又见城隅上夕阳。

送毛敬思舍人作宰二首

记得河干共放船，长途萧瑟饱风烟。丙子年余偕舍人北上。典衣索米成双绝，佩笔趋朝又十年。阴羽秋随仙仗路，禁钟春直紫微天。尔曹莫笑中书秃，尚有江花别样妍。万事都难辨幻真，蕊宫身到尚沉沦。神仙犹自遗残蜕，卿相安能不后尘。画省他年思手笔，花封特地寄民人。知君不作梁鸿噫，寸禄欣然慰老亲。

送棕亭南还二首

依旧疲驴驾两轮，征衣重拂软红尘。沉船病树身前感，蚁穴鹅笼梦里因。大药有方难换骨，还丹无术莫医贫。扁舟一叶鬈山水，何异春明下第人。棕亭上第需次教授

千佛名经亦易为，偶然游戏任人嗤。文章未必增声价，老大何堪屡别离。八口团圞偕吏隐，一官安稳坐皋比。五湖鲑菜渔翁长，羡尔经师即钓师。

冯司直纫兰招同朱编修竹君先生程舍人蕺园二丈沈吉士南楼陆舍人耳山郭舍人晴湖小集黑窑厂登眺醵饮大醉赋

凤城风物清〔五〕，最好是商律。天光碧潭澄，山容翠鬟去。键户注虫鱼，或消裈处虱。良会须及时，驱车城南术。高台深树间，荻苇秋瑟瑟。有如倦飞羽，当风忽振翮。群贤

次第至，适得竹林七。平生爱师友，此乐莫与匹。愿言释礼法，所贵在真率。谈艺肉贯䏺，研经发爱栉。心得何必同，一一举参质。佳肴纷错陈，粔妆间餲饳。传觞似流水，竟忘日两逸。归途残梦中，枕藉良朋膝。频年堕薪缧，龊龊类心疾。襟怀豁然开，沈困一宵失。恐谰语叫呶，若奔车狂軼。明发热面颜，惙惙生肌栗。小过当自惩，酒食戒终吉。

饮沈南楼寓斋席上赋菊花饼

季秋天气清，风霜历高洁。良会一以屡，嘉兴未能辍。同心无多人，相对互养拙。意不在判单〔六〕，所重独情切。中厨荐佳肴，骈罗匪补缀。隽永夸南烹，倾倒笑西揭。酒间闻异香，粔妆梓中列。素丝绝复连，银线乱还缬。微馨沁秋心，嗅味先晚节。𧄍𧄏干宝注，椒桔吴均说〔七〕。恨不一丈圜，乃作十字拆。或松如翠翘，或黄若金玦〔八〕。缅彼擢颖疏，而受落英潵。和齐调酸碱，湛㷔去萌蘖。延年配醽醑，祓除比桃茢。朝插艳满头，夕餐芬在舌。多君出新奇，餍我老饕餮。幽芳溢中虚，清凉涤内热。谈锋弛解闹，酒兵纵流歠。庶几复发棠，勿使吾望觖。

程二丈葴园舍人招同钱詹事𢬵石查太守俭堂毕洗马秋帆冯司直纫兰陈编修仲思郭舍人晴湖陆舍人耳山法源寺看海棠归饮耳山寓邸迟朱先生竹君不至分赋八首 丁亥

小雨才晴天气新，湘帘高卷净纤尘。看花有约急应赴，一日无风即好春。

驱车为访城南寺，树底春人取次来。啜茗闲谈片时坐，斜阳又照数枝开〔九〕。

记曾卜筑寺东偏，爱与名花结净缘。双鬓恒河休照影，风光弹指十三年。

燕支树树淡扶疏，得似唐昌玉蕊无。花是主人人是客，人间阅尽几荣枯。

小榼携来青豆房，三春端只为花忙。爵花不语花含笑，好事无如我辈狂。

天风细细响松涛，殿角香灯梵呗高。高阁迴连天一握，一林红雪落山桃。

最能高兴朱夫子，特地前期招客来。匆匆何事趋朝去，不得花前尽一杯。

舍人宅近牛鸣地，只在城南尺五天。醵饮欢呼围坐久，花枝压帽月当筵。

饮查太守俭堂斋中看瓶中芍药分得江字

深红浅白一双双，艳治偏宜点夜釭。邗水流连余旧梦，丰台光景在疏窗。尊垒认款重摹篆，书画如船好泛江。况有浓香浮琥珀，不辞百罚倒鸡缸。

题郑司马兰陔小影

闲花落印床，官斋昼长静。不闻吏人喧，弹琴对鬓影。郑分耽吟者，宜游嗟萍梗。室家一以聚，乐志爱韶景。清心发冰弦，妙悟得真境。天彭井络间，风与巴江水。时有乡梦牵，遥情寄笭箵。

舟发潞河

三年又泛潞河归，为忆江南旧钓矶。经雨水痕侵断岸，戒寒霜信入单衣。长贫风味随缘过，爱懒情怀与世违。千里暮云凝望处，乡心早逐雁鸿飞。

乞假南还卖书买舟尚余残帙纳㪚𥬠中一夕船漏尽没于水乃就沙岸曝之感而赋此

归计惟凭数卷书，卖残不遣带经锄。沉舟几使蛟龙得，出水空怜鼠蠹余。已分沾泥同落絮，可堪寄远付游鱼。沙头点检增惆怅，雨后甘蕉怯舒卷。

通州怀古

谢却尘沙染鬓丝，好将绿水鉴须眉。酒怀历落霜枫似〔十〕，秋意阑珊岸柳知。应为刘侯寻旧堰，独怜吴汉有荒祠。五幡铜马今何在？故垒萧条少断碑。

张家湾

潞河判东西，南径狐奴城。上承鲍丘水，夏泽相回萦。或云金盏淀，渺望滉瀁泓。薄宦乏资斧，归装畏邮程。瑟缩赤马船，栖泊如浮萍。津吏昂然来，逻卒声喧轰〔十一〕。但少女栏头，瞋喝眷属惊。国家讥关市，所司在水衡。徒填尔辈壑〔十二〕，饕餮收奇赢。神明一以照，必除饭钱名〔十三〕。

故城

倚棹历亭前，秋风动广川。人烟生渡口，帆影落城边。何处潢泸水，难寻载酒船，长吟君实句，太息古时贤。

吴桥

牵缆吴桥地，将陵邑尚留。裴侯无甲第，孙子剩荒丘。羌垒频增筑，黄河古汇流。祭风台上望，莽苍见齐州。

舟中九日

双堤明镜夹湖光，孤棹夷犹系石梁。四海无家惭薄宦，百年乘兴几重阳。道旁官柳秋容老，渡口人烟夕照黄。且可呼童觅村酒，客途只合醉为乡。

渡河

南云望尽碧天罗，渐喜乡音两岸多。东观三年凋绿鬓，西风九月渡黄河。入关鸿雁衔霜信，闻笛鱼龙起夜波。我欲探源星宿海，客星无那断槎何〔十四〕。

淮安 二首

城上河流挂碧虚，楚州地势本沮洳。节楼旌旆云宵里，估客帆樯夕照余。自古水衡关国计，向来盐筴为边储。盈盈一带长淮水，财赋东南尽赖渠。

霜后垂杨尚绿丝，烟波极望浩无涯。蓬茅小屋穷民爨，金碧高甍使者祠。何处渔郎歌水调，忽教羁客动乡思。一声楼上吹长笛，暮雨潇潇倚棹时。

校记

〔一〕照　皖本作「点」。
〔二〕诂　京本作「故」，据皖本。
〔三〕秉　京本涂改不清，似「乘」似「秉」，据皖本。
〔四〕求　皖本作「永」。
〔五〕风物　皖本作「景物」。
〔六〕单　皖本作「留」。
〔七〕吴均　京本作「吴筠」，据皖本。
〔八〕玦　京本作「抉」，据皖本。
〔九〕开　京本作「闲」，显误，今据皖本。
〔十〕洒怀历落　皖本作「洒颜赭握」。
〔十一〕逻卒　京本作「逻索」，今据皖本。
〔十二〕填　皖本作「饱」。
〔十三〕除　皖本作「收」。
〔十四〕无那　皖本作「无奈」。

杉亭集　诗十一

元夕后一日集筠榭斋中 戊子

才过烧灯节，东风尚薄寒。相邀衔酒盏，随意凭花栏。细雨摇银烛，轻烟幂玉兰。诗情何处觅，却向画图看。

更下高贤榻，良宵啜茗谈。梦犹悬蓟北，身已住江南。踪迹眠蕉鹿，生涯上箔蚕。好春须尽兴，花信约同探。

伤周健中

官桥一别三年久，重睹容颜似昔时。谁料维摩初示疾，忽教泉路促归期。落梅风里怀人泪，移柳江边送客悲。叹息汪伦今已矣，桃花潭水尚涟漪。

题程砚红印谱

我闻王元章，镌石用花乳。变通籀斯法，新意迈前古。后来文与何，超然能接武。遂使珍赏家，真赝凭是取。吾友小迂生，落笔惊风雨。尤精六体文，黄金折钗股。亦复工刻符，蘧瑟辩石鼓。斯人今已往，翰墨荒艺圃。于嗟尔凤毛，家学见庭户。示我一编书，仿佛谦斋谱。老友沈凡民司马有谦斋印谱。喜极发长叹，宿草悲坟土。

柬鹤亭

江上吴帆破晓烟，归来几日谢觥船。删花行药〔乐〕闲中味，瀹茗焚香静里缘。拂案数篇今世说，垂帘一枕小游仙。匆匆误却南园景，开遍将离首夏天。

梅　雨

疏林才见熟黄梅，层叠阴云拨未开。千树已教怜翠湿，数峰不肯送青来。燕知泥润将雏乐，鸠为巢危逐妇哀。流水断枯堪画处，牧童蓑笠跨牛回。

送杨春亭入都谒选

广陵五月薰风来，金塘奕奕芙蓉开。飞腾踔踸见杨子，挥鞭将诣黄金台。君之姓名在选籍，选人迫逼就选额。从今整顿双飞凫，绕县名花恣游历。战捷南宫将十年，钓竿蒻笠荒江边。一朝手版匆匆去，腰脚能否如轻绵。古来大才无不有，况君扛鼎屠龙手！九万扶摇发轫初，一杯且尽当筵酒。

放歌赠俞楚江

别君两载长相思，逢君快读梅花诗。君去金台到邗水，余亦暂与春明辞。樯乌帆马各已倦，鞭丝帽影俱应疲。问君别来何所为，君言落魄恒如斯。腰乏黄金肘生柳，风尘何地堪轩眉。惟有酒怀豪纵今不改，蒲桃醱醅尚可倾千卮。此间风景亦不恶，况在百五芳菲期。小船轻于叶，双桨开涟漪。桃花虽零落，尚有嫣红枝。急须载酒一巨瓮，痛饮不异京华时。闻君前日下淮浦，五更月黑颠风吹。舟师不戒舟遂覆，琴书忽被蛟龙嬉。璆琳盘敦皆不惜，枕中攫还绝妙词。得毋珠宫欲作擘窠字，待君大笔蟠苍螭。君言琐琐不足道，过眼何翅浮云驰。君之肝胆良可披，君之狂疾不可治。请君明日为我竟荷锸，假使一宵醉死何不真埋之！

题张看云小影

白云过尽心不竞，空山寂寂秋天晴。松阴满地日未落，梦觉时闻流水声。云中月出何辉辉，高梧垂阴叶子肥。幽人独坐淡不语，心如白鸟真忘机。

偃卧老松根，云门吼飞瀑。微雨空际来，山云傍人宿。遥声逐远波，霜痕叠纨縠。

题　画

神龙见首不见尾，尺木升天气英伟。盲风怪雨飘女萝，硐道凄凄吊山鬼。画工胡为为此图，高堂月黑云模糊。点睛竟欲破壁去，之而鳞甲森冰珠。乖龙左耳昔遭割，有欲醢之讵能脱。不须更读虾䱇篇，一斗松煤任君泼。

为友题照

幽人趺坐踞盘石，石上涓涓流水碧。嗒然心迹同停云，唯见古苔绣苍壁。昨宵饮我阳羡茶，瓷瓯香沁漳兰花。垂涎更指床下瓮，剪灯为我倾流霞。知君胸次本慷慨，平生豁达轻流辈。白眼谁怜阮籍狂，素交只与朱生对。君今托足尘嚣间，襟怀且向图中闲。有田不归如江水，我亦栖栖念旧山。

清明日集修禊亭

四面虚窗拓远天，乘槎人似小游仙。柔蓝春水明花竹，空翠晴云脆管弦。幽赏最宜名胜地，风流不数永和年。画船修禊红桥下，纤手罗裙细细湔。

题华溪钓纶图用离合体

莓苔叠蔚蓝，每与芳草映。伞影落清潭，人间爱游泳。鸡犬远尘嚣，鸟雀驯天性。浴鹭浮靴纹，水光接云净。鉴空见红鱼，监视点明镜。灼灼山桃燃，火色应时令。素丝蘸涟漪，主者心不竞。论说两相忘，言辞去谈柄。团图玉雪儿，图中小儿甚明慧。专诚伻持敬。鄙哉吸阳鲚，邑宰侈为政。

送家指香舍人游姑孰兼寄高司马县圃前辈

樯燕低飞水驿晴，几番花信过清明。翠螺暮色来江甸，白纻春云满县城。南圃寻幽双屐健，东风破浪一帆轻。遥知贤达高司马，喜与论诗倒屣迎。

咏桃核鞋

凤头小样十分轻，刻棘功夫削镂成。不忍唊余闲弃掷，拈来行酒付多情。
湖菱乌角掌中偏，暗里闻香绝可怜。从此群芳通谱牒，玉桃只合唤金莲。
渡江名士最风流，双浆迎来上小舟。不道消魂今日见，潘妃沽酒殿西头。

弓玉弯弯一段春，踏青想像步香尘。合欢休忆心儿里，肠断当时两个人。

题法力驯狮罗汉图

狻猊产于西城，乃为百兽之尊。趺跏乘者谁子？乞食来自祇园。圆姿替满月相，嘿嘿不立语言。何处施大法力？观彼若小猢狲。神光遥在空际，天空吹动彩旛。云中倘有怖鸽，放尔翻飞出樊。视此不耕不耨，宁如东邻乌犍。开士尔时一笑，吾将田乎高原。

木棉裘

寒士有布袍，珍若锦绣段。装以木棉花，春风被两腕。奇温迈狐貉，过日同鹖鴠。曝背古墙阴，坐见层冰涣。东家豪华子，丰貂耀璀灿。安居邃室中，活火燃兽炭。犹恐寒威侵，雕栊垂绮幔。谁知放牛翁，单衣不掩骭。

青桂山阁坐雨得风字

秋意在林薄，凉气吹疏桐。八窗敞幽邃，笠屐来群公。宿雨不背霁，化作烟濛濛。俄而云复密，滴沥苔阶空。岬桂送余馥，水蓼留残红。分题押险韵，如挽六钧弓。主人雅好客，食单罗珍丰。醉眼滉银烛，谑笑轩南东。庭前有老树，叶叶吟商风。

自鸣钟歌次家蒲江韵

欧罗巴人泰西至，七帆远跨沧溟鲸。柁楼不设计里鼓，晨昏宿次凭钟声。此钟制作出新意，叠轮辗转能自鸣。造玛得玛匠心苦，大浪山前泊丙午。地亦圆形取证明，冰海春融泻两股。巨鱼喷浪投木罂，咫尺迷离辨风雨。轴心动轮轮齿圆，三环四游象周天。大如瓮盎小如弹，位置可在琴书前。玻璃作窗金作纽。条丸乌兔回环走。禹鼎汤盘消未工，雕镂屈曲蟠螭蟉。岁差天度行渐迟，周髀宣夜同瑰琦。古人不少覃精器，蚪箭铜龙解报时。我睹此钟长太息，世间好货珍难得。海滨亦有应潮鸡，奚俟陆倕铭漏刻。

题嘉树书屋文宴图

松陵韵事让吾曹，文宴书堂意兴豪。水豢山肤供野蔌，棕鞋桐帽趁方袍。亚枝玉蝶吹晴雪，绕屋苍鳞响翠涛。从此淮南添胜事，首春岁岁酌香醪。

重九前二日泛舟入城过话秋亭作用坡公九日泛舟至勤师院韵

客邸休言岁序侵，朋侪相聚识情深。水云艇子宜同泛，竹树城隅好共寻。高调未能歌白雪，素交原不在黄金。秋花点砌红如此，何必江头槲叶林。

隔江岚翠拥成堆，乘兴能游亦壮哉。九月欲霜鸿未至，三年著屐我重来。筵前拂纸书超脱，壁上粘瓶菊细开。忽忆软红东阙下，惊残秋梦首重回。

紫玉簪花

吴宫夜雨几番秋，忍向韩童问昔游。紫玉成烟当日恨，只今萧瑟不胜愁。

欲访鸾钗问霍家，小郎消息滞天涯。玉梅花下年时事，残梦惊回坠枕斜。

九日家晋堂招游北山寺阻雨不果集饮嘉树堂以绛叶拥虚砌黄花随浊醪为韵得浊字

五更钟动梦初觉，窗外愁霖犹濡濡。披衣起向中庭行，惟见青泥积墙角。良朋有约订隔宵，邀往秋郊恣游乐。北山之寺窅而深，黄菊盈塍竹盈握。登高佳节古所欣，蜡屐何须寻五岳。阴云叆叇不肯开，檐溜似鸣蹄趵趵。假盖即诣嘉树堂，坐客行踪尽高邈。垂帘啜茗心神闲，拂笺作画目精眊。围旗战罢子入奁，水饮啖余腹消胞。橱中豹蚊还砺针，墙上蜗牛已负壳。逦瀰小港波涟沦，隔岸远山烟莹峃。诗魔拈笔心先降，酒兵破阵颜早渥。插花落帽欢相于，放歌生气人难捉。大醉雄谈亦复佳，拥鼻休嗤语言浊。

怀鹤亭

忆上吴江赤马船，丹枫黄菊晚秋天。邮程鸿雁云中侣，乡味鲈鱼梦里缘。晓色千山仙杖外，边声万骑朔风前。思君奔走清尘后，可有甘泉羽猎篇。

和鹤亭

点点霜华上锦袍，客中短发几回搔。森严羽卫瞻天肃，莽苍关山入咏高。洁己素心应不愧，解纷妙语独能豪。匆匆又过重阳节，野店还题九日糕。

宿江深阁

小阁临江宿霭浓，重来登眺愧萍踪。楚鱼信杳怜寒浪，朔雁程遥迫季冬。儿女关情身渐老，时在嘉禾为小女订婚期。烟霞有约兴偏慵。同人约游竹林寺，以兴懒不果往。五更心事鸡鸣后，历历愁听向晓钟。

赠家牧田

诗人居胜地，门内有康山。一径古苔色，日高犹掩关。帆樯烟树杪，丝竹水云间。不厌寻幽客，冲泥数往还。言语妙天下，人间灵毂过。行年今五十，吾道未蹉跎。轻雪烘梅瓣，疏阴润薜萝。小斋晴日永，即此是岩阿。

家鲁斋明府由广陵调任梁溪用赋长句以当折柳

芙蓉开满绿杨城，长吏初来父老迎。不骋才华公事办，咸知心迹讼庭清。栏花阶草多生意，流水行云是宦情。我到官斋时款洽，灯前重为话诗盟。匆匆那得带轻宽，到此才知吐握难。薇省冰衔嘲冷客，柿林火伞笑炎官。偷闲画舫浮茶具，好事名花映食单。耳热酒阑吟啸处，书生本色旧登坛。九龙山下雨霏霏，遥想行春入翠微。十里茶村松鼠窜，半湾葭浦水禽飞。人家竹树青连屋。官舍云烟绿满扉。寄问蒙泉老居士，家遂安明府培源年来萧瑟坐渔矶。昔年曾记到蓉湖，同向山房访竹炉。癸未秋余至梁溪，同蒙泉、爱棠过听林庵试竹炉，是时爱棠摄锡山令。往事忽惊三友隔，离情相系片帆孤。雪泥踪迹风中羽，电露生涯叶上珠。惟有寸心千古意，骊歌高唱送飞凫。

积雨兼旬尚未得晤鹤亭独坐成诗索和 己丑

开年雨雪太霏霏，吟侣经旬见面稀。花底衔杯犹有待，水边按拍竟相违。湿云竟日飞残缕，皓月连宵掩素辉。想像醴陵同此意，笺天好放艳阳归。

徐艺农斋中早春文宴

开岁风光好，高斋会早春。欢场今夕酒，情话去年人。密坐围香久，微吟得句新。帘垂飘宿雨，髹几净无尘。

晋园春游作

客况寥寥百不顾，我友相招托心素。一日春晴抵万金，有约看花急应赴。名园咫尺城东隅，流水断桥任沿溯。入门曲折随修廊，登楼延缘借老树。偃蹇笆篱繁蕊穿，玲珑古石嫩苔仆。芦篷低架墙之阴，艳紫妖红斗妍嫮。春光背我堂堂去，愁绝僧庐听夜雨。今日花前暂解颜，不惜香泥没芒屦。九十韶华能几时，莫教清趣天公妒。

怀江橙里在新安

今岁三春半风雨，光阴瞥眼如飞羽。一曲骊歌远送君，绿波春水浮南浦。送君迢递去新安，燕子桃花春未阑。屐齿遍游梅尉里，橹声摇过子陵滩。我本江湖一羁客，三年邗水掩萍迹。闲来动即到君家，斗奕衔杯永朝夕。一别风光百五过，佳辰良会竟蹉跎。遥知今夜团圞月，应照诗人捉搦歌。余亦年时厌尘鞅，京华北望增遐想。只恐君归我复行，两地闲愁同帐惘。杨花作雪落纷纷，极目南天空白云。相思不断如春草，况复天涯正夕曛。

题家迂民梦游图

高天无声湛空碧，仙人翔鸾杳无迹。梦魂一缕飞灵香，茫茫下视齐州白。方壶圆峤在何处，天风引帆不可渡。梦中讵识沧波深，依约乘云自来去。吾子精力罢津梁，亦欲晞发临扶桑。东方明星已如弹，铜龙漏涩春宵长。

远望曲

日暮登高楼，楼前临野渡。垂柳短长亭，郎从此中去。今夜关山月，照郎宿何处？寻郎入梦中，梦魂不识路，惊起步中庭，庭柯坠残露。

荷花

万条丝柳拂金塘，卓午微闻递暗香。绝代佳人红粉靥，凌波仙子绿罗裳，要看素影宜新月，为采明珠趁晓凉。曾棹渔舟穿港去，惊飞七十二鸳鸯。极浦双鬟唱采莲，水窗惊见数枝偏。几多红艳藏沙鸟，何处清阴咽暮蝉。诗思独怜新雨后，酒怀多在晚晴天。风裳水佩都娟妙，折向花瓷别样妍。梧桐一叶响秋声，残照昏鸦到水滨。鱼藻渐开中妇镜，凫葵犹罥老翁纶。怕禁秋雨啼残粉，不嫁春风更可人。最是苦心怜的的，吴宫西子黛眉颦。木兰舟上涉江歌，锦带花钿艳绮罗。兜罢顿生开士钵，织成还逐女郎梭。衣香脸色终难似，僮约庄篇莫漫哦。记否中流容与处，楚人哀怨托湘波。

淮阴旅次

新架蓬茅屋数椽，𡷫来小住亦前缘。秋风失路王孙泪，莫滴韩候古庙边。楚州地润暑偏多，霉雨沾人渍薄罗。却喜晚来新月上，移床小憩一长歌。四时代谢成功退，夏与秋争火德强。莫讶炎歊多热恼，一番风雨一番凉。

几年南北倦征程，又向淮阴道上行。世事渐谙人渐老，共谁剪烛话平生。

挽家韫亭

邗上论交将小载，花坛酒社剧留连。谁知一夜长淮雨，顿作千秋隔世缘。烛影暗摇新穗帐，泪痕重渍旧诗篇。从今忍过枚皋里，烟水茫茫独黯然。

寓庐偶感

老屋三间自扫除，可知蜗亦爱蜗庐。狂如阮籍休耽酒，穷胜虞卿莫著书。客邸昵交能几辈，光阴逝水惜三余。明年手版匆匆日，得否萧闲似索居。

名利奔驰未有涯，此来立住亦为佳。倦支高枕魂应稳，散步长廊闷可排。老大关情儿女幼，羁孤惟恐病愁偕。归期准拟春三月，休向灯前卜燕钗。

蓬勃红尘点雪髭，污人不是庾元规。日斜屋角移阳马，风刮篷梢叫饿鸱。囊罄无聊频问课，客来有兴且围棋。下帘枯坐如僧定，一任茶烟飏鬓丝。

碌碌长安梦一场，昔游回首竟茫茫。废园社后攀杨柳，古寺春朝看海棠。地下故人坟树拱，旧时年少鬓毛苍。冯唐莫叹郎潜久，潦倒才知岁月长。

杉亭集 词一

巫山一段云 秦淮

新月金波淡，余香宝篆消。晚烟开处柳千条，笛声桥外桥。　两岸明灯照水，红袖玉人同倚。花天酒地可怜宵，风光想六朝。

忆江南

江南好，春水映春烟。杨柳微风修禊日，杏花疏雨买饧天，茶灶响山泉。

又

江南忆，最忆是凉秋。新换生衣如滑笏，筠笼买得木樨毬〔一〕，闲上酒家楼。

又

江南忆，其次忆河亭。楼上红栏船上影，水光交映两层灯，歌酒到天明。

风入松 踏青

雪消风暖逗春光，十里马蹄香。游人都说城南好，趁新晴柳色微黄。杏树梢边酒旗，桃花丛里云房。　歌台箫管按宫商，油碧碾球场。林端尚少黄莺啭，笑匆匆挟弹儿郎。不怕严城关早，山头贪看斜阳。

钓船笛 渔父

霜月落孤篷，人在芦花深处。风细水纹吹皱，飞半江残絮。　晚潮初上响船头，荡入蓼汀去。菰饭夜来炊罢，伴一滩鸥鹭。

齐天乐 能仁寺看梅

五年重入孤山梦，梅花不堪零乱。十里苍烟，一庭翠雪〔二〕，香界空濛吹遍。疏跗细干，似历尽荒寒，渐成凄怨。露冷嫣红，美人憔悴泪痕泫〔三〕。　婆娑花下小立。怅年时踪迹，心病形懒。废馆苔青，荒池水碧，都付夕阳春晚。闲愁自遣。待相对安禅，药炉经卷，明月松门，暖风飘碎点。

暗　香　寄江松泉〔四〕

断虹略彴，忆小舟晚系，深云林薄〔五〕。可惜片时，负了迢迢数年约。犹记秋花几点，微雨湿、嫩黄篱落。但只有、梦里曾来，门巷最辽邈。　帘箔掩寂寞〔六〕。见客馆绿梅，渐发疏萼。冷香漠漠。不管东风正萧索。何日重寻伴侣，招小艇、红桥同泊。看次第、生邂也，远洲杜若。

水龙吟　赋自然铛

蜣螂炉边丹成，仙人铛里琼浆贮。凉飔吹动，轻纹微皱，一痕笼雾。别馆迎秋，闲庭消夏，翠阴亭午。爱芙蓉巾上，温泉沁骨，却洗尽、人间暑。　活火暗生红晕。夜厌厌、银盘泣露。花前载酒，竹边试茗，清泉频注〔七〕。蟹眼浮时，行沙声在，落潮低处。对半林黄叶，重帘不卷。听西窗雨。

买陂塘　题盎园并序

程绵庄先生于小盆中叠石栽花，穿池种树。松阴窈窕，竹径玲珑。市上悬壶，别有人间之天地；河边洗耳，居然世外之林泉。篆烟萦一缕之轻云。擎来几案；檐瀶滴千行之瀑布，移向庭阶。石近水而多衣，木经春而有干。长吉梦天之夜，海泻杯中；蒙庄覆水之余，舟浮堂上。斯真凿坯为室，聚米成山者矣。嗟乎！南阳过樊重之居，西汉吊王根之宅。玉津有月，金谷无人。莫不雨打朱甍，霜缠碧甃。高梧半死，修竹孤生。孰有如借小物以怡情，托空言而寄意者乎！爰缀小词，谱之慢调。是谁将娲皇妙手，凿成园囿如许，水纹迭绣红鱼唫，天到明朝定雨。凝望处、有南北高峰一带苏堤路。惊心往古，想赵宋江山，临安灯火，也似此园否。闲庭静，不管莺来燕去，小山日日当户。一般松石忺人意，留取嫩凉消暑。尘外趣。恰相对、移时渐觉疏林暮。辋川别墅。倘写入生绡，可容裴迪相伴和佳句？

醉翁操　访李思翁先生琅琊山中

春风，山中高踪与谁同。扶筇，翛然此心凌苍穹。隔溪何处疏钟？声乍通，寒影落青松，望玉蟾皎兮远峰。　息翁咏啸，流水淙淙。息翁不见，尘掩冰弦素桐。今有人焉息翁，古有人焉欧公。风流如可同，烟霞春溟濛，著屐一相从，笑谈今夕云海空。

赞浦子

日永蛮花发，衣香媚蝶飞，风片粘罗幕，晴丝罥绣帏。　又是一年春尽，为他费尽相思。衔阙诗休读，含悲只自知。

极相思 河亭秋夜

夜深缺月初明，坏壁响虫声。小窗人静，湘帘不卷，挑尽残灯。　渔火昏昏三四点，听哀鸿云际斜鸣〔八〕，阑干倚遍，柳阴风起。吹散流萤。

荷叶杯

一点湖南明月，清绝。露初寒。粉郎今夜宿何处？凝伫。泪阑干。

三台令

罗帐晓垂新梦，纱窗昼掩残香。料想背人惆怅，界粉啼痕怨郎。

清平乐

闲中风景，合与闲人领。花气半阑吹鬓影，漠漠淡烟初暝。　隔篱蝴蝶飞飞，东皇分付春归。小立绿梅香里，余寒犹袭轻穿。

又

小楼微雨，夜久檐声苦。正是客心凄绝处，灯穗背人私语。　流年似水滔滔，而今魂梦都劳。怕见侵阶细草，明朝绿遍裙腰。

又　题友人小照

过江洗马，小憩桐阴下。画正似人人似画，扇手都如玉也。　最怜锦片年光，轻风吹入微凉。可是云芝仙客，蔚蓝痕染衣裳。

探　春

度曲人归，卖花声散，嫩凉天气初霁。窄袖拖蓝，轻衫束素，弱骨不堪罗绮。小立赤阑桥，还只怕晚风吹起。无端掷与相思，双瞳斜剪秋水。　旧事思量如醉，便销尽吟魂〔九〕，知他知未？病草侵阶，蛮花糁径，小雨黄昏门闭。独自守空庭，争禁得许多憔悴。一幅鲛绡，为伊都染红泪。

虞美人　和家岑华先生回文

稠花乱蕊琼阶满，院小留寒浅。困人归燕语喃喃，醒酒舞风春柳嫩枝残。　垂帘绣幌飘香穗，日永眉山翠。绿窗红粉恨迢迢，槛倚镜奁窥客溜波娇。

又 含七言律诗一首

披襟好向檐前倚，瑟瑟凉思起。暮天几树绿杨烟，乍湿半墙红杏态初妍。　芙蓉杉冷宵难卸，翡翠衾寒夜。独眠孤馆一灯燃，玉烛啼痕应为惜流年。

踏莎行 芭蕉

映草青肥，依苔绿暗，离披几叶迎书案。铜仙高掌露华寒，倩谁移向承明殿。　鹿梦无凭，鱼笺空卷，三更风雨窗前战。闲将醉墨写新词，陟厘染就秋云淡。

临江仙 孤灯

一点寒钉红晕浅，玉虫轻缀蚖脂。小楼风雨夜凄凄。酒醒人别后，漏断梦来时。　记得画帘闲不卷，篆烟袅尽残丝。剪刀裁取远人衣〔十〕。阴晴占永昼，消息问归期。

秋波媚 雁

秋老西风雁南翔，重到水云乡。寒沙断岸，落潮空港，无限凄凉。　红楼翠箔挑灯夜〔十一〕，嘹唳度横塘。玉关人远，锦书音绝，休向衡阳。

浣溪沙　新晴

独倚危楼望晓天，雨余风景剧堪怜。马嘶深巷草芊芊。　几点浓愁山染黛，一行香梦柳梳烟，断肠春色又今年。

满江红　重过鹫峰寺有感

枯柳深苔，是旧日、招提门巷。回首处、十年一梦，不胜惆怅！茶板粥鱼僧说法，云鬟钗凤人听讲，记鸽王龙女会盂兰，昙花降。　身世事，嗟飘荡。光景在，添凄怆。叹百千尘劫，长江烟浪。坏壁莲垂香影断，危楼钟卧风声响。短墙边，重觅酒家垆，青帘飏。

如梦令

不放小帘垂下，残烛被风吹灺。两日未凭阑，又见月钩斜挂。春夜，春夜，墙外绿梅开谢。

摸鱼子　题杨敷五中湖画卷

傍湖干、几行垂柳，疏疏绿遍门巷。采莲艇子归来晚，过尽藕溪菱港。双画桨、闲倩取、春葱扶住随风飏〔十二〕。精神玉样，爱蘸碧罗衫〔十三〕，匀朱玉颊〔十四〕，花在凤钗上〔十五〕。　相逢处，小立几番怊怅。眼波一点偷漾。沈郎从此腰围减，病过花明月朗。心悒怏，便镇日、渌波南浦凝眸望。春光骀荡。只往事重寻，旧游如梦，石上系横网。

台城路　夏日纳凉友人水亭

十年一个蹉跎过，秦淮至今如此。曲槛临风，疏阴傍晚，点缀半河新霁。朱阑十二，尚隐约当时，粉融香腻。短艇斜阳，笛声吹入暮烟里。　人生能几憔悴，叹好天良夜，空付流水。白定瓯香，青罗扇小，且领闲中风味。轻挥麈尾，擅支许清谈，定推吾子。同倚湘帘，月明潮又起，

水龙吟　滁阳寓斋作

少年飘泊江关，故乡风景都忘了。闲庭寂寞，苔生虚壁，当年曾到。一树安榴，隔墙红覆，半阶青草。怅流光似水，端阳近也，钗头上，於菟小。　长昼厌厌如病，满帘栊、晴丝飞袅。心情憔悴，也应羞对，落花啼鸟。梦里欢娱，醉中歌哭，不懰怀抱。又那堪、孤馆曲屏六幅，有明蟾照。

又 喜晤葛宸虎兼怀金轩来宗说叔侄

关河梦冷三年，今宵真是成欢聚。含悲乍喜，中心耿耿，离愁千缕。古道风霜，扁舟烟浪，征衫尘土。使非君留我，孤灯匿影，更谁解，羁怀苦。

试问故人何在？渺天涯、水萍风絮。也应重记，小庭待月，狂吟谰语。岁序相侵，朋侪易感，泪痕频注。且与君、浮白好拚沈醉，作忘忧侣。

祝英台近 凤仙

密含花，疏缀叶，簇簇自成队。苔径人稀，寂寞绕阶砌。谁怜篱下墙阴，风欺露虐，到处与、秋英为婢。

儿时戏。曾记摘取嫣红，玉杆捣寒水。一点琼膏，深夜裹纤指。而今往事沉吟，心情都嫩，但相对、残茵铺地。

天香 龙涎香

绝峤寒烟，荒洲苦雾，濛濛吹作云气。激石涛腥，扬波沫厚，趁取乖龙犹睡。番船夜采，漾点点、珠胎清腻。玉杆沈檀百合，馩馧合成佳制。

西窗晚凉还寐〔十六〕。掩流苏一痕纤细。篝局余馨未减，犀帘垂地。正好玉人微醉。又暗触、屏山篆心字。梦湿红莼，轻翻翠被。

摸鱼儿 莼

望湘湖、一痕缥碧，丝丝点缀明镜。苔衣荇带加处，历落柔条清莹。天未暝。荡小艇，归来穿向靡芜径。厨娘细整，伴蜀国姜辛，晋池盐俊〔十七〕，风味与谁领。　鲈鱼脍，准拟江乡秋兴。归心应逐鸿影。旧游回首沧波阔。空忆年时风景。凫叶并，似八尺、龙须织就冰帘冷。烟寒水净。有乱苇荒汀，苍葭浅渚，消受夜凉境。

水龙吟 白莲

风潭百顷涟漪〔十八〕，楚天写出秋容淡。亭亭素质，盈盈粉黛，为谁凄怨？奔月魂遥，朝天人去，恨凝妆浅。似凌波仙子，佩环初落，浑不是，瑶台见。　惆帐雨愁烟懒，旧盟空、梨云梦远。相思付与、采菱歌里，几番肠断。露冷霜严，鸥翘鹭宿。舞衣零乱。伴凄清、只有一声玉笛，到凉宵唤。

齐天乐 蝉

井梧秋冷飘黄叶，声声晚来凄楚。乍整冠绥，轻翻翼影，响咽槐阴庭宇。荒园小伫。有篱落苍凉，垂杨几树。攀折柔条，素弦惊断又飞去。翛翛清韵未歇〔十九〕，听西风过也，遥乱霜杵。微雨亭台，夕阳门巷，都是断魂深处。哀吟漫诉。便说尽齐宫、旧时愁绪〔二十〕。剩有寒虫〔二十一〕，夜阑相继语。

桂枝香 蟹

江空露白，正落尽暮潮，颓岸千尺。隐约蓼花深处，一星敲石〔二二〕。疏灯独照芦帘底，渐透出，半痕檐隙〔二三〕。萧萧声响，寒蒲缚到，绀螯微碧。　对满眼、黄花岑寂。问漉酒东篱，忍负秋色？细擘青筐膏凝，蜀姜芳沥。晓霜红树村边路，尚依稀沙际行迹。年年岁晚。橙香时候，有人相忆。

齐天乐 络纬

豆花雨过疏棚下，萧萧乍鸣机杼。轻转缫车，细萦丝茧，织就人间愁绪。秋阴散暑。倚阑槛重听，恨凝眉妩。暗忆金徽，战袍犹自未装絮〔二四〕。　庭柯渐沾凉露〔二五〕，玉笙新暮觉。声续如缕。薜荔空墙，蘼芜旧径，吟到紫苔庭户。长门伴侣。怕团扇恩情，又成迟暮。嘶断残声，砌蛩深夜语〔二六〕。

减字木花兰　留别俞墨岑

飘蓬偶聚，草草便从江上去〔二七〕。回首鱼天，暮霭朝岚送客船。　江郎赋别，双鬓青丝愁欲绝。人是杨花，不在天涯在水涯。

又

官桥揽袖。祖道一杯微醉后。眺尽春烟，浥浥香醪泛玉船。　故人珍重，落月屋梁余旧梦。六幅吴帆，忆我荒汀浅渚间。

校记

〔一〕木樨球　原作「茉莉球」，据王昶琴画楼钞（以下简称「王钞」）改。

〔二〕翠雪　原作「白昼」，据王钞改。

〔三〕美人　王钞作「破寒」。

〔四〕江松泉　王钞作「江宾谷」。

〔五〕深云　王钞作「云深」。

〔六〕帘箔　原作「帘簿」，据王钞改。

〔七〕频注　原作「倾注」，据王钞改。

〔八〕云际斜鸣　原作「断续飞鸣」，据王钞改。

〔九〕吟魂　原作「羸魂」，据王钞改。

〔十〕裁取远人衣　王钞作「对影理寒衣」。

〔十一〕红楼翠箔　原作「高楼思妇」，据王钞改。

〔十二〕飑　原作「荡」，据王钞改。

〔十三〕罗衫　原作「单衫」，据王钞改。

〔十四〕玉颊　原作「两颊」，据王钞改。

〔十五〕上　原作「飑」，据王钞改。

〔十六〕西窗　原作「西风」，据王钞改。

〔十七〕晋池盐俊　原作「玉华盐白」，据王钞改。

〔十八〕頃　原作「倾」，据王钞改。

〔十九〕愮愮　原作「啾啾」，王据钞改。

〔二十〕愁绪　原作「怨绪」，据王钞改。

〔二一〕剩有　原作「只有」，据王钞改。

〔二二〕敲石　王钞作「帘隙」。

〔二三〕檐隙　王钞作「微碧」。

〔二四〕战袍　王钞作「寒衣」。

〔二五〕凉露　原作「冷露」，据王钞改。

〔二六〕语　王钞作「[illegible]」。

〔二七〕草草　原作「匆匆」，据王钞改。

杉亭集　词二

摸鱼儿 同傅玉田步月作

爱秦淮、半河月色，婵娟依旧如许。花魂蝶梦销磨尽，无复少年情绪。桃叶渡。记水榭三楹，商略临流趣。凉思欲暮。有翠幄张灯，红螺泻酒，细写断肠句。今憔悴，可惜韶光迅羽。江毫都已孤负。搓酥滴粉看吾子，身在瑶林琼圃。携手步。任水影岚光，休吊闲今古。清辉月府。映珠斗城边，银河桥外，照我素心侣。

绮罗香 赠严东有〔一〕

花下填词，酒边寄恨，聊写半生情绪〔二〕。坐冷江毫，惆怅好春迟暮。倚虚廊、满径新苔，掩重关、一帘微雨。又谁知、顾曲人来，拂笺吟我断肠句。少年怀抱谩与，曾记寒灯一点，细翻残谱〔三〕。心是秋莲，抽尽愁思千缕。抚焦桐、绝调谁弹，碎胡琴、赏音难遭。拟何时、剪烛焚香，西窗深夜语。

摸鱼子

余将之京口访台司马，金轩来表叔同周幔亭送余江干，登华严庵后楼眺莫愁湖，时轩来亦将有秋浦之行。

倚危楼、夜开玉照，三人同放青眼。闲愁且莫萦心曲，暂向湖干排遣。风渐转，送十幅、征帆明日天涯远。伯劳飞燕。想沙浦潮深，苇汀寒峭，一一助离怨。　平生事，叫彻青旻不管。沈忧千古堪叹。奇才不肯低颜色，何怪频年淹蹇。双袖挽。且与子、高歌泪洒斜阳岸。良辰又晚。对好景湖山，同心俦侣，此分也非浅。

大江东去

同周幔亭、葛宸庑小饮姚氏园亭。

芙蓉照水，问何人、染就嫣红颜色。小圃亭台，高下望，尚有旧宫残堞。竹籁吹凉，松涛作暝，轻霭生回陌。斜阳弄巧，一丝穿到黄叶。　偶尔小醉花间，天涯知己，迥与尘凡隔。帆马樯乌、游倦矣，生怕明朝轻别。幔亭将有淮阴之行〔四〕。星映飞，云妨侧帽，只少嫦娥月。酒阑起舞，秋光如此清绝。

又

喜晤珠朗、月川两弟兼赠骆心泰。

尊前顾影，怪乌衣兄弟、惯伤离别。此日相逢，真似梦，眺尽夕阳明灭。鬼笑刘龙，尉呵李广，难禁冲冠发，飞觞击钵，今宵休负明月。况有昔日相知，欣然握手，别绪殷勤说。试上小楼，高处望，历历远山旧叠。旧事堪惊，新欢易尽，谁解肠千结。仰天长啸，西风吹下黄叶。

又

别葛宸庑用前韵

兼旬把袂，怕明朝、南浦共君轻别。身世茫茫、都不管，只有离情难灭。酒逐愁深，诗随境改，恨入潘郎发。连宵绵雨，几时同玩秋月。莫问人事浮沉，麻姑沧海，幻况凭谁说。一夜西风，鸣箭羽，矗起鱼鳞千叠。漏苦钟寒，窗明露重，话尽灯花结。又愁江上，扁舟沙岸如叶。

高阳台

上巳后五日招同王觳原、蒋渔村、陈宝所小饮寓斋赋〔五〕。

陷火煎香，钩帘约燕，小斋渐觉春深。倦眼开时，奈无佳处登临。相期尚有南邻伴，且衔杯、三两同心，酒频斟、水拳山肤，风味堪寻。鸡缸百罚休辞醉，问风尘燕市，几许知音。一笑尊前，依然脱帽披襟。家山烟水渔樵路，想桃花红遍疏林。暗沉吟，小艇春潮，孤负江浔。

疏　影　春暮同王縠原重步昆明湖堤上作

虹梁雨霁，正绿波渺渺，霞漸鱼尾。望里楼台，丹碧玲珑，空濛一片云气。欹斜禁柳三眠后，渐落尽、香绵初起。染翠岚，万寿山明，仿佛莫厘幽致。　一带新堤宛转，水田更放溜，泉注湖嘴。画舸中流，锦缆牙樯，点缀十分佳丽。蓬瀛未怕天风远，便说与、人间知未。似梦魂重到仙都，历历旧游堪记。

绮罗香　西苑直庐春雨同縠原作

溪染新蓝，山添远翠〔六〕，天气濛濛催暮。云软风骄，不辨帘前烟树。听穿花、禁漏声迟，看隔叶宫莺飞去。想昆明、湖水涟漪，绿芜生遍旧时路〔七〕。　萧疏此际风景，只合尊前对酒，闲评诗句。衣润襟凉，赢得无聊情绪〔八〕。最怜他、满地榆钱，浑不见、一天风絮。问几时、好趁春潮，桃源同唤渡。

满江红　送金麟洲南归

一笑相看，衔杯酒，送君归去。难忘是、凤城握手，又添离绪。可怪文鸾今铩翮，怕攀宫柳还飘絮。指东蒙、一发马头青，长天暮。　凄惋绝，尊前句。慷慨甚，灯语前。

也不须惆怅，韶华空误。上苑春光依旧好，金门词赋原如故。挂轻帆、明岁更重来，临通潞。

台城路　题王兰泉三泖渔庄图〔九〕

横云山下逶缘路，微波渐通三泖。夜火虾帘，晚潮鱼步，中有诗人吟眺。沙裳短棹，看摇过芦汀，拂衣寒峭。战舰消沉，莫将往事寄凭吊。　披图先动秋思，问鲈鱼莼菜，归兴多少？水国斜阳，烟村细雨，孤负年时襟抱。乡园梦杳，怕误却沙头、旧盟鸥鸟。天影微茫，凉蟾生树杪。

高阳台　题家兰汀秋馆读书图和朱裳岑韵〔十〕

石径深苔，霜林坠叶，平桥暗泻流泉。暮色苍崖，一轮秋影婵娟。轻云不向山腰断，作空濛、几缕飞烟。太萧然，人在疏窗，自理芸编。　幽阶络纬霄吟急，想渐闻征雁，已少凉蝉。哦罢凭阑，玉绳低转寥天。寒香苦茗闲风味，有新诗定写蛮笺。待他年，问字玄亭，来款墙边。

琐窗寒　槐花和谢金圃

犀押湘帘，夕阳低映，一庭幽翠。翙尘乍染，仿佛柳丝眠起。闹炎熇蝉声正喧，数丛点缀盈阶砌。傍碧梧金井，萧疏细响，伴人愁思。　　秋霁，纤云翳，渐月转墙阴，薄凉天气。西风送雨，好句凭谁重记？最怜他幽径嫩黄。小童不扫苔满地。笑荒寒老屋三间，落蕊堆成市。

摸鱼子　题友人艺圃图

展湘奁、风潭百顷，秋窗拓向明镜。水亭四面凉飔入〔十二〕，坐对远山初暝。堪托兴，浑不似、儿宽只带残书本。雨昏烟冷。想早韭微黄，晚菘淡碧，此味共谁领。　　江乡好，回首萍踪无定。应怜归梦难准。灌园输与烟霞侣，消受闲中风景。波练净。待下了、鱼筒少个沙裳艇。一天霜信。看看几树衰杨，数竿修竹，绿减石苔径。

消　息　次韵酬家百药

红豆微歌，青萍结客，少年情绪，隔指新声，换头别调，一顾周郎许。小技雕虫，大才搏虎，此道今人无据。赠香词，断肠满幅，似重唱方回句。　　我亦生平，酒酣慷慨，乐与荆高为伍，易水萧条，金台寂寞，难觅屠沽侣。忏悔尘心，浮沉宦况，莫按花间残谱。销寒会、未知来日，霜天晴否？

沁园春 寓庐距懿忠寺数武，有老槐六株，颜曰老树轩〔十二〕。时余将迁居，徙倚树下，依依有故人之感，作此别之。

老树婆娑，与汝因依，匆匆一年。记离披疏影〔十三〕，偏宜月夜，萧森细响，最爱秋天。蚁梦回时，鸦声散后，吟向苔阶夕照边。高柯静，听西风断续，多少凉蝉。黄花门径悠然，叹罗雀空庭只暮烟。喜清阴可借，红尘不到，长生怕学，丹灶堪眠。半亩幽栖，三间老屋，落叶枯枝也宿缘。难忘处、是酒人相对，浓绿当筵。

又 树答

树岂能言，见客悲歌，徘徊意亲。叹不材拥肿，感君相赏；托根寂寞，结子为邻。摇落风霜，消沉岁月，送尽荣枯几辈人。甘输与、尽妖红冶白，桃李阳春。不须惆怅留宾，愿去后、渔郎莫问津。笑江潭杨柳，攀条流涕，小山丛桂，招隐伤神。金谷烟销，玉津灰冷，何况沧溟易化尘。公真误，向槐安国里，了悟前因。

摸鱼儿 咏杨花和百药

小蛮腰、朝来舞罢，濛濛吹出晴雪。悠扬亦借东风力，粘住水晶帘额。微雨湿，看春草、池塘化就浮根白。落花时节。似趁拍香球，几多撩乱，到处惹蜂蝶。浮踪迹，合在平康巷陌。年年只管离别。惯夸张绪风流样，做弄倡条冶叶。飞又歇。怕转眼，江潭憔悴行人折。沾泥漫说，且冷笑颠狂，煮茶声里，相对话禅悦。

凄凉犯 秋柳同瀫原作，用白石韵。

夕阳帘幕。波纹细、西风向晚萧索。琐窗未启，凝妆欲卸，怕凭楼角。秋心渐恶。想昔日、柔情未薄。记春初、拂尘瘦影，几缕正寥漠。　谁在雕阑畔，唱彻阳关，漫伤哀乐。故人执手，数寒鸦，一行零落。莫折残枝，更分付，吟鞭慢著。尚依依、小立岸嘴，待后约。

琵琶仙 秋阴

楼倚苍烟，绿杨树、换尽春深颜色。桥外波影摇空，归鸦点虚白，风乍紧、凉生翠袂，渐穿入、一痕帘隙。叶上秋声，栏边暮景，愁老羁客〔十四〕。　偶然见渔艇随潮，打双浆、悠悠破寒碧，歌彻渭城残句，有何人横笛。三两盏婵云嫩蕊〔十五〕，洗宿酲更就瑶席。莫管滴碎空阶，小窗今夕。

天香 烟草

梅雨添肥，梨云送暖，疏疏绿遍南圃。溟峤移根，仙槎载种，不入人间花谱。银刀淬雪，细琢就、金丝千缕。恰配沈檀一点，余香暗萦窗户。　回廊夜凉小步，泻甘潮玉瓯频注。轻擘蛮笺相伴，闲吟情绪。最是倚楼人去。正独掩、屏山共谁语。鸡舌微馨，凭伊验取。

桂枝香 玫瑰花

筠笼翠箸，趁细雨乍晴，先摘芳萼。插向鬓云斜缀，紫鸾钗脚。吴宫漫想成烟恨，重认取、韩童前约。拈来微嗅，依稀略似，粉郎衫薄。　应不比、翻阶红药。怕小谢年时，吟兴萧索。玉杆花瓷，制就琼膏酥酪。还教泛入兰陵酒　艳金杯香沁龂齶，凭谁相忆，海榴开处，刺藤离落。

清波引 忆采菱同祝豫堂作

冷烟斜港，记桥外、晚潮绿涨。蓼花低漾，玉人荡双浆。浅渚掠波去，不碍沙鸥来往。剪将乌角堆盘，似弓玉、那时样。　江乡入望，问秋水，谁掉小舫〔十六〕？旧游无恙，料应也惆怅。湖壖白茆屋〔十七〕，多少蘋洲渔唱。一任莲叶东西，醉歌乌榜。

水龙吟　题汪存南翠筱山庄填词图

软红未拂征衫，奚囊先检销魂句。棕亭携存南集见出。灯前细读，依稀如见，水云新谱。大好时光，无端悲恨，少年情绪。想冷吟闲醉，草堂萧寂，心比似、秋虫苦。

画出娟娟翠筱，伴佳人天寒日暮。凭君问讯，丹骨曹霸，此情同否？笑我年来，家山梦远，鸥盟空负。拟何时、却向图中小憩，听潇潇雨。

雨中花　豆花

一架西风，嫩凉先到，小园残暑难存。是谁将弱蔓、扶上篱根？消受几番清露，新荚浅缀霜痕。讶连宵未摘，离披短荚，青挂朝暾。

野人风味，却忆疏棚，水天闲话山村。任屋角、莎鸡促织，吟遍朝昏。试问几多黄叶，秋声偏在柴门。思归张翰，也应为尔，一赋销魂。张翰有豆羹赋。

满路花　牵牛花

银河深夜静，玉圃晓风残。却将天水色，染花看。一枝柔蔓，清带露华妍。蘸碧衫儿淡，拜罢双仙，小庭乞巧人间。

菜畦半亩，篱落不曾关。恨他初日丽〔十八〕，奈朝寒，烟萝零乱〔十九〕，犹恐觅时难。插向花瓷内，映取屏山，云容破处遥天。

一络索 葡萄

罗罗架上垂青乳，滴秋深清露。不成真个换凉州，便忍放糟床注〔二十〕。　极望大宛何处？渺龙沙轻度。迢迢银汉尚能通，君不见，乘槎去。

醉蓬莱 葫芦

看墙阴叶老，篱落花残，玉壶缥碧。长柄低垂，似琼浆轻浥。丹灶难成，方舟独泳，阅几番陈迹。料得黄姑，秋心应叹，匏瓜无匹〔二一〕。　莫是幽人、此中高隐，别有风光，尽堪栖息。且倒清樽，泛玉船明瑟。夜雨分畦，晓霜压架，弄一天寒色。依样描来，年年空系，晚风檐隙。

小桃红 柿

一林鸦舅叶初丹，不遣秋容淡。树底垂垂娇欲绽，绛纱丸。　学书最好临池，看水萍破处，红鱼争唫，霜信晓来寒。

人月圆 萝卜

五云楼阁玲珑处，曾听女郎歌。费他纤手，千丝镂雪，薄夜香和。　佳名记取，土酥来服，青叶罗罗。玉人酒渴，冰瓷寒荐，底用频婆。

霜叶飞 姜

晓寒偶到畻边过，青分高下千棱。区田一带近山腰〔一二二〕，瓜架枣林斜引。看历历爪痕新印，输他紫蕨如拳嫩。和小匕香饧，又配入青梅数粒，风味清韵。　解道敛手宫奴，墨花轻写，不数薤叶端正。御寒独喜老尤辛，只秦椒堪并。有几辈霜螯缚稳，黄花为我添秋兴。缕银刀、倾玉盏，一点微馨，宿酲应醒。

蝶恋花 蝶

篱豆花间黄叶碎。桔蠹巢空，凤子飞来矣。绿草南园风景异。嫩凉梦破秋如水。　欲倩徐熙烘素纸。练雀寒蝉，点染秋容丽。贮向粉奁添百媚，有人茉莉钗头缀〔一二三〕。

穆护砂 虫声

说尽秋心苦，冷萧萧，墙脚清露。唤罗衾远梦，未迷归路。独对一灯无语。又隔巷、谁家鸣夜杵，恰相和紫苔庭户。便不管愁人此际，有多少离怀别绪。桐井阴稀，莎阶影转，窗明斜见玉蟾孤。想瑶琴懒拂，锦机罢织，唧唧意何许〔二四〕。莫问世间儿女，最难禁、此情凄楚。怕游梁倦客，萧然四壁，未免暗伤幽素。况落日、荒凉寻老圃，犹喜得豆棚如故。藤蔓引一天寒峭，枫林染三径霜腴，却忆江南，华林废园，萋萋秋草吊啼蛄。更那堪、落叶空庭，残更听细雨。

右秋圃杂咏九题，同钱编修择石、谢编修金圃、秦学士涧泉、梁侍读山舟、王学士礼堂、钱赞善辛楣、陈侍读宝所、褚舍人鹤侣、韦舍人约轩、王舍人兰泉、褚舍人心筠、曹舍人渔庵、家舍人冲之二鲍赋。

校记

〔一〕严东有　原作「严东友」，据王钞改。

〔二〕聊写半生　王钞作「半生聊写」。

〔三〕残谱　王钞作「笙谱」。

〔四〕幢亭将有淮阴之行　原无，据王钞补。

〔五〕王谷原、蒋渔村　王钞缺。

〔六〕远翠　原作「翠黛」，据王钞改。

〔七〕遏　原作「遢」，据王钞改。

〔八〕无聊　原作「不聊」，据王钞改。
〔九〕王兰泉　王钞作「王述庵」。按：此皆王昶之字。
〔十〕兰汀　王钞作「谢堂」。
〔十一〕入　原作「人」，据王钞改。
〔十二〕老树轩　原作「老槐轩」，据王钞改。
〔十三〕离披　王钞作「横斜」。
〔十四〕羁客　原作「羁落」，据王钞改。
〔十五〕婵云　原作「蝉云」，据王钞改。
〔十六〕掉　疑当作「棹」。
〔十七〕屋　原作「室」，据王钞改。
〔十八〕恨　原作「怕」，据王钞改。
〔十九〕烟萝　原作烟「罗」，据王钞改。
〔二〇〕床　原作「休」，以意改。
〔二一〕匏瓜　原作「妣娲」，据王钞改。
〔二二〕近　原作「过」，据王钞改。
〔二三〕茉莉　原作「末利」，据王钞改。
〔二四〕何许　原作「何如」，据王钞改。改后协韵。

杉亭集　词三

金缕曲　和家荪圃

杯到休辞醉，笑人间、风尘鹿鹿，消闲能几？嵇吕朋游欣小聚，漫说投桃报李。喜轩豁襟怀如此。莫上黄金台上望，望墙边、一片斜阳紫。霜笳外，暮烟起。　算来适意疏狂耳，又何必，灯前白桀，樽前醇醴。尔雅虫鱼真怕注，磊落无如吾子。且觅个清流漱齿。阅历愈深人愈懒，觉昨非才晓今之是。我自许，有年矣。

又　倒押前韵

撞碎胡琴矣，问喧填、九衢车马，知音谁是？闻道西山林壑美，准备一双屐齿。要相约二三君子。落落行踪吾辈样，论交情最怕甘如醴。姑且听，安言耳。　鱼鳞云皱西风起。看帘前冰壶皎素，暮峰凝紫。绰板铜琶齐击响，快意当筵如此。那得问嫌疑瓜李。九九销寒须尽兴，便三冬文史真余几。好料理，几同醉。

琐窗寒 毡车帷

斗帐招凉，罗帱贮月，谡伊轻暖。香车油壁，络索流苏都满。任风飘天街暗尘，晶帘自在垂银蒜。想灵芸初嫁，唾壶凝碧，几番肠断。

春半，芳堤畔。有宝马相逢，柳阴低唤。心期欲诉，较隔重城天远。似依稀、云母小窗，画船摇漾溪水浅。望桃花、门巷沉沉，难见东风面。

摸鱼子 送胡寿泉游汉上〔一〕

最难忘街南巷北，相逢爱酌杯酒。无端又说驱车去，枫落江潭时候。君住否，且过了，地炉煨火销寒九。官桥榄袖〔二〕。望几点归鸦，一绳征雁，别意重回首。

披图看，写出湘岚楚岫。烟波尽足消受。君家况在桃源住，问讯渔郎依旧。凭画手，只点缀、秋容老树霜华瘦。风光莫负。要书尺频来，诗篇漫与，目断汉阴柳。

又 送棕亭南还次韵

又匆匆、殿春开尽〔三〕，流光容易如许。玉河杨柳东风岸，一棹鸥鸦归去。君且住。君不见筐中留得凌云赋。闲愁谩诉。到烟月扬州，征衫浣罢，再写断肠句。

人间事，

得失塞翁都误。萍蓬偶尔相聚。玉颜可惜红尘老，阅遍麦风梅雨。浑莫据，问上箔、春蚕何苦萦离绪。酒醒甚远，向通潞亭边，几回西笑，不记别时雨〔四〕。

又 题玩花图

贮筠篮、一堆翦彩，娟娟犹带新露。芒鞋不管苍苔滑，摘向众香幽处。尘外趣。只少个，嫣然一笑华鬘女。消魂几许。倘凤子来时，依稀认得，深巷早春雨。　闲心事，合伴群英为侣。湘兰沅芷休妒。蘗藩药援荒园景，不入高人图谱。愁日暮。怕容易、樵风吹到空山去。长歌谩赋。愿相对名花，分身千百，细读放翁句。

玉漏迟 立秋日同韦约轩、张少华、傅雨田小集寓斋，和少华韵〔五〕。

晚花秋径里，故人执手，几多离思。两月阴云，恰趁此宵新霁〔六〕。怪杀门庭阒寂，却偏有、狂朋相诣。貂续尾，吟成应愧，玉田词美。　偶尔脱帽高歌，问疏狂落拓，人间谁似？笑倒樽前，那管矛头淅米。同学而今不贱，也未必、惟君憔悴。揎袖起。酒徒又添燕市。

莺啼序 谨题倚树吟图

梧桐渐生闰叶，滴清芬瑞露。夕阳外，天水空明，兴来聊共容与。晚风峭、松涛振响，疏疏似对高人语。倚龙鳞，目送停云，细吟佳句。　岂为耽游，小憩胜地，抚婆娑老树。正凝盼、郎境推寻，闲中无限真趣。漫驰思、今来古往，寸阴惜、不教轻误。想渊衷、澹荡无涯，一襟幽素。

玉义读画，玳管临池，终朝猎艺圃。休沐暇、嫩凉天气，独畅胸怀，万化乘缘，偶然延伫。鸣蜩声歇，鹁鸪啼罢，五云近接蓬山境，且徘徊，烟霭长天暮。携来如意，当前多少诗情，南薰一一相助。　可知余事，翰墨生涯，问优游几许。应解道，机参飞跃，象悟昭融，得意忘言，会心甚处。沉檦新爇，蔷薇亲浣，画图展向髹漆几，梦依稀，身到瑶台路。他年锦赙金题，珍重人间，秘藏玉府。

河渎神　为沈沃田题闺秀徐若冰小传

弓月挂南楼，楼前烟水空流。吟诗人去不胜秋，落叶残灯对愁。　记得小梅花放夜，折取一枝低亚。不见爱花人也，香魂与花俱谢。

水龙吟　端阳后二日汪碧溪招同沈沃田、蒋春农、丁鹤洲、俞耦生小集。

丝丝微雨轻阴，小堂不放帘垂地。炉香细袅，凉飔摇动，胆瓶花气。攲枕清谈，搴帷一笑，冲泥客至。印闲阶几叶，罗罗嫩草，杂员藓，浮苍翠。　十载东华尘梦，甚关心劳劳因底？尊前重见，依依旧日，故人心意。碧笋烹鳞，青梅沁藕，别余风味。且持杯剪烛，不妨留我，作中山醉。

疏影　雨中同沈沃田、江橙里、江云溪、集程筠榭斋中赋。

帘云翠湿，映几枝嫩叶，檐影同色。人在虚斋，听尽潇潇，孤蓬忽忆岑寂。香销衣润茶烟断，好点检、绿沈珊笔。写新题，谱入蛮笺，倾倒草堂词客。　爱约二三伴侣，冷吟共觅句，幽意谁识？长夏如秋，小坐移时，客易碧纱天黑。后游泛艇红桥去，想一倍、水波明瑟。似薄寒，住近江深，只少白苹渔笛。

西子妆　玉鞋杯和沃田

雪色香趺，弓弯小步，仿像浣纱溪上。多情一日几摩挲，算只合高擎在掌。鸳翘无两，偏琢就湖菱新样。论温柔，落怀中金钿，较伊堪让。　闲思想，绣里行缠〔七〕，着意相偎傍。残灯绡帐不分明，比甘后风流谁赏。浅斟绿醖，吸蓬瓣，露华疏爽。怕关情，小玉愁中梦况。

如此江山　泛舟平山堂下登汪氏园楼眺望

微云阁雨斜阳下，遥岚一痕青断。燕外苍烟，鸥边翠浪，染就鹅溪新绢。螺鬟数点，想菱镜奁间，黛蛾深浅。暮色侵衣，梵钟几杵送凄怨。　韶华回首似梦，叹十年小别，襟上尘满。镂刻湖山，裁缝花鸟，巧夺玉京仙观。风光过眼。有我辈登临，咏怀消遣。灯火桥西，夜船清露泫〔六〕。

百字令　题沃田步屧寻幽图

晚山苍翠，有琮琤玉佩，风中吹落。听到松梢涛远近，凉气渐侵衣薄。足茧何妨，途歧亦可，清露沾芒屩。白云岭上，先生莫是行药？　应笑衮衮红尘，吟成𪨗𪨗、一样夸腰脚。输与幽人，图画里、消受嫩凉丘壑。品字桑柴，雪团茶片，好把流泉瀹。暮禽归尽，疏林飞下秋萚。

高阳台　绿蝴蝶和澄里

戏柳深阴，穿荷暗叶，南园春草都非。自别罗浮，尚留岚翠粘衣。香奁欲取郎心媚，乍相看、螺黛轻微。飐疏风、碧玉钗头，一色依依。　徐熙妙笔能烘染，似遥空云破，天水斜晖。静掩纱橱，凉宵有梦潜归。帘前谁种芭蕉树？为秋声寻到闺闱。最难忘、伴我烟蓑，照影苔矶。

临江仙 谢沃田饷莲

日午睡余闻剥啄，故人赠我新莲。擘开的的夜珠悬，尚余残瓣粉，犹带野塘烟。惟有东阳无旅况，竭来消夏名园。嫩凉初入早秋天，手持新玉碗，身在木兰船。

风入松 同蒋春农、汪碧溪泛舟红桥，暮抵寓〔九〕，适沈沃田、鲍海门、江橙里、江云溪集程筠榭斋中，迟余不至，各赋此阕，倚声奉答。

鱼天一夜绛云收，桐叶惊秋。湖山小别如良友，得相逢且与夷犹。清梵西风送晚，微波北渚含愁。诗人雅集小斋幽，剧韵亲酬〔十〕。空将折柬频招我，叩柴荆不见羊求。赢取香词成帙，吟余新月当楼。

江城梅花引 中元夜步月，闻楚觉寺梵呗，同云溪、筠榭作。

萧萧桐树晚烟青。听秋声，是秋声。小步同来、月色满街明。路又透迟人又闪，问何处散天花，降化城。化城，化城梵音清。鼓半鸣，钟半铿。点也点也，点不尽、莲叶香灯。照彻人间、多少别离情。我本无心闻说法，今夜也、向瞿昙、乞证盟。

月底修箫谱 同沈沃田、张香云、曹荔帷、朱春桥、江云溪、程筠榭泛舟平山堂下。

廖滩疏，荷渚净。红叶渐成阵。桥堍回船，水气上衣冷。试看柳外斜阳，楼前远岫，早换了，嫩凉风景。　倚阑听。数声钟梵横秋，明灯点青镜。酒态淋漓，狂笑动清兴。谓沃田。他年回首游踪，重寻旧梦，休忘却、此时佳境。

清平乐 翠云草

葳蕤翠羽，小凤花间住。檩几绿沈香一炷，垂下碧云千缕。　不知谁怨王孙，春来容易消魂。记得踏青会见，拖蓝百子罗裙。

买陂塘 蘋花和筠榭

水云凉、沙裳小艇，一篙撑到南涧。田田绝似新荷叶，叶与花浮水面。离恨远，望过尽、千帆脉脉回肠断。楼东写怨。想提起芳名，也应值得，一斛夜珠换。　波纹细，荇带莼丝相罥。旧盟鸥鹭滩浅。越王官殿濛濛雨，尚忆江楼帘卷。春又晚。怕芳草、汀洲空把归人盼。韶光一箭。又杜若香中，水葓花外，秋意渺何限！

温飞卿词「过尽千帆皆不是，斜晖脉脉水悠悠，肠断白蘋洲。」朱松卿词「越王宫殿，蘋叶藕花中，帘卷水楼鱼浪起，千片雪，雨濛濛。」寇平仲词「江南春尽离肠断，蘋满汀洲人未归。」

水龙吟　雨中集筠榭斋中，送海门还京口。

新凉才换罗衫，如何竟放扁舟去。一从黄叶，数枝红蓼，数潮鱼步。北固山高，西津人远，濛濛烟树。怪深杯未劝，此情先醉，添惆怅、都无语。　后会应知非误，奈尊前别怀偏苦。梧窗细响〔十二〕，苔阶碎点，滴成离绪。天水微茫，云涛层迭，梦惊南浦。想碧翁也爱、良宵留客，听潇潇雨。

百字令　题杭董浦先生青山送别图

远天秋水，送蒲帆十尺，苇花沙渚。目断一绳征雁外，历历螺鬟无数。翠浅难描，蓝轻易失，暮色凉如许。叩舷危坐，怀人应有新句。　却忆廿四桥边，玉箫明月，多少闲吟侣。此际烟波鸥梦阔，回首几重云树。潮下西津，露沈南浦〔十三〕，吹遍濛濛雨。明朝遥望，浮岚知在何处。

菩萨蛮　同江云溪、家梅槎泛舟红桥作。

远山历历青如黛，夕阳红到双桥外。修竹间垂杨〔十三〕，深林岩桂香。　心情喧亦静，风味闲中领。临眺不胜情，回船弄月明。

秋　霁

九日棕亭携令子冀良同余平山堂登高，先成此解，倚声和之。

远雁平林，办游屐来时、大好风日。客邸题糕，衰颜对玉，冀良余女婿也。空赢无限愁臆。小窗雨密。联吟尚记帘云湿。记轩来棕亭与余九日联句，忽忽廿余年矣。叹旧人零落，廿年回首竟陈迹。　红尘京洛，两袖霜华，送君河梁，遥指山色。又争知、此际相逢，鬓丝同照暮潭碧。往事沉沉君莫忆。有酒须饮，试看流水寒鸦，西风老柳，断魂谁识。

天　香　包灯

云锦残丝，天衣剩彩，金刀一一裁剪。火凤翎稀，烛龙尾细，五色夜光成片。华堂日暮，香雾袅、妓衣初卷。月華寒空不动，星球缀春齐颤。　犹记元宵小院，照窗前、素梅千点。休说米家新样，笑他丁缓。可是冰蚕玉茧。又印取，鲛宫好东〔束〕绢。不夜香城，游情未倦。

水龙吟　芍药

送春便觉春归，南园新叶浓于黛。黄梅时候，绿莎庭院，嫩凉轻霭。烂锦塍边，折枝畦上，濛濛香界。怕连宵雨过，园丁偷摘，早担向，筠篮卖。　莫问吟诗小谢。到西清、簪毫鸣佩。风流记取，满堂宾倅，一围金带。远梦空悬，离情忽忆，丰宜门外。把军持荐了，梅檀林里，受伊蒲戒。

摸鱼子　蒲

麹尘黄、几株杨柳，依依吹出新绿。陂塘薄凌才融尽，便见陈根葱蔟。怜滑笏。点盐豉、烹来比似莼丝熟。风阑雨伏。看沙拥芦芽，波漂菰米，只碍钓船宿。　商飙紧，望断云帆小幅。秋淋客易相续。药炉坐对闲经卷，余暖尚沾春服。伤远目。笑荡子，天涯花性成翻复。菊英块独。待擒取霜螯，爬沙响处，灯下用伊缚。

齐天乐　鹤

断芦折苇空江上，闲心一片凄冷。饮露魂孤，吟霜韵远，不比惊寒雁阵。波明水净，戏赤壁坡仙，俊游清兴。三岛沉沉，羽衣归去暮天暝。　园亭花榭纵好，甚栖迟劲翮，愁老谁问。华表家乡〔十四〕，晴川楼阁〔十五〕，往事不堪重省。沧溟照影，只雪满春衫，剩将丹顶。明月前身，素云吹万顷。

桂枝香 蟛蜞

渚荒苇白。趁晓露渐零，痕减潮汐。还向沙中拾取，筠筐堆积。腥涎亦似蜗牛拙，但输他、升高缘壁〔十六〕。渔郎贱贩〔十七〕，厨娘细整，银刀轻擘。 笑海月，船头挂席。比蛤蜍汤鲜，且玩山色。隽永移人，雅配蜀姜芽沥。斑鱼紫蟹都抛却，酒醒时，风味堪忆。尚留残粉，药笼珍重，桐君曾释。

台城路 题石城庵图和云溪韵

数间小筑香茅屋，门前几株枯树。落叶声干，危矼径窄，只合幽人闲住。结邻未许，问渔弟樵兄，竟谁俦侣？六代苍茫，暮潮空打石城去。 十年离别似梦，叹重逢邗上，同话今雨。三径松荒，一椽蓬老，笑我人居无与。相思甚处，早料理归帆，伴他庵主。活火煎茶，坐看山月吐。

校 记

〔一〕送胡寿泉游汉上 原无，据王钞补。

〔二〕宫桥 王钞作「宫桥」。
〔三〕开 原缺，据王钞补。
〔四〕雨 原作「语」，据王钞改。
〔五〕傅雨田 原作「傅玉田」，据王钞改。
〔六〕宵 原作「霄」，据王钞改。
〔七〕里 疑为「裹」。
〔八〕泫 原作「泣」，不叶，今改。
〔九〕抵 原作「扤」，据王钞。
〔十〕剧韵亲酬 原作「险韵亲阄」，据王钞改。
〔十一〕梧窗 原作「梧柯」，据王钞改。
〔十二〕南浦 原作「南兖」，据王钞改。
〔十三〕间 原作「问」，据王钞改。
〔十四〕华表家乡 原作「华表人民」，据王钞改。
〔十五〕楼阁 原作「栖阁」，据王钞改。
〔十六〕缘壁 原作「绿壁」，据王钞改。
〔十七〕贱贩 原作「贱贬」，据王钞改。

杉亭集 词四

绮罗香 红叶用玉田韵

槲叶霜清，柿林秋老，一抹斜阳遥妒。沟水东西，定有伤心诗句。响楼前万点声干〔一〕，是醉眼，看花归路。问篱根多少芙蓉，晓风吹上树头去。　苔痕满径未扫，闲课山童，拾得煮茶应许。碎翦丹砂，添入桐君新谱。想轻绡别泪烘余〔二〕，便剪寄〔三〕，断魂千缕。怕明朝狼藉胭脂，五更窗外雨。

洞仙歌 题秋晴载鹤图

重阳过了，正黄花时候。滑笏波纹乍吹皱。着衫儿、闲坐人瘦如花，却不道、花比诗人还瘦。　凉飔容易晚，相对秋光，少个柴桑共杯酒。可是米家船，蠹碧蟫红，要书画、船中尽有。问芳草汀洲两胎禽〔四〕，看恁地清狂，世间知否。

买陂塘 阿兰莱

踏青人、竟来萧寺，花朝天气晴了。风鞋不怕春泥滑，先问筠篮多少。沿碧沼。指亚字、墙阴一带裙腰草。枝枝翠小。是宿本菘葵，洗香兰茝，风韵自娟妙。　添盐豉，齑血为伊轻捋。酒间曾遍同调。瞿县黄面伊浦供，拈取陈根一笑。缃味杳。谁解似、词人谱入金荃稿。闲中梦悄。忆木末疏钟，雨花清梵，六代剩残照。

三姝媚　题方竹楼梦缘图

窗虚灯易暝，袅千丝离魂，随风难定。一点情棕，伴寒蛩吊月，暗啼苔径。翠叶溟濛，是何处、半庭凉影。蓦见云容，娇姹相怜，一行肩並。　电露生涯空剩，怅么凤盟钗，彩鸾辞镜。热尽残香，便虚龛坐暖，有谁同证。一色荒唐，倩周昉、霜毫端正。我亦三生杜牧，年时渐醒。

湘春夜月　水仙花用禁体

荐冰瓷，一从扶上瑶台。似向蝴蝶花间，忽幻出冰胎。衬取研光笺纸，怕照残银烛，不见花开。题香魂一缕，凉宵飞去，欲共谁来。　空庭有月，悄无人语，深掩萧斋。炉火微温，也不管，砚池冰冻，愁到瓶梅。徵兰梦里，笑几回，错认琼腮。想那日、倚天寒翠袖，数竿修竹，一样情怀。

催雪　本意和梦窗韵

迎腊疏梅，惊冷倦鹤，怅望遥天似水。倩横笛吹残，玉龙飞起。只恐素娥远别，向暗里，缤纷锵环佩。

袁郎今夕，萧然风景，荆扉先闲佳丽。笺浮蚁。却正要半庭、璐堆琼砌。笑学士煎茶，恁般清意。最是深闺梦破，又独爇、甜香烘绫被。更验取、点点鲛珠，冻合怀人红泪。

如此江山　雪霁同方竹楼、程玉泉、蒋东樗、员寿擀、方介亭望隔江山色，归饮詹南友今雨斋中。

水云吹散鱼鳞白，人来峭寒江上。抹粉修眉，洗妆轻黛，天际遥凝[illegible]样。桥边伫望。甚暖翠浮岚〔五〕，忽空色相〔六〕。山带萦纡，断芦声里暮潮涨。

凄清此夕风景，赢得酒怀吟兴，归路萧爽。银蒜垂帘，玉花翦烛，小室浓春谐畅。幽怀跌宕〔七〕。捉卧瓮闲人，尽倾佳酿。不管窗前，冻梅疏蕊放。

高阳台　同玉泉小饮寓斋，迟竹楼后至。

青豆闲房，绿苔小院，垂帘渐觉冬深。舍北街南，招邀不厌频临。风尘争得萧闲侣，况岁寒、谁是知心。且同斟，冷淡行厨，佳味难寻。

疏狂只有方三拜，爱酒边觅句，

琴外听音。一笑搴帷，又从灯下披襟。明朝便约城西去，指霜华，红胜枫林〔八〕。纵高吟，待得春来，放艇江浔。

摸鱼子 抵寓，橙里携樽同寿泉、云溪过话，赋谢。

峭寒天、浮家倦客，匆匆也作归计。家人一笑怜垂橐，绝倒萧条行李。卿隐几。闻剥啄、声中三两朋侪至。奚童解事。把小榼安排，清樽倾倒，细话别离味。　人世间，休管矛头淅米。豪情且对知己。虚檐冰箸层层厚，大好明朝雪霁。撑鸭嘴。去问讯、湖干冻玉含新蕊。三春近矣。快料理诗瓢，携将游屐，日日共吟醉。

聒龙谣 坐雪

溟色长天，层阴永昼，百万玉龙游戏。谁把并刀，剪碎银潢水。舞帘旌、越燕双翻；留爪印、宾鸿千里。赚佳人、罗帐深垂，捡箫局，熨绫被。　康衢上，听儿童喧昼鼓，共道宜年嘉瑞。塑出狻猊，骋鬐鬛头尾。且休嫌茅屋荒寒，也分润砚田丰美。但含愁、冻合窗前，小梅疏蕊。

绮罗香 寿泉赠文木手炉赋谢

端正车厢、玲珑窗格，谁把薰炉新制。掬手难留，女莹肌肤清腻。怜织小〔九〕，活火微添，爱轻便，甜香亲试。好陪他笔阁书灯，峭寒不到砚池水。　携来娇女争羡，为惜良朋持赠，不教偷戏。绝胜琼瑶，休咏诗人木李。算从今铜臭轻抛，也莫管钱神遐弃。尽更阑熨体温存，倩伊烘素被。

酷相思　戏作春词送沃田归里

几点梅花春色淡，忽河畔，春船缆。想此后，春心真烂漫。君去也，春才换。君来也，春将半。　春水春人春满岸，放眼把春光遣。料春意逢春春久惯。如夫人新举令爱。君到也，春风暖。君住也，春情嫩〔一〇〕。

眉妩　花朝集懒云窝有怀沃田

看鹅黄吹柳，蝶粉丛梅，取次午风暖。试访溪桥外，盈盈水，兰舟人竞相唤。艳游暂缓，忆故人、如在天半。倩谁寄、一纸鱼书去，峭帆卸江岸。　漫卷筠帘密坐，望玉轮尚昃，素影犹谈。不饮杯中物，知心侣、何时同放青眼。倦怀正懒。料也怜芳序偷换。问良夜何其、吟到绛河斗转。

绮罗香　集橙里书斋观雨中玉兰

湿粉墙高，缀珠帘矮，独立娟娟庭际。百朵清寒，蘸遍瑶池春水。想朝天、素面争妍，宛惜别、啼妆偏媚。问昔游、人到唐昌，此时还似旧时未？　蕃厘休访空观，只解优昙一现，顿成憔悴。白燕来时，误入众香丛里。映檐牙、银蒜交垂，傍画壁、玉叉同倚。夜沉沉，梦掩梨云，小窗灯影细。

风入松　甲申仲春云溪移居，自榜其室曰小湖船，汪雪礓为篆。主人倚此调索同人题咏，余学步焉

湖船小榜称幽居，绝似泛春湖。窗间只少湖云淡，更添他、湖柳萧疏。屋角数声湖鸟，盆中几个湖鱼。　湖天日月胜仙壶，湖友不曾孤。年来我亦江湖客，笑断鸿、难觅湖租。湖水半湾残梦，湖光一幅新图。

摸鱼子　题斜月杏花屋图

倚云根，轻衫蘸碧，微凉天气清峭。压檐几树胭脂湿，留与素娥偷照。风味窈。想坐到黄昏，诗趣盈襟抱。花容细袅。怕深巷明朝，双鬟未醒，担向雨中叫。　翻疏影，吹笛应怜同调，江南倦客愁老。故宫有梦都难作，往事倩谁凭吊。春意闹。也不管、尚书

词笔天然妙。消闲最好。有茅屋三间，积篱一曲，与子共垂钩。

高阳台

题家韫亭悼亡图卷用竹咤韵

朱鸟虚窗，红蕤旧枕，愁人怕到春深。迅羽奔驹，匆匆趱就光阴。蓬莱水浅巫云断，寄相思，难觅文禽。倩谁禁，闲杀薰笼，懒熨罗衾。　后堂丝竹锵环珮，叹拨钗人去，织锦音沉。短梦前缘，不堪回首江浔。中庭取冷伤心事，有回廊、鹦鹉知心。怅孤吟，渺渺仙踪，甚处追寻。

齐天乐

寿马丈半查

幽人揽镜怜华发，闲心与云俱懒。野竹分青，嫩苔匀翠，小住玲珑山馆。当年鹤版，当衙到岩扉，凿坯人远。奇谢山灵，近来谁是草堂伴。　图书百城坐拥，且吟成杳杳，深巷门掩。茗碗香浓，词笺笔妙，那许软尘轻染。神仙阆苑〔十一〕，纵不炼金丹，玉颜偏健。一饮琼浆，海榴开数点。

夏初临

和海门燕集恭谨堂作

缀玉犀帘，凝香燕寝，日长庭宇风和。敲棋未歇，又闻别院笙歌。到来安乐成窝。也不须作赋声摩。奇花簇队，仙云写影，鸟语偏多。　洞房窈窕，厂榭萦回，春犹苒袅，夏未蹉跎。沈郎沉醉，尊前细倒银荷。一翦秋波，问老怀消受如何，几番过，带围宽尽，直恁情魔。

虞美人　题同心兰

交跌接鄂含香细，嗅出同心味。胆瓶晓荐露华凉，妒杀银塘七十二鸳鸯。　罗帏梦破余酲醒，风趣茶瓯领。倚栏况有比肩人，要插双鬟偷掠鬓边云。

卜算子　九子粽

青蒻束花绒，娇小攒云髻。碧玉编成九子环，一一将伊系。　本是竹心虚，角黍端然似。戴上龙舟竞渡时，莫向波间戏。

蝶恋花　送春

花事阑珊知几许。千树浓阴，绿到销魂处。流水断桥分手路，王孙芳草连天暮。　梦破疏帘风未午，百啭鸣禽、趱得春归去。独倚阑干无意绪，黄昏又下潇潇雨。

木兰花慢　午月题侔南田花果小幅，同沃田、橙里、云溪、家葑田叔作●

把家园小景，都写上衍波笺。爱玉晕匀朱，脂肪刻素，花果鲜妍。樽前、彩绳皓腕，笑拈来、风味记当年。罗帕松儿合数，纱囊荔子如拳。　南田妙手弄丹铅，活色至今传。有香闺儿女，描成巧样，贴向花钿。空悬。画叉倚处，掩犀帘。袅尽鹊炉烟。醉劝瓯中蒲酒，梦游湖上兰船。

法曲献仙音　寿橙里

鱼眼铛声，龙涎篆影，人与熏风同暇。梦笔新花，临江旧宅，关门著书消夏。有客进、麻姑酒，绿浮玳筵斝。　趁今夜。折安榴，小阑待月吟兴发。取次艳词细写。吹竹晚凉天，点明灯，曲槛幽榭。只恐群仙，控青鸾、紫凤飞下。似一枕华胥，不怕晓钟惊也。

摸鱼子　咏闲和闵丈玉井

好春光匆匆过了，伤箫声断长昼。落花啼鸟无才思，却共诗人为偶。摊饭后，去小步回廊、一任荒苔厚。荆扉闭否？有月到庭前，灯明帘底，竹影过墙瘦。　萧疏意，不问说铃谈薮。红尘且息奔走。仙人炉火原多事，漫道驻颜惟酒。成白首。只境与心清，留住停云友。韶华莫负，看领略清凉，破除热恼，谁解此消受。

又 咏愁

最无端、萦魂惹梦，赢来多少凄楚。秋心几点天涯迥，不隔重重烟树。曾漫拊，似上箔春蚕、抽尽残丝缕。伤今吊古。问一寸柔肠，如何禁得，撩乱万千绪。　无聊甚，且可微吟长句。露蛩阶下同语。连宵皓魂空庭好，偏到圆时风雨。浑莫据。只独坐荒斋、转觉离怀苦。流年易暮。怕断送欢场，数茎华发，凄绝庾郎赋。

金缕曲 沃田斋中送程南耕返金陵用沃田韵

叶上跳珠雨，正盆池、荷花开候，扁舟人去。凉沁北窗修竹下，小部新添蛙鼓。更眠起柳腰轻举。十载故人情话在，料滑稽索笑君应许。思往事，渺何处。　鸡笼山下江天暮，记年年登临眺尽，远山眉妩。鸟影光阴心绪短，休把闲愁织苣。且消遣，一襟烦暑。闻道坡公清兴好，有朝云解读新词句。南耕新纳小姬。想乞巧，夜深语。

祝英台近 沃田斋中植荷花数盆，翛然多云水之思，吴生秀华时来问讯，酒阑度曲，颇极客邸之乐。云溪为倚此阕，余依韵和之。

发朝晞，衫午卸，消遣过长夏。一片浓云，急雨溜檐罅。盆池青盖田田，几枝浓艳，却仿像、灵芸新嫁。 玉瓯泻，有人脸晕红潮，酒阑共清话。百斛轻量，那惜夜珠价。羡君烛底前，恁般绮丽〔十二〕，何用唤真真图画。

青玉案 送家韫亭之吴门，时将有鸾胶再续之喜。

小船三板摇轻橹，趁八月，秋潮去。行过横塘塘畔路，木樨香里，吴娘曲度，卧听潇潇雨。 机云对榻同羁旅，谓令兄涵斋太史〔十三〕。客邸应多断魂句。闻说瑶琴重按谱，彩毫留在，凭伊画取〔十四〕，京兆新眉妩。

贺新郎 棕亭为鹤龄娶妇，用迦陵送紫云郎合卺韵赠之。

客到斟佳酿。看今宵 满庭喜色，露晞云漾。隔巷蓝舆催却扇，螺髻雀钗新上。似双燕，梁间还相。阳羡书生真绝倒，向鹅笼吐出人无量。费心缕，织罗帐。 几年客馆同偎傍。最防闲，脱鞲一饱，翩然轻飏。他日封侯虽大异，休忘庾郎随唱。便做弄官人模样。山上有山娘莫问，辩雄雌、何处分瑜亮。笑此老，独惆怅。

画屏秋色　和岳水轩

庭树鸣瑶瑟，又乱蛩，碎聒嫩苔阶侧。霜信欲来，雨丝初散，秋山苍积。乍官阁相逢，别怀回首忆往迹。记燕市风高，白门花老，几处萍踪偶合，定携吟策。英杰，莲池佳客，淬辞锋云涌霆击。弓衣绣处，罗帕遗来，香词细织。便老去豪情更雄，把酒思畴昔。滴露华，点周易。似茂叔窗前，三春留玩草色，那肯红牙趁拍。

霜花腴　同橙里赋菊〔十五〕

素屏六幅，衬粉笺青瓷相间铜瓶〔十六〕。蜡泪秋心，蟾痕夜色，飘摇几缕香情〔十七〕。曲阑未凭。有玉人、新病忪惺。对秋光、一种苗条〔十八〕，凉宵里移过疏棂〔十九〕。记得那回梦见，隔柴扉纸帐〔二十〕，未觉分明。瘦不禁寒，淡偏无语，天教付与凄清。倦怀酒醒。认非烟，归去沧溟。怪奚童、移近池边，一潭风露零〔二十一〕。

疏影　重寓翠竹庵，同竹楼、玉泉、介亭观棕亭见怀之作。

萧萧乱叶，拾晚枫几片，冬景高洁。倦客重来，好友相携，断魂前梦休说。年时空拭歧途泪，也渐觉吟情消歇。向江头　凝望云帆，点点白鸥浮没。　尚有词人好事，禅床供茗具，香篆初结。落魄襟怀，感旧年华，赢得鬓丝添雪。长宵细展蛮笺读，认忆我香词凄切。记秋深避雨茅庵，卧见穿窗残月。

校记

〔一〕干　原作「焦」，据王钞改。
〔二〕烘余　原作「烘干」，据王钞改。
〔三〕剪寄　原作「寄与」，据王钞改。
〔四〕汀洲　原作「江舟」，据王钞改。
〔五〕甚　原作「隔」，据王钞改。
〔六〕忽空色相　原作「淡横空港」，据王钞改。
〔七〕幽情　原作「豪情」，据王钞改。
〔八〕红胜　王钞作「红剩」。
〔九〕织小　疑当为「纤小」。
〔一〇〕君到也，春风暖。君住也，春情懒　王钞作「君住也，春情懒。君到也，春风暖」。
〔十一〕阆苑　原作「间苑」，据王钞改。
〔十二〕烛底樽前，恁般绮丽　原作「客馆风前，恁般留恋」，据王钞改。
〔十三〕太史　王钞作「编修」。

〔十四〕伊　原作「君」，据王钞改。

〔十五〕霜花腴　王钞将此首置于词二七香烟草之后。

〔十六〕粉　原作「彩」，据王钞改。

〔十七〕香情　原作「香魂」，据王钞改。

〔十八〕秋光　原作「柔枝」，据王钞改。

〔十九〕凉宵里移过　原作「纤腰也学依」，据王钞改。

〔二十〕柴扉纸帐　原作「珠帘绣幌」，据王钞改。

〔二十一〕零　原作「冷」，据王钞改。

杉亭集　词五

疏影 家晋堂招同方竹楼、方介亭、程玉泉、施小铁集饮嘉树堂作

吟霜灌木，坠冷斋叶叶，冬景清肃。一桁明灯，双卷疏帘，香袅篆烟微绿。填词不用重翻谱，更刻取、当筵银烛。玩素屏、几点春山，淡淡黛蛾颦蹙。好记书堂嘉树，后游还到此，佳兴同续。喝盏襟怀，爱客心情，不比足音空谷。酒酣联袂桥边立，尽醉眼、漫凝遥瞩。恐霸陵、有尉轻呵，那识戏云鸾鹄。

齐天乐 听雪和竹楼

庭前只有枯枝树，猎叶数声奇绝。旧纸窗栊，暗尘檐马，不许愁魂潜歇。茗香正啜，讶品字桑紫，爆余炊折。一穗残灯，寂寥私语向侬说。侵衣初觉噤痒，怀人偶得句，搔短华发。古寺钟沉，沧江潮下，客路催归时节。征鸿叫月。怕千里关山，壮心消灭。被冷霄深，半帘寒气白。

清平乐 题黄瘦石手砚图

青花蕉叶，较胜香肌洁。入手摩挲情更切，背面秋千时节。笑君痴似「倪迂」，方袍墨沈沾濡。莫遣周郎偷见，碎抛咳唾成珠。

满江红 玉隐斋

不信今年，漂泊到如皋卒岁。还喜得虚斋隐玉，昔贤高致。旧馆尚留残石古，香名久逐浮云逝。路透迟、一径到门深，藏幽寺。　竹叶瘦，摇空翠。梅干老，含红蕊。爱冬偏晴暖，夕阳铺地。人步回廊钟韵远，烟浮秃树禽声碎。照东窗、擎出白莲花，荒池水。

又 水绘庵

水绘庵园，剩一带斜阳荒墅。浑不见倚栏吟啸，当筵歌舞。月榭云廊春复夏，渔汀鹤屿朝还暮。记尊前、容得少年狂，吟新句。　废址没，奔狐鼠。断瓦在，经风雨。倘先生尚在，吾宁羁旅？千载虚名陈简册，五更残梦零钟鼓。拟明朝、班草奠椒浆，浇坟土。

又 洗钵池

半亩沉潭，照多少寒烟衰柳。暗想象粼粼绿涨，好春时候。桥转弯环连仄径，汊深屈曲通清溜。向此中、添个钓鱼船〔一〕，垂竿手。　破岑寂，须携友。凭杰阁，堪呼酒。似枯荷折尽，镜窥中妇。鬟影衣香惆怅处，紫云一曲销魂久。对梅花、我吟百篇诗，人何有。阮亭先生题紫云图诗云：「钵池秋水碧粼粼，忆听当筵一曲新。鬟影衣香都省记，不应唤作卷中人。」

又　玉涓井

古井无波，牵玉虎、汲来修绠。想夏日一围玉色，桐阴常浸。料得众生多热恼，却教止水含清冷。到深冬，转觉气如汤，温泉莹。　老桑苎，经初订。狂御史，休相问。笑长卿渴久，最耽烹茗。说饼人来欢谑后〔二〕，斗茶僧去萧闲甚。待他年、回首旧因缘，同泡影。

齐天乐　题弹指阁图

夕阳楼外萧疏甚，西风渐吟高树。鸦影翻空，蟾痕照夜，阅尽此间今古。羁人小住，怅如箭流光，易成迟暮。记得年时，竹窗深掩听秋雨。　而今往事谁省？旧游还历历，重恁延伫。画里烟云，梦中台榭，回首闲悰无据。金仙倦否？怕想像前程，也萦愁绪。

为报平安，翠�添几许。

又 别橙里

仆夫铃驮摇鞭急，骊歌送人声骤。联袂轻分，离心再诉。远道几番回首，吟腰渐瘦。却累了江郎，别怀如酒。目断河桥，晚烟斜照数行柳。　筵间玉瓯重覆，有香词丽句，同记红豆。残月啼蛩，酸风冷雁，忆我黄花时候。征程未久。又羸马东华，软尘沾袖。此后相思，梦中携素手。

渡江云 蒋渔村、韦约轩、玉兰泉、曹习庵、程蕺园、陆耳山、严东友招同褚鹤侣、陈宝所集饮赵璞函寓斋赋。

晴窗冬易暖，凤城佳趣，都在小斋中。三年离别梦，不信今番、尊酒又相逢。簪毫豹直，听深宵、禁里疏钟。息遗处，偷闲小集，只与素心同。　孤踪。抽帆野渡，折柳荒亭，有几人曾共。还自喜长安旧侣，怜我飘蓬。从今好续消寒会，要觥船一掉频空〔三〕。须更约，新词低唱玲珑。

齐天乐 酬家百药

身随秋社南来燕，流年暗惊冬早。病树枯枝，笼禽倦羽，还是那时怀抱。蓬门未扫。有剥啄人来，揽袪一笑。点点吴霜，镜中都觉鬓丝老。　依稀残梦重续，约消寒小集，闲共倾倒。壮士关山，羁人岁月，莫上荒台凭吊。光阴过鸟，只认得空帘，一痕斜照。拼把香词，剪灯吟到晓。

琐窗寒　百药招同戢园、约轩、璞函集饮斋中，同赋。

暝色留烟，晴光借暖，小斋潇洒。搴帘客至，坐近曲栏幽榭。指庭前苍苔假山，似披一幅「倪迂」画。更茶瓯嫩白，芸签缥碧，鸭炉香惹。　风雅，从容话。又旧谱重翻，新词细写。流传好事，绣上弓衣罗帕。待良宵风静月明，玉鞭乘醉挥骏马。便从今料里吟情，会到春深也。

金缕曲　为周青在题复谷图

秋在香茅屋，照虚窗、绿天写影，一丛寒玉。檐外游尘飞不到，好把南华细读。笑人与孤云同宿。林鸟来时天已暮，只书声、响应空山谷。羡此境，足清福。　软红京洛光阴促。几年间南船北马，风霜驰逐。未必安君图画里，一任芒鞋村服。且问讯、平安修竹。我有家山归不得，想箨龙、穿遍阑干曲。宁可使，食无肉。

水龙吟 芦花同姚梦縠作

水天一片微茫，离情今夜头先白。凄凄极浦，濛濛断岸，冷摇秋雪。飘碎乡心，织成愁绪，倦魂飞越。又一蓑霜信，渔筒下了，好撑到、前滩歇。　记得汉南杨柳絮，悠扬晚春时节。而今何在？风流付与、远鸥浮没。千里相思，露寒沙迥，故人天末。般孤村独树，鱼龙起舞，有冥冥月。

又 前题

是谁写出离愁，楚天两岸消魂路。零飘碎落，漫空不辩，秋来何处。凉月波心，晚烟沙嘴，半江残絮。把蓬窗闭了，翦灯欹枕，还疑是、潇潇雨。　此际好吹霜竹，叫青旻、玉龙惊舞。凄神寒骨，旧盟只有、远汀鸥鹭。槲老崖颠，枫吟屋角，伴他幽素。听酸嘶旅雁，翻飞不下，向衡阳去。

暗香 赋菊香和谢东墅

态浓韵薄，把玉瓯浅泛，为伊斟酌。一曲药栏，暗里微馨向人落。天与孤芳气味，悄不入翠楼妆阁。算只有彭泽知心，欲嗅又还却。　飘泊、梦初觉，想沅芷澧兰，旧情非昨。楚骚漫托，色艳晴川昔时鹤。寻到短篱偏处，又只怕晓霜寒着。问插帽重九会，几多燕乐。

疏　影　赋菊影和谢东墅

湘魂淡绝，看逗来烛下，孤韵如话。曲录屏前，深掩晶帘，不许玉纤偷折。西风已送寒霜信，又何苦照他凉月。为娉婷最耐秋心，细写素肌冰骨。　休倩丹青好手，粉笺纵画取、容易消灭。似梦如尘，相对移时，归与烟波辽阔。鞭丝席帽空山路，记斜照、故人轻别。怪今番、人瘦如花，坐近寒潭澄澈。

声声慢　闰七夕和查俭堂

鹊桥路熟，鸳锦工迟，一年两番勾留〔四〕。别泪新痕，那堪界粉重流。当时聘钱偿否？怕添将子母同收。良会续、是羲和作合，特地持筹。　又见花筵瓜果，笑中庭儿女，齐控帘钩。纤月楼西，还来照破离愁。夜阑更然银烛，卧屏山再看牵牛。凉露下，望碧天如水，依旧横秋。

水调歌头　题吴淞归棹图

潞水碧于黛，放溜挂征帆。南风几日天霁，吹过小龙湾。此去三春欲暮，正好鸣鸠乳燕，新绿照澄潭。解带坐磐石〔五〕，石上古苔斑。江南好，吴淞路，水云宽。携我一枝筇杖，何事不教还。任尔承明著作，竟说严徐东马，儿辈彩毫簪。略把凤城事，留向豆棚谈。

齐天乐 题查俭堂榕巢图

炎方景物真奇绝，支离最怜榕树。拔地千寻，延□十顷，一色绿天难补。水痕淡泞，是谁架危巢，□茅宇。深掩虚窗，此中最好听疏雨。清平争颂太守，放衙无一事，闲缀今古。薄宦襟怀，异乡风味，展卷还凭缣素。旧游记否？有瘴海蛮烟，昔年曾赋。略似槐根，一枝秋梦午。

沁园春 别冯铸川即用赠别韵

下通潞亭，上赤马船，闲愁顿消。正玉河南去，迢迢水驿〔六〕，金台北望，点点山椒。酒耤诗狂，秋催人别，不许离筵不兴高。停杯叹〔七〕，叹百年身世，一样萧条。沙头且理轻桡，纵落拓，何妨任客嘲。看入塞寒芦，半衔征雁；未霜衰柳，已少鸣蜩。乡梦全疏，客怀渐惯，愁尔归魂不可招，禁磨炼，似雪天硕果，惟有吾曹。

虞美人 人日集鹤亭斋中兼七言律诗一首

江梅点点舒红蕊。正好花间醉。绮□五色绣绒悬，彩胜几枝银烛袅轻烟。　檀槽响爱香弦促，琥珀浓如玉。露鲜风淡嫩晴天，未晚更宜新月照帘前。

又 周受莹、芗泉兄弟见余人日词，喜而和之，余更作回文兼七言律诗二首。

横梅绿萼芳春早，院满青青草。细烟生碧嫩晴天，色映褪红娇蕊晚寒连。　平池注水流花朵，点□成苔卧，酒仙清梦惯迟眠，日永懒云愁绪别情牵。

疏影 绿萼梅

波纹刻玉，看花如叶嫩，疏干相续。鬓影夜间，插向珠翘，香云一缕同宿。仙人晓梦随春水，怕翠被寒生幽独。笑萼华自别蓬壶，却爱世间萝屋。　堪羡采芳蛱蝶，偶来淡月下，罗翅轻拂。苔点粘衣，草色侵帘，一样团成横幅。东家有女芳年小，但镇日黛蛾双蹙。问甚时日暮天寒，还倚数竿修竹。

浣溪沙 鹤亭饷元宵粉团赋谢

团雪搓成玉蕊鲜，飞琼只合住瑶天。粉腮一点绛唇妍！有胭脂红点。　想像厨娘擎掌上，却嬴娇女笑灯前，分来乡月几多圆。

大江东去

东坡生日同人集指香斋中醵饮，忆甲申年在真州小聚，匆匆如昨日事也。

江山千古，问尊前、能得几多英物。回首流光如激箭，记得画图悬壁。上客才华，他乡风景，帘外堆晴雪。坡仙往矣，举觞同吊人杰。　今日羸马归来，故交宛在，顿觉疏狂发。七百余年多少事，都付云烟消灭。百罚深杯，千钧强韵，搔短星星发。酒阑起舞，东又挂残月。

水调歌头

送橙里归新安

春色已云半，花事未阑珊。东风吹动五雨，江上□〔挂〕征帆。一路杨花燕子，行遍东吴西越，翠岚扑春衫。我羡渌波水，送子到江南。　燃银烛，停桂棹，拍香檀。尊前只少、解事十五六云鬟。遥想新词填就，付与赏音乐句，唱过于陵滩。莫作故乡客，留滞在新安。

台城路

秋水

一林鸦舅孤村外，潮痕暗通鱼步。晓色微霜，暮天斜照，又送片帆归去。前游细数，忆波暖鳞鳞，乱红流处。还那商飙、蔚蓝吹得竟如许。　当年御沟旧事，有人曾、悄拾残叶题句。雁阵程遥，鲈乡梦冷，凄绝半江风露。窥奁自语。渐老却潘郎，鬓丝千缕。摇漾渔舟，月凉寻断浦。

又　为顾仙沂题春草间房图

闲阶染萋萋色，东风微振林木。残梦池塘，旧游亭馆，换了几番柔绿。摊书悄读。正亚字墙腰，嫩苔侵屋。若有人兮，女萝山鬼伴幽独。　此中多少怀抱，倩丹青好手、写向横幅。茂叔窗前，王孙道上，一样愁根相续。晚凉送目。怕花外登楼，恨凝遥瞩。斜照天涯，马蹄归去速。

又　王秋汀从蜀赴都，道过广陵，金棕亭留饮□□斋，同陈春渠、江橙里、汪雪礓、汪玉屏赋。

花深槐沛停车客，萍踪偶然同聚。西蜀云山，东吴烟水，赢得满襟缁素。江乡俊侣，有斑管题笺，乐牙按谱。共说平生，苦吟多少断魂句。　京华往事重省，叹十年一梦，人别如雨。老树空庭，残钟古寺，消受几番寒暑。离情慢诉。又谁料今朝、征帆小住。屋角微冷，绿阴风正午。

又　怀徐徵远塞上，用郑晴波韵。

朔云不见南来雁，远书倩谁频寄。爱叶停车，寻花冒雨，可有消闲乡思。迢迢万里，使梦到家山，都非旧矣。雪窖招魂，忆君何异报罗使。　长歌唾壶敲缺，叹才人厮养，终古如此。□□□□秋笳泪尽，绝微又怜吾子。无波井底，问何日□□？瓶罍钗顿？怅望金鸡，抚琴中夜起。

校记

〔一〕鱼　原缺，依谱补。
〔二〕谑　原作「谑」，以意改。
〔三〕棹　原作「掉」，以意改。
〔四〕两　原作「両」，以意放。
〔五〕坐　原作「生」，以意改。
〔六〕水铎　疑为「水驿」。
〔七〕叹　原作「欢」，以意改。

泰然斋集跋

吴烺

吾里金与吴世为婚媾，而烺又受业于絜斋（按：金榘的别号）先生之门，故知先生为最笃。兹棕亭兄校刻泰然斋诗集四卷成，索烺一言以志其概，其何敢辞！先生生而颖异，博学多才，少壮时与先伯父岑华比部（按：吴檠）暨先赠大夫（按：吴敬梓）交好契密，暇则相与剧谈古今，赋诗饮酒以为常。先生家贫甚。携棕亭兄奔走四方，就馆席于畻城、广陵间，故集中父子倡酬之作颇多。先生之为人，行谊尤卓卓，与人酬应，跬步不苟，介然不欺其志。晚年司训海阳，操持益坚，既归，老屋数楹，犹然一穷老书生耳！先大夫每数忠信笃敬之士，必为先生首屈一指。呜呼！亦可谓有道而能文者矣。先生之诗，不拘一格，而绝去依傍之习，独抒情性之真。慨自风雅道弊，如有明末年，凡裒然而成集者，率皆拟古乐府数卷以冠篇首，非惟阅者不能解，即作者亦不自解，何其伪也！先生则即景即事皆可为诗，而莫不有天然自得之趣，尝谓烺曰：「文章之道，必先求稳而后求工，未有工而不稳者，诗固如是而已。」先生弃烺久矣！今读其诗，犹依依几席周旋时风味，故并述其言以俟世之读先生之诗者。受业愚姨侄吴烺。

（金榘 泰然斋集卷末）

附录

文木先生传

程晋芳

先生姓吴氏，讳敬梓，字敏轩，一字文木，全椒人。世望族，科第仕宦多显者。先生生而颖异，读书才过目，辄能背诵。稍长，补学官弟子员。袭父祖业，有二万余金；素不习治生，性复豪家上，遇贫即施，偕文士辈往还，饮酒歌呼穷日夜，不数年而产尽矣。

安徽巡抚赵公国麟闻其名，招之试，才之，以博学鸿词荐，竟不赴廷试；亦自此不应乡举，而益以贫。乃移居江城东之大中桥，环堵萧然，拥故书数十册，日夕自娱。窘极，则以书易米。或冬日苦寒，无酒食，邀同好汪京门、樊圣门（原缺，应为「谟」）辈五六人，乘月出城南门，绕城堞行数十里，歌吟啸呼，相与应和；逮明，入水西门，各大笑散去，夜夜如是，谓之「暖足」。余族伯祖丽山先生与有姻连，时周之。方秋，霖潦三四日，族祖告诸子曰：「比日城中米奇贵，不知敏轩作何状。可持米三斗，钱二千，往视之。」至，则不食二日矣。然先生得钱，则饮酒歌吶，未尝为来日计。

其学尤精文选，诗赋援笔立成，夙构者莫之为胜。辛酉、壬戌间，延至余家，与研诗赋，相赠答，惬意无间。而性不耐久客，不数月，别去。生平见才士，汲引如不及；独嫉时文士如仇，其尤工者，则尤嫉之。余恒以为过，然莫之能禁。缘此，所遇益穷。与余族祖绵庄为至契。绵庄好治经，先生晚年亦好治经，曰：「此人生立命处也。」

岁甲戌，与余遇于扬州，知余益贫，执余手以泣曰：「子亦到我地位，此境不易处也，奈何！」余返淮，将解缆，先生登船言别，指新月谓余曰：「与子别，后会不可期。即景悢悢，欲构句相赠，而涩于思，当俟异日耳。」时十月七日也。又七日而先生殁矣。先数日，裒囊中余钱，召友朋酣饮。醉，辄诵樊川「人生只合扬州死」之句，而竟如所言，异哉？

先是，先生子烺已官内阁中书舍人，其同年王又曾毂原适客扬，告转运使卢公，殓而归其殡于江宁。盖享年五十有四。所著有文木山房集、诗说若干卷；又仿唐人小说为儒林外史五十卷，穷极文士情态，人争传写之。子三人：长即烺也，今官宁武府同知。

论曰：余生平交友，莫贫于敏轩。抵淮访余，检其橐，笔砚都无，余曰：「此吾辈所倚以生，可暂离耶？」敏轩笑曰：「吾胸中自具笔墨，不烦是也。」其流风余韵，足以掩映一时，窒其躬，传其学，天之于敏轩，傥意别有在，未可以流俗好尚测之也。

（勉行堂文集卷六）

按：「人生只合扬州死」句出张祜纵游淮南：「十里长街市井连，月明桥上看神仙。人生只合扬州死，禅智山光好墓田。」（全唐诗卷五百十一）非杜牧诗。

据勉行堂文集编年，此传约写于一七七〇——一七七一年间，即吴敬梓死后十六、七年。

盋山志·吴敬梓传

顾　云

吴征君敬梓，字敏轩，晚号文木老人，安徽全椒人也。吴故全椒望族，国初以来，科第累世弗绝。群从兄弟数十人，征君与吏部檠尤有称于世。性闲逸自恣，既以土苴流辈矣；至所施予又多以意气出之，不择其人，家故稍稍落。乾隆间，再以「博学鸿词」荐，有司奉所下檄，朝夕造请，坚以疾笃辞。或咎之，曰：「吾既生值明盛，即出，其有补斯世耶否耶？与徒持赋博一官，虽若枚马，曷足贵耶？卒弗就。且并脱诸生籍，去居江宁。江宁雨花台，明所建先贤祠在焉，祀吴泰伯以下五百余人，岁久，圮矣。征君与同志议复其旧，资弗继，则独鬻全椒老屋成之，故愈益贫困。先世门生故吏既半天下，尝所施予，亦往往致达官，顾夷然不以屑意。日惟闭门种菜，偕佣保杂作，人不知故向者贵公子也。冬夕，无御寒具，则自今秦淮北岸曳敝裘，翘首行吟，雅步至古冶城诸山返，以为常，谓之「暖足」，其风趣如此。殁葬清凉山麓，或曰在凤台门。著有诗说七卷，文集五卷，诗集七卷。世所传儒林外史，亦征君著也，雕画物态，如大禹之铸九鼎，神奸无遁形。虽稗官家言，或亦通人所不废耶。

（盋山志　卷四人物上，光绪癸未盋山　精舍　板）

国朝金陵诗征·吴敬梓小传

朱绪曾

敬梓，字敏轩，上元人，全椒廪生，有文林(木)山房集。敏轩始祖转自六合迁全椒。曾祖国对，顺治戊戌第三人及第，官侍读。祖旦，以文名。父雯延，诸生，始居金陵。乾隆初，诏举「博学鸿词荐」，上江督学郑䓫以敏轩应，会病不克举。江宁黄河云：「吴聘君诗如出水芙蓉，娟秀欲滴。词亦白石、玉田之流亚。」

（朱绪曾国朝金陵诗征卷四十四光绪乙酉刊本）

扬州画舫录（节录）

李斗

吴烺字，杉亭，一字笃（按：应为荀）叔，全椒人。父敏山（轩）征君，工诗，久居扬州，著金（按，应为文）木山房集。

（乾隆乙卯年自然庵刻本）

吴敬梓传

胡适

我们安徽的第一个大文豪，不是方苞不是刘大櫆，也不是姚鼐，是全椒县的吴敬梓。吴敬梓，字敏轩，一字文木。他生于清康熙四十年，死于乾隆十九年（西历一七〇一——一七五四）。他生在一个很阔的世家，家产很富；但是他瞧不起金钱，不久就成了一个贫士。后来他贫的不堪，甚至于几日不能得一饱。那时清廷开博学鸿词科，安徽巡抚赵国麟荐他应试，他不肯去。从此，「乡试也不应，科岁也不考，逍遥自在，做些自己的事。」后来死在扬州，年纪只有五十四岁。

他生平的著作有文木山房诗集七卷，文五卷，（据金和儒林外史跋）；诗说七卷（同）；又儒林外史小说一部（程晋芳吴敬梓传作五十卷，金跋作五十五卷，天目山樵评本五十六卷，齐省堂本六十卷）。据金和跋，他的诗文集和诗说都不曾付刻。只有儒林外史流传世间，为近世中国文学的一部杰作。

他的七卷诗，都失传了。王又曾（毂原）丁辛老屋集里曾引他两句诗：「如何父师训，专储制举材。」这两句诗的口气，见解，都和他的儒林外史是一致的。程晋芳拜书亭稿也引他两句：「遥思二月秦淮柳，蘸露拖烟委麹尘。」——可以想见他的诗文集里定有许多很好的文字。只可惜那些著作都不传了，我们只能用儒林外史来作他的传的材料。

儒林外史这部书所以能不朽，全在他的见识高超，技术高明。这书的「楔子」一回，借王冕的口气，评批明朝科举用八股文的制度道：「将来读书人既有此一条荣身之路，把那文行出处都看得轻了。」这是全书的宗旨。

书里的马二先生说：

举业二字是从古及今，人人必要做的。就如孔子生在春秋时候，那时用言扬行举做官；故孔子只讲得个「言寡尤，行寡悔，禄在其中。」这便是孔子的举业。……到唐朝用诗赋取士，他们若讲孔孟的话，就没有官做了。……到本朝用文章取士，就是夫子在而今也要念文章，做举业，断不讲那「言寡尤，行寡悔」的话。何也？就日日讲「言寡尤，行寡悔」那个给你官做？孔子的道，也就不行了。

这一段话句句是恭维举业，其实句句是痛骂举业。末卷表文所说「夫萃天下之人才而限制于资格，则得之者少，失之者多」，正是这个道理。国家天天挂着孔孟的招牌，其实不许人「说孔孟的话」，也不要人实行孔孟的教训，只要人念八股文，做试帖诗；其余的「文行出处」都可以不讲究，讲究了又「那个给你官做？」不给你官做，便是专制君主困死人才的唯一妙法。要想抵制这种恶毒的牢笼，只有一个法子：就是提倡一种新社会心理，叫人知道举业的丑态，知道官的丑态；叫人觉得「人」比「官」格外可贵，学问比八股文格外可贵，人格比富贵格外可贵。社会上养成了这种心理，就不怕皇帝「不给你官做」的毒手段了。

一部儒林外史的用意只是要想养成这种社会心理。看他写周进、范进那样热中的可怜，看他写严贡生、严监生那样贪吝的可鄙，看他写马纯上那样酸，匡超人那样辣。又看他反过来写一个做戏子的鲍文卿那样可敬，一个武夫萧云仙那样可爱。再看他写杜少卿、庄绍光、虞博士诸人的学问人格那样高出八股功名之外。——这种见识，在二百年前，真是可惊可敬的了！

程晋芳做的吴敬梓传里说他生平最恨做时文的人；时文做得越好的人，他痛恨他们也越利害。儒林外史痛骂八股文人，有几处是容易看得出的，不用我来指出。我单举两处平常人不大注意的地方：

第三回写范进的文章，周学台看了三遍之后才晓得是「天地间之至文，真乃一字一珠！」

第四回写范进死了母亲，去寻汤知县打秋风，汤知县请他吃饭，用的是银镶杯箸，范举人因为居丧不肯举杯箸；汤知县换了磁杯象牙箸来，他还不肯用。「汤知县疑惑他居丧如此尽礼，倘或不用荤酒，却是不曾备办；后来看见他在燕窝碗里拣了一个大虾元送在嘴里，方才放心」

这种绝妙的文学技术，绝高的道德见解，岂是姚鼐、方苞一流人能梦见的吗？

最妙的是写汤知县、范进、张静斋三人的谈话：

张静斋道：「想起洪武年间刘老先生——」

汤知县道：「那个刘老先生？」

静斋道：「讳基的了。他是洪武三年开科的进士，「天下有道」三句中的第五名。」

范进插口道：「想是第三名？」

静斋道：「是第五名！那墨卷是弟读过的。后来入了翰林，洪武私行到他家，恰好江南张王送了他一坛小菜，当面打开看，都是些瓜子金，洪武圣上恼了，把刘老先生贬为青田县知县，又用毒药摆死了。」汤知县见他说的口若悬河，又是本朝确切的典故，不由得不信！

这一段话写两个举人和一个进士的「博雅」，写时文大家的学问，真可令人绝倒。这又岂是方苞、姚鼐一流人能梦见的吗？

这一篇短传里，我不能细评儒林外史全书了。这一部大书，用一个做裁缝的荆元做结束。这个裁缝每日做工有余下的工夫，就弹琴写字，也极欢喜做诗。朋友问他道：「你既要做雅人，为甚么还要做你这贵行？何不同学校里人相与相与？」他道：「我也不是要做雅人。只为性情相近，故此时常学学。至于我们这个贱行，是祖父遗留下来的，难道读书识字做了裁缝就玷污了不成？况且那些学校里的朋友，他们另有一番见识，怎肯和我相与？我而今每日寻得六七分银子，吃饱了饭，要弹琴，要写字，诸事都由得我。我又不贪图人的富贵，又不伺候人的颜色；天不收，地不管，倒不快活！」

这是真自由，真平等，——这是我们安徽的第一个大文豪吴敬梓想要造成的社会心理。

民国九年四月八日

（一九二〇年上海亚东图书馆版儒林外史卷首，收入胡适文存一集卷四）

吴敬梓年谱

胡 适

我的朋友汪原放近来用我的嘉庆丙子本的儒林外史标点出来，作为儒林外史的第四版。这一番工夫，在时间上和金钱上，都是一大牺牲。他这一点牺牲的精神，竟使我不能不履行为吴敬梓作新传的旧约了。因此，我把这两年搜集的新材料整理出来，作成这一篇年谱。古来的中国小说大家，如水浒传、金瓶梅、红楼梦的作者，都不能有传记：这是中国文学史上一件最不幸的事。现在吴敬梓的文集居然被我找着，居然使我能给他做一篇一万七八千字的详传，我觉得这是我生平很高兴的一件事了。

一　家世

全椒吴氏，远祖以永乐时「从龙」的功劳，「赐千户之实封，邑六合而剖符。迨转弟而让袭，历数叶而迁居。」（文木山房集　移家赋）按先生自注，转弟是迁到全椒的始祖。他家起先业农，后来行医；移家赋说：

爱负耒而横经，治青囊而业医。……翻玉版之真切，研金匮之奥奇。（参看儒林外史三十四回高老先生说：「他家祖上几十代行医，广积阴德。」）

吴敬梓的高祖吴沛，沛父吴谦，谦父吴凤。（陈廷敬吴国对墓志，见耆献类征卷百十五。）吴沛字海若，是一个廪生；陈廷敬说他「道德文学为东南学者宗师」。他的事迹见全椒志卷十，页四四。移家赋写他的高祖很详细；有云：

自束发而能文，及胜衣而稽古；绍绝学于关闽，问心源于邹鲁。……贫居有等身之书，干时无通名之谒。

吴沛著有诗经心解六卷、西墅草堂集十二卷。（志卷十五。）

吴沛生子五人，「四成进士，一为农，终布衣。」这五人的名字是：国鼎、国器、国缙、国对、国龙。（次第见吴国对墓志）

吴国鼎，字玉铉，崇祯癸未进士（明进士提名录注六合籍），授中书舍人。有迨园集及诗经讲义。（志十，参志十五。）

吴国龙，字玉騧也是崇祯癸未进士，授户部主事。清顺治时，他降了清朝；康熙初，授工科给事中，改授河南道监察御史，后来转到礼科掌印给事中。他虽是贰臣传中人物，但做谏官时颇有声名。有吴给谏奏稿八卷、心远堂集三十四卷。（志十，页十六；参志十五。）

吴国缙，字玉林，顺治壬辰进士，改教职，做江宁府教授。志上称他「性开敏，于书无所不读。」有诗韵正五卷、世书堂集四十卷。（志十，又十五。）

吴国器，字玉质，以布衣终老，道德甚高，王士祯有「用韦左司寄全椒道士韵，追赠国器，甚称美之。」（志十一）移家赋自注云，「布衣公无疾而终，人传仙去。」

这四人是吴敬梓的伯叔曾祖。他本身的曾祖吴国对，字玉随，号默岩，和国龙是双生的。国对排行第四，但他登第却在最后，直到顺治甲午中举人，戊戌中第一甲第三人（俗称探花）。移家赋说：

似子固兄弟四人，吾先人独伤晚遇。常发愤而揣摩，遂遵道而得路。三殿胪传，九重温语；宫烛宵分，花砖月午。张珊网于海隅，悬藻鉴于畿辅。诏分玉局之书，渴饮金茎之露。谈白首之词臣，久赤墀之记注。

海隅的珊网指他典试福建，畿辅的藻鉴指他提督顺天学政。末两联指他由编修做到侍读。赋中说他「发愤揣摩，遵道得路」，也是写实的。他是一个八股大家，方嶟做文木山房集序，曾说：

全椒吴侍读公以顺治戊戌登一甲第三人进士及第，其所为制义，衣被海内、一时名公巨卿多出其门，李文贞公其一也。

但方嶟又说他的「诗古文辞与新城王阮亭先生齐名」，全椒志（十，页四五）也说他「才学优赡，工诗赋，善书；言论丰采为一时馆阁所推重。」（全椒新修的志，末尾附有他的序。）陈廷敬作他的墓志，说：

君于古文研论最深，而工于骚赋之作，故独喜多为诗；其愁忧欢愉离合讽谕警戒之旨，恒发之于诗，名曰诗乘。

他的遗集后来编为赐书楼集二十四卷。（全椒志十五）

据陈廷敬的吴国对墓志，国对生三子，长子名旦，次名勖，次名昇。吴旦即是吴敬梓的祖父，字卿云，增监生，考授州同知，是一个孝子，事迹见全椒志　孝友传。陈廷敬说：「旦贤而有文。」但他死的很早，故移家赋不提到他的历史。全椒志　艺文志说他有月潭集。

吴旦的亲弟吴勖也在孝友传，幼弟吴昇是一个举人。吴国龙的儿子吴昺，中康熙三十年榜眼，很有文名，著有卓望山房集及玉堂应奉集，曾充宋、金、元、明四朝诗选掌局官。他的哥哥吴晟也是康熙年间的进士，也有文学的名誉。

所以吴敬梓自己写他曾祖以后的家世道：

五十年中，家门鼎盛。陆氏则机云同居，苏家则轼辙并进；子弟则人有凤毛，门巷则家夺马粪。绿野堂开，青云路近。……卮茜有千亩之荣，木奴有千头之庆。……故物唯存于瞽笏，旧业不系于貂珰。……图史与胕案相错，绮襦与轩冕俱忘。……鼎文有证谬之辨，金根无误改

之伤。羡延陵之嚣子，擅海内之文章。（移家赋）

这一段可以比较儒林外史第三十回郭铁笔说的「尊府是一门三鼎甲，四代六尚书」一大段。三鼎甲其实只有两个：一个榜眼，一个探花。杜少卿的曾祖，外史说是状元，其实是探花吴国对。国对有赐书楼集，外史第三十一回写杜少卿的家中，「左边一个楼，便是殿元公的赐书楼」，可以互证。

吴敬梓的父亲生在这个环境里，看惯了富贵与文学，觉得不很可贵，所以他立志要做圣贤了。移家赋注里说他父亲曾做「榆赣教谕，捐资破产兴学宫。」我们靠这一点线索，在全椒志卷十二，页二四上，寻出他名叫吴霖起（陈廷敬也说吴旦生一子，名霖起），是康熙丙寅（一六八六）的拔贡，做江苏赣榆县的教谕。志里没有他的传，但移家赋说他的生平很详细：

吾父于是仰而思，坐以待；网罗于千古，纵横于百代；为天下之楷模，识前贤之纪载。……讲学邹峄，策名帝都。摩石鼓之文，听圜桥之书。当捧檄之未决，念色养之堪娱。……方遂茅容之愿，遽下臯鱼之泣；肝乾肺焦，形变骨立。……丧葬既毕，精业维勤；卷之万象，挥之八埏；守子云之玄，安黔娄之贫。观使才于履屐，作表帅于人伦。……马帐溢执经之客，鹿车骈问字之人。

赣榆在江苏的东北海边，故赋中说：

暮年黉舍，远在海滨；时矩世的，律物正身。……鲑菜萧然，引觞徐酌；见横舍之既修，歌泮水而思乐。

末二句指他捐产修学宫的事。后文又有注云：

先君于壬寅年（一七二二）去官，次年辞世。

儒林外史里写杜少卿的父亲「中个进士，做一任太」守（第三十四回），又说他做「江西赣州府知府」（第三十一回）。赣州是暗射赣榆县；因为要说他做知府，所以不能不说中进士了。第三十一回杜慎卿说：

我那伯父是个清官，家里还是祖宗丢下的些田地。

第三十四回高老先生说：

到他父亲，还有本事中个进士，做一任太守，——已经是个呆子了：做官的时候，全不晓得敬重上司，只是一味希图着百姓说好；又逐日讲那些「敦孝弟，劝农桑」的呆话。这些话是教养题目文章里的词藻，他竟拿着当了真；惹的上司不喜欢，把个官弄掉了。

这一段说他父亲丢官的原因，可以补志传的不完。

吴霖起死后，家业遂衰。移家赋接着说：

于是君子之泽，斩于五世。兄弟参商，宗族诟谇。假荫而带狐令，卖婚而缔鸡肆。……侯景以儿女作奴，王源之姻好唯利。贩鬻祖曾，窃资皂隶。若敖之鬼馁而，广平之风衰矣！

总结上文，作为一表。

吴鳳——谦——沛——国鼎、国器、国缙、国对、国龙

国对——旦、勖、昇

旦——霖起——敬梓

二 年 谱

吴敬梓，字敏轩，一字文木。他的事迹略见程晋芳做的传，和我前年做的小传。近年我买得了他的文木山房集四卷。这是意外的发见，不可不说是「吴迷」的报酬。因此，我用此书做底本，参考别的书，做成这篇年谱，略补我的前传缺漏的罪过。

康熙四十，辛巳（一七〇一），先生生。

是时，顾炎武已死了二十年，黄宗羲已死了六年。

先生的朋友程廷祚（生一六九一）已生了十年。

康熙四一，壬午（一七〇二），先生二岁。

康熙四三，甲申（一七〇四），先生四岁。

是年万斯同死。

阎若璩死，颜元死，尤侗死。

康熙四四，乙酉（一七〇五），先生五岁。

全祖望生。

康熙四八，己丑（一七〇九），先生九岁。

朱彝尊死。

康熙五十，辛卯（一七一一），先生十一岁。

王士祯死。

康熙五二，癸巳（一七一三），先生十三岁。母死。

集中赠僧宏明诗，「昔余十三龄，丧母失所恃。」

康熙五三，甲午（一七一四），先生十四岁，随父到赣榆县教谕任所。

赠僧宏明诗，「十四从父宦，海上一千里。」

康熙五五，丙申（一七一六），先生十六岁。

毛奇龄死。袁枚生。

康熙五七，戊戌（一七一八），先生十八岁。

友人程晋芳生。同里亲友金兆燕（棕亭）生。

康熙五九，庚子（一七二〇），先生二十岁。中秀才。

庚戌除夕词，「落魄诸生十二年。」

康熙六一，壬寅（一七二二），先生二十二岁，父去官。

移家赋注，「先君于壬寅年去官，次年辞世。」

雍正元年，癸卯（一七二三），先生二十三岁。父死。

是年戴震生。

雍正三，乙巳（一七二五），先生二十五岁。

蒋士铨生。

雍正八，庚戌（一七三〇），先生三十岁。有庚戌除夕客中的减字木兰花词八首。八首词里，颇多传记材料，今摘录一些：

第一首云：

今年除夕，风雪漫天人作客。三十年来，那得双眉时暂开？

第二首云：

昔年游冶，淮水锺山朝复夜。金尽床头，壮士逢人面带羞。王家昙首，伎识歌声春载酒。白板桥西，赢得才名曲部知。

第三首云：

田庐尽卖，乡里传为子弟戒。年少何人，肥马轻裘笑我贫！

依这两首看来，吴敬梓的财产是他在秦淮河上嫖掉了的。

儒林外史里的杜少卿，似乎还少写了这一方面。但第三十四回高老先生说他：

混穿，混吃；和尚道士，工匠花子，都拉着相与；却不肯相与一个正经人。不到十年内，把六七万银子弄的精光。……学生在家里，往常教子侄们读书，就以他为戒。每人读书的桌子上写一纸条贴着，上面写道，「不可学天长杜仪！」这就是「田庐尽卖，乡里传为子弟戒」一句的说明了！

第五首云：

哀哀吾父，九载乘箕天上去。（按先生之父死于癸卯，至庚戌只有八年，此云九年，是算到次年元旦。）弓冶箕裘，手捧遗经血泪流。　劬劳慈母，野屋荒棺抛露久。未卜牛眠，何日泷冈共一阡？

据此，先生之母也死了几年了，到庚戌还不曾安葬。

第六首云：

闺中人逝，取冷中庭伤往事。买得厨娘，消尽衣边荀令香。愁来览镜，憔悴二毛生两鬓。欲觅良缘，谁唤江郎一觉眠？

据此，先生之妻也死了。此时只有一妾，尚未续娶。集中有挽外舅叶草窗翁诗云：

吴中有耆硕，转徙淮南地，自号草窗翁，所师僦贷季。爱女适狂生，时人叹高义。……

是先生之妻姓叶　是一个儒医的女儿。

第八首云：

奴逃仆散，孤影尚存渴睡汉。明日明年，踪迹浮萍剧可怜。秦淮十里，欲买数椽常寄此。风雪喧阗，何日笙歌画舫开？

这一首前半说的是王胡子拐了银子逃走的影子；后半已有移家南京的意思了。末句还是做「笙歌画舫」的梦！

雍正九，辛亥（一七三一），先生三十一岁。

友人严长明生。

雍正十一，癸丑（一七三三），先生三十三岁。

二月，移家至南京，寄居秦淮水亭。

有买陂塘二首，序云：「癸丑二月，自全椒移家，寄居秦淮水亭。诸君子高宴，各赋看新涨二截见赠；余既依韵和之，复为诗余二阕，以志感焉。」第一首上半云：

少年时，青溪九曲，画船曾记游冶。绋缅维处闻箫管，多在柳堤月榭。朝复夜，费蜀锦吴绫，那惜缠头价！臣之壮也，似落魄相如，穷居仲蔚，寂寞守蓬舍。

第二首下半云：

人间世，只有繁华易委；关情固自难已。偶然买宅秦淮岸，殊觉胜于乡里。饥欲死，也不管干时似淅矛头米。身将隐矣；召阮籍、嵇康，披襟箕踞，把酒共沉醉。

先生又作移家赋；序五百七十二字，赋二千五百二十九字，可说是他文集中的第一巨作。序中有云：

晏婴爽垲，先君所置；烧杵掘金，任其易主。百里驾此艋艇，一日达于白下。……梓家本膏华，性耽挥霍。生值承平之世，本无播迁之忧。乃以郁伊既久，薪缠成疾。枭将东徙，浑未解于更鸣；乌巢南枝，将竟托于恋燠。……虽无扬意之荐达之天子，桓谭之赏传于后人，优哉游哉，聊以卒岁。……千户之侯，百工之技，天不予梓也，而独文梓焉。追为此赋，歌以永言。悲抑怨愤，涕唾流沫。……

全赋先叙吴氏远祖，次写他的高祖，次写曾祖弟兄，次写曾祖，次写曾祖以下五十年的家门盛况，次写他的父卒；次写父死后家门不振的状况。（以上略引见前篇）次写全椒乡土风俗的浇漓：

彼互郎与列肆，乃贩脂而削脯；既到处而辄留，能頞瞬而目语。鱼盐漆丝，齿革毛羽：……漉沙构白，熬波出素；积雪中春，飞霜暑路。迁其地而仍良，皆杂处于吾土。山獠人面，穷奇锯牙；䌹旃广厦，锦幨香车。马首之金叵匝，腰间之玉辟邪。……昔之列戟鸣珂，加以紫标黄榜，莫不低其颜色，增以凄怆；口嗫嚅而不前，足盘辟而欲往。

儒林外史里的宋为富、万雪斋、方老六、彭老五，大概都在这一段里了。

以下一长段，写他自己：

梓少有六甲之诵，长余四海之心。推鸡坊而为长，戏鹅栏而忿深。嗟早年之集蓼，托毁室于冤禽。淳于恭之自箠不见，陈太丘之家法难寻。熏炉茗碗，药臼霜砧；竟希酒圣，聊托书淫；旬锻季炼，月弄风吟。谈谐不为塞默，交游不入金壬。……有瑰意与琦行，无捷径以窘步；吾独好此姱修，乃众庶之不誉。……闭户而学书空，叩门而拙言辞。至于誉念乡人，与为游处，似以冰而致蝇，若以狸而致鼠。见几而作，逝将去汝！……既而名纸毛生，进退维谷。叹积案而成箱，亦连篇而累牍，虽浚发于巧心，终受嗤于拙目。鬼嗤谋利之刘龙，人笑苦吟之周朴。竟有造请而不报，或至对宾而杖仆。谁为倒屣之迎？空有溺庐之辱。……五世长者知饮食，三世长者知被服。徒钱癖与宝精，枉秤珠而量玉。遂所如而龃龉，困穷途而悉缩。……

全椒人只晓得他是一个败子，不认得他是一个名士。故他最不满意于他的本乡人。外史中借五河县来痛骂他的本县（看第四十七回）。他所以要离开乡土，寄居南京，大半也是由于他厌恶全椒人的心理。

雍正十二，甲寅（一七三四），先生三十四岁。

有除夕乳燕飞词：

令节穷愁里，念先人生儿不孝，他乡留滞。风雪打窗寒彻骨，冰结秦淮之水。自昨岁移居住此。三十诸生成底用？赚虚名，浪说攻经史！捧卮酒，泪痕滓。　家声科第从来美。叹颠狂，齐竽难合，胡琴空碎。数亩田园生计好，又把膏腴轻弃。应愧煞谷贻孙子。倘博将来椎牛祭，总难酬罔极恩深矣，也略解，此时耻，

此词写他的忏悔，见解却不甚高明。

雍正十三，乙卯（一七三五），先生三十五岁。

是时政府诏令内外大臣荐举「博学鸿辞」的学者。

乾隆元年，丙辰（一七三六），先生三十六岁。

三月，安徽巡抚赵国麟考取先生，行文到全椒，取具结状，将正式举荐他入京应博学鸿辞的考

试。先生病了，不能上路，才作罢。（文集唐时琳序）先生从此不应乡举考试。（程晋芳作的传）儒林外史写杜少卿装病辞荐辟（第三十三回），全椒志（十，页四七）也说他「乾隆间以博学鸿词徵，辞不就。」程晋芳给他作传，说：

安徽巡抚赵公国麟闻其名，招之试，才之，以博学鸿词荐；竟不赴廷试，亦自此不应乡举。

这三种说法，都不很确实。我只采取唐时琳的序，因为他当时做江宁教授，又是推荐吴敬梓的人，他说的话应该最可靠。况且唐序又说：

两月后，敏轩病愈，至余斋。……余察其容憔悴，非托为病辞者。……

况且先生自己有丙辰除夕述怀诗，也说：

相如封禅书，仲舒天人策。夫何采薪忧，遽为连茹厄。人生不得意，万事皆愬愬。有如在网罗，无由振羽翮。

可见他的病是真病，不是装病。当时他还很叹惜他因病不得被荐。事后追思，落得弄真成假，说：

我做秀才，有了这一场结局，将来乡试也不应，科岁也不考，逍遥自在，做些自己的事罢！（外史三十四回）

我这样说法，并不是要降低吴敬梓的人格。做秀才希望被荐做博学鸿词，这也算不得什么卑鄙的事。现在文木山房集里，赋中有正声感人赋，题下注「抚院取博学鸿词试帖」，又有继明照四方赋，下注「学院取博学鸿词试帖」。诗中有试帖诗三首，下分注「督院」、「抚院」、「学院」取博学鸿词试帖。可见吴先生自己并不讳饰他曾去应考省中博学鸿词的考试；又可见他确然觉得这是做秀才的一场很光荣的结局。至于程晋芳说赵国鳞「以博学鸿词荐，竟不赴廷试」，那是错的。赵国鳞后来并不曾荐他。杭世骏的词科掌录记赵国麟保举的，只有文木集中（卷三，页三）说的江若度、梅淑伊、李岑森三人，而没有吴敬梓的名字。这是铁证。

是年词科被荐者，有先生的从兄吴檠（字青然，号岑华，有咫闻斋诗钞、阳局词钞、清耳珠谈等书；即外史中的杜慎卿。）和友人程廷祚（绵庄，即外史中的庄征君。）皆不第。程晋芳作程廷祚的墓志铭，说：

雍正十三年，举博学鸿词科。……乾隆元年至京师。有要人慕其名，欲招致门下，属密友达其意曰，「主我，翰林可得也。」先生正色拒之。卒不往，亦竟试不用，归江宁。（勉行堂文集卷六）

这一件事，可与儒林外史第三十五回大学士太保公一节参看。

文木集有减字木兰花词一首，注云：

识舟亭阻风，喜遇朱乃吾、王道士昆霞。

词云：

卸帆窗下，一带江城浑似画。羽客凭阑，指点行舟杳霭间。　故人白首，解赠青铜沽浊酒●话别匆匆，万里连樯返照红。

这就是外史第三十三回杜少卿在识舟亭遇来霞士和韦四太爷的一件故事。

乾隆二，丁巳（一七三七），先生三十七岁。

先生有关于词科的诗几篇。一篇酬青然兄，中有云：

兄昔膺荐牍，驱车赴长安，待诏三殿下，簪笔五云端。月领少府钱，朝赐大官餐。卿士交口言，「屈宋堪衙官」！如何不上第，蕉萃归江干？酌酒呼弟言，「却聘尔良难」！……

这是杜少卿不满意于杜慎卿的口气了。

又有贫女行二首：

蓬鬓荆钗黯自羞，嘉时曾以礼相求。自缘薄命辞征币，那敢逢人怨蹇修？

阿姊居然贾佩兰！蹋歌连臂曲初残。归来细说深宫事，村女如何敢正　！

这似乎也是嘲玩杜慎卿的诗、

赵国麟原取四人，吴敬梓因病作罢，余三人入京应试。试毕，三人中李岑淼病死在京。先生因作伤李秀才诗，大有「塞翁失马，安知非福」之意。（诗不佳，不录。）那时词科落第的一些名士，纷纷回南，演出种种丑态；先生冷眼旁观，格外觉悟了。所以他又作美女篇：

夷光与修明，艳色天下殊。一朝入吴宫，权与人主俱。不妒比螽斯，妙选聘名姝。红楼富家女，芳年春华敷。头上何所有？木难间珊瑚。身上何所有？金缕绣罗襦。佩间何所有？环珥皆瑶瑜。足下何所有？龙缟覆氍毹。歌舞君不顾，低头独长吁。遂疑入宫嫉，毋乃此言诬？何若汉皋女，丽服佩两珠，独赠郑交甫，奇缘千载无？

丁巳以前，先生还有穷秀才气；丁巳以后，先生觉悟了，便是儒林外史的作者吴敬梓了。试看他宁可作自由解珮汉皋神女，不愿作那红氍毹上的吴宫舞腰：这便是大觉悟的表示了。

是年纪昀生。

乾隆三，戊午（一七三八），先生三十八岁。

有送别曹明湖诗，可考定为是年作的。因此推知前后诸诗大概也是这时候作的。中有病中忆儿烺一首，前四句云：

自汝辞余去，身违心不违。有如别良友，独念少寒衣。

「有如别良友」五个字，没有人道过。

烺字荀叔，号杉亭，后来成为一个大算学家，畴人传四十二有他的传。他少年时就很聪明，文木集附有他的诗一卷，词一卷。诗中有三首是他十五岁时做的。怪不得儒林外史三十二回里娄大爷对杜少卿说，「你生的个小儿子，尤其不同。」他们家已贫了，故吴烺少年时即出门谋生活。文木集还有一首除夕宁国旅店忆儿烺诗，自注云：「儿年最幼，已自力于衣食。」

乾隆四，己未（一七三九），先生三十九岁。

是年章学诚生，任大椿生。

有真州客舍诗，中有云，「七年羁建业，两度客真州。细雨僧庐晚，寒花江岸秋。」

有生日内家娇词云：

行年三十九，悬弧日酌酒泪同倾。叹故国几年，草荒先垄；寄居百里，烟暗台城。空消受，征歌招画舫，赌酒醉旗亭。壮不如人，难求富贵；老之将至，羞梦公卿。 行吟憔悴久，灵氛告：须历吉日将行。拟向洞庭北渚，湘沅南征。见重华协帝，陈词敷衽；有娀佚女，弭节扬灵。恩不甚兮轻绝，休说功名！

这一首词在词集的最末。大概这一部文木山房集是编到这一年为止了。

文木山房集前有黄河一篇序，中说：

余方谋付之剞劂，以垂不朽。而敏轩薄游真州，可村方先生爱为同调，遽损（按：疑为捐）囊中金，先我成此盛举。

又方嵞序云：

敏轩今将薄游四方，余遂捐橐中金，梓其有韵之文。

这一年先生正在真州，此集当刻于此年，或下一年。集中无三十九岁以下的诗词，正是因此。

乾隆五，庚申（一七四〇），先生四十岁。

是年赵翼生。

全椒志云：

江宁雨花台有先贤祠，祀吴泰伯以下五百余人。（金和跋作二百三十人。）祠圮久，敬梓倡捐复其旧。资罄，则鬻江北老屋成之。

此事不知在何年。以志有「年四十而产尽」一语，故附于此。

乾隆六，辛酉（一七四一），先生四十一岁。

是年惠士奇死。

是年吴檠中举人（全椒志十二）。杜慎卿果然「中了」！（参看外史三十一回杜慎卿对鲍廷玺说的话）

先生始见程普芳，时年二十四。（程普芳 严东有诗序）

程普芳的族伯祖丽山与先生有姻连。先生在南京，常常绝粮；丽山时时周济他。程普芳说：

方秋，霖潦三四日。族祖告诸子曰：「比日城中米奇贵，不知敏轩作何状。可持米三斗，钱二千，往视之。」至，则不食二日矣。然先生得钱，则饮酒歌呶，未尝为来日计。（文木先生传）

这位程丽山，他处无可考。外史第四十一回写庄濯江是杜少卿的表叔，也许就是此人。（庄濯江是庄征君之侄，必也是姓程的。我初疑是程晋芳；但程晋芳见先生时，还是二十四岁的少年，而庄濯江四十年前与杜少卿的父亲相聚，此时已是「清清疏疏，三绺白须」了。）

程普芳又写先生的贫状如下：

（先生）移居江城东之大中桥，环堵萧然，拥故书数十册，日夕自娱。穷极则以书易米。或冬日苦寒，无酒食，邀同好汪京门、樊圣口辈五六人，乘月出城南门，绕城堞行数十里，歌吟啸呼，相与应和。逮明，入水西门，各大笑散去。夜夜如是，谓之「暖足」。（文木先生传）

传）

汪京门不可考。樊圣□原缺一字，今考定为樊圣谟。按江宁府志文苑传：

樊明徵，字圣谟，一字轸亭，句容人。博学而精思。其于古人礼乐车服，皆考核而制其器。有受教者，举器以示之，不徒为空言也。著书四十余种。尤详金石之学。这自然是外史里的迟衡山了。

乾隆七，壬戌（一七四二），先生四十二岁。

程晋芳说：

辛酉壬戌间，延（先生）至余家，与研诗赋，相赠答，惬意无间。而性不耐久客，不数月，别去。

程家是淮安盐商，袁枚作程普芳的墓志说：

乾隆初，两淮殷富，程氏尤豪侈，多畜声色狗马。君独愔愔好儒，罄其资购书五万卷，招致方闻缀学之士，与共讨论。海内之略识字，能握笔者，俱走下风，如龙鱼之趋大壑。

先生到程家时，程家尚在这样兴盛的时代。

乾隆九，甲子（一七四四），先生四十四岁。

是年姚鼐生，钱坫生，汪中生。有人疑外史中的匡超人即是汪中，那是错的，

乾隆十，乙丑（一七四五），先生四十五岁。

是年吴檠中进士。

余萧客生，武亿生。

乾隆十一，丙寅（一七四六），先生四十六岁。

是年洪亮吉生。

乾隆十四，己巳（一七四九），先生四十九岁。

是年方苞死，黄景仁生。

程晋芳春帆集（起戊辰，尽庚午之二月，故系于此年）有怀人诗十八首，中有一首注「全椒吴敬梓，字敏轩。」诗云：

寒花无冶态，贫士无欢颜。嗟嗟吴敏轩，短褐不得完。家世盛华缨，落魄中南迁。偶游淮海间，设帐依空园，飕飕窗纸响，槭槭庭树喧。山鬼忽调笑，野狐来说禅。心惊不得寐，归去澄江边。（此指先生到程家住数月之事。）白门三日雨，灶冷囊无钱。逝将乞食去，亦且赁舂焉。外史纪儒林，刻画何工妍！吾为斯人悲，竟以稗说传！

这一首诗极有用，因为我们因此知道当这个时候，——戊辰至庚午（一七四八至一七五〇）——儒林外史已成书了，已有朋友知道了。外史刻本有「乾隆元年春二月闲斋老人」的一篇序，这个年月是不可靠的。先生于乾隆元年三月在安庆应考博学鸿词的省试，前一月似无作小说序之馀暇。况且书中写杜少卿、庄绍光应试事，都是元年的事；决无元年二月已成书之理。况且那时的吴敬梓只有三十六岁，见解还不曾成熟，还不脱热心科名的念头，元年除夕述怀诗可以为证。那时的吴敬梓决做不出一部空前的儒林外史来！

我们看他对于科第功名的大觉悟，起于乾隆二年以后。（说见上文。）我们可以堆测他这部儒林外史大概作于乾隆五年至十五年（一七四〇至一七五〇）之间；到程晋芳作怀人诗时，外史已成功了，——至少大部分已成功了。

吴敬梓是一个八股大家的曾孙，自己也在这里面用过一番工夫来，经过许多考试。一旦大觉悟之后，方才把八股社会的真相——丑态——穷形尽致的描写出来。他是八股国里的一个判徒。程晋芳说他：

> 生平见才士，汲引如不及。独嫉时文士如仇；其尤工者，则尤嫉之。

他为什么这样痛恨八股呢？我们在他的诗集里寻出一篇哭舅氏的诗，大概是乾隆五六年间做的，这诗大可以表出他那时侯对于科举时文的态度：

> 河干屋三楹，丛桂影便娟，缘以荆棘篱，架以藁床眠。南邻侈豪奢，张灯奏管弦。西邻精心计，秉烛算缗钱。吁嗟吾舅氏，垂老守残编。弱冠为诸生，六十犹屯邅。皎皎明月光，扬辉屋东偏。秋虫声转悲，秋藜烂欲然。主人既抱病，强坐芸窗前。其时遇宾兴，力疾上马鞯。夜沾荒店露，朝冲隔江烟。射策不见收，言归泣涕涟。严冬霜雪凝，偃卧小山巅。酌酒不解欢，饮药不获痊。百忧摧肺肝，抱恨归重泉。吾母多兄弟，惟舅友爱专。诸舅登仕籍，俱已谢尘缘。有司操尺度，所持何其坚！士人进身难，底用事丹铅？贵为乡人畏，贱受乡人怜。寄言名利者，致身须壮年。

他这一位母舅简直是一位不得志的周进、范进。认得了这一位六十岁「抱恨归重泉」的老秀才，我们就可以明白吴敬梓发愤做儒林外史的心理了。

有人说，「清朝是古学昌明的时代，八股的势力并不很大，八股的毒焰并不曾阻碍经学、史学与文学的发达。何以吴敬梓单描写那学者本来都瞧不起的八股秀才呢？那岂不是俗话说的打死老虎吗？」我起初也如此想，也觉得儒林外史的时代不象那康熙、乾隆的时代。但我现在明白了。看我这篇年谱的人，可以看出吴敬梓的时代恰当康熙大师死尽而乾嘉大师未起的过渡时期。清朝第一个时期的大师，毛奇龄最后死。学问方面，顾炎武、黄宗羲、阎若璩、胡渭都死了。文学方面，尤侗、朱彝尊、王士祯也死了。当吴敬梓三十岁时，戴震只有八岁，袁枚只有十五岁，四库全书的发起人朱筠只有两岁，汪中、姚鼐都还不曾出世呢。

当这个青黄不接的时代，八股的气焰忽然又大盛起来了。我可以引章学诚的话来作证：

前明制义盛行，学问文章远不古若，此风气之衰也。国初崇尚实学，特举词科；史馆需人，待以不次；通儒硕彦，磊落相望，可谓一时盛矣。其后史事告成，阁馆无事。自雍正初年至乾隆十许年，学士又以四书文义相为矜尚。仆年十五六时（一七五二——一七五三，当吴敬梓将死的时候），犹闻老生宿儒自尊所业，至目通经服古谓之杂学，诗古文辞谓之杂作。士不工四书文，不得为通，——又成不可药之蛊矣！（章氏遗书卷四，答沈枫墀论学书）

（「四书文」即八股时文）

这正是吴敬梓做 儒林外史 的时代。懂得这一层，我们格外可以明白儒林外史的真正价值了。

乾隆十五，庚午（一七五〇），先生五十岁。

金兆燕有寄吴文木先生诗：

文木先生何嵚崎！行年五十仍书痴。航头屋壁搜姚姒，凿翁蔑叟访孔羲，昔岁鹤版下纶扉，严徐车马纷猋驰。蒲轮觅径过蓬户，凿坏而遁人不知。有时倒著白接䍦，秦淮酒家杯独特。乡里小儿或见之，皆言狂疾不可治。晚年说诗更鲜匹，师伏翼萧俱辟易。小雅之材七十四，大雅之材三十一。一言解颐妙义出，凯风为洗万古诬，乔木思举百神职。（先生注诗，力辟凯风原注「不能安室」之谬。「南有乔木」云，祀汉神也。）沟犹瞀儒删郑卫，何异索涂冥擿植？昨闻天子坐明堂，欲祭衡霍巡南方，特重经术求贤良，伸让讲义夸两行。钦明八风舞回翔。负薪老子露印绶，妻孥竦息趋路旁。先生何为独深藏，企脚高卧向栩床？金陵美酒一千斛，粼粼素碗皴红玉。何时典我青绮裘，共君烂醉钟山麓？申公、辕公老且秃，驱之不堪填硎谷。先生速起为我折五麓。秋风多，江水波，寄忍一曲之高歌。歌残星斗横秋河。屠贩唾手亦富贵，安能佐治无偏颇？先生抱经老岩阿，吁嗟如此苍生何！

诗中说先生「晚年说诗」一段，可与儒林外史第三十四回杜少卿论诗经一大段参看。

全椒志　卷十二说先生有诗说七卷。但现在不传了。我们现在只知道他的五条诗说：

（1）汉广（「南有乔木」）：「为祀汉江神女之词。」（金和儒林外史跋）

（2）凯风：「古人二十而嫁，养到第七个儿子，又长大了，那母亲也该有五十多岁了，那有想嫁之理？所谓「不安其室」者，不过因衣服饮食不称心，在家吵闹；七子所以自认

不是。」（外史）

（3）女曰鸡鸣：「这夫妇两个绝无一点心想到功名富贵上去，弹琴饮酒，知命乐天：这便是三代以上修身齐家之君子。」（外史）

（4）溱洧：「也只是夫妇同游。」（外史）

（5）爱采唐矣：「为戴妫答庄姜燕燕于飞而作。」（金和跋）

程晋芳说：

（先生）与余族祖绵庄（程廷祚）为至契。绵庄好治经，先生晚年亦好治经，曰：「此人生立命处也。」

程廷祚与吴敬梓都是乾嘉经学的先锋。

乾隆十六，辛未（一七五一），先生五十一岁。

是年乾隆帝南巡，先生之子吴烺迎銮，召试奏赋，赐举人，授内阁中书。烺习算学，师事刘湘煃。后来吴烺做到宁武府同知，署过一回知府，因病告归。他著有周髀算经图注，乾隆戊子刊成，沈大成作序，序文引见畴人传。此外还有勾股算法、五音反切图说、杉亭诗文集、词集。我所见的春华小草一卷、靓妆词钞一卷，是他少年时代的诗词。

是年程廷祚六十一岁，被举「经明行修」，入京，复报罢。（程晋芳绵庄先生墓志）是年严长明二十一岁。严是江宁人，少年有才名，先生很称许他。（程晋芳严东有诗序（严长明的诗集久不传，近年（一九一一）叶德辉刻出他的诗集十卷，其中归求草堂诗集六卷，是编年的。

辛未年有吴丈敏轩招集文木山房分咏南史隐逸传得雷次宗陶弘景各赋一首二篇，又有过顾氏息庐和敏轩丈韵一篇。壬申年有晤程二鱼门有赠一首，句起云，「昨年倾盖阜陵吴，（自注，轩敏文。）道汝声名似「顾」「厨」。」据此，先生识严长明，始于辛未。

乾隆十七，壬申（一七五七），先生五十二岁。

程晋芳到南京乡试，先生同严长明去访他。严爱程诗，为他作骈体序，千馀言。程自叙，「风晨雨夕，余三人往来最密也。」（程严东有诗序严赠程诗，有「意气直凌沧海日，须眉如对列仙图」之句；程有寄怀严东有诗，有「今年游江南，快意觏才子」之句。程晋芳寄怀严东有诗共三首，第二首专说吴敬梓：

敏轩生近世，而抱六代情：风雅慕建安，斋栗怀昭明。囊无一钱守，腹作乾雷鸣。时时坐书牖，发咏惊鹂庚。阿郎虽得官，职此贫更增。近闻典衣尽，灶突无烟青。频蜡雨中屐，晨夕追良朋，孤棹驶烟水，杂花拗芬馨。惟君与独厚，过从欣频仍，酌酒破愁海，觅句镂寒冰。西窗应念我，余话秋灯青。（励行堂诗集五）

此诗可考见先生当时的生活情形。

程晋芳是年又有闻滁州冯粹中殁于京师诗以哭之并告诸友谋归其丧二诗。滁州冯粹中即是儒林外史中的处州马纯上。程诗第一首有云：

海上松期方本幻，（原注，「冯曾遇假仙于浙水」）冢中文字焰犹腾。

此可证外史第十五回马二先生遇洪憨仙的事。程诗第二首有「泾流渭水浊兼清」之语，又有

「侠魄」之称，可以考见冯粹中虽只是一个八股选家，确是浊中有清，确有一点侠气，可以使程晋芳、吴敬梓一班名士恭敬他。吴敬梓虽痛恨八股文家，但他对于马二先生，刻画尽管尽致，却始终是褒词多于贬词。这也可见冯粹中的人格，又可见吴敬梓的公允了。（金兆燕棕亭诗钞卷七也有吴冯粹中一诗）

乾隆十九，甲戌（一七五四），先生五十四岁。

是年先生在扬州，遇程晋芳。程家本很富，那几年盐务大亏耗，晋芳又不能治生产，家遂贫。（参看袁枚作的墓志）程晋芳自叙此会，说：

岁甲戌，与余遇于扬州，知余益贫，执余手以泣，曰：「子亦到我地位！此境不易处也。奈何！」

余返淮，将解缆，先生登船言别，指新月谓余曰：「与子别，后会不可期，即景悢悢，欲构句相赠，而涩于思；当俟异日耳。」时十月七日也。又七日而先生殁矣。

据此，是先生死于十月十四日。但金兆燕是当日亲见先生死的人，他说是「孟冬晦前夕」，是十月二十九日。我们似当信金说。

程晋芳记云：

先数日，裒囊中余钱，召友朋酣饮。醉，辄诵樊川「人生只合扬州死」之句，而竟如所言，异哉！先是，先生子烺已官内阁中书舍人；其同 王又曾縠原适客扬，告转运使卢公，殓而归其殡于江宁。

王又曾丁辛老屋集卷十二（儒林外史评引）有书吴敏轩先生文木山房诗集后十绝句，序云：

慕文木名数年不得见。乾隆甲戌，始相见于扬州馆驿前舟中。其夕即无疾而终。

那时金兆燕在扬州，和先生往来最密，并且亲见先生临死的情形。他有甲戌仲冬送吴文木先生旅榇于扬州城外登舟归金陵长诗一篇，我们全钞于此：

寒霜栖城闉，白日照江湄。送君登孤舟，千载从此辞。布帆乘风张，一舰惊骤驰。三号不可见，我行将安之？自我来芜城，旋舍恒苦饥。客中遇所亲，欢若龙躨跜。我居徐宁门，忍邻后土祠，昕夕相过从，风雨无愆期。峨峨琼花台，郁郁冬青枝，与忍攀寒条，泪下如连丝。愤来揎短袂，作达靡不为：金屋戏新妇，（吴一山纳妾，招同饮。）碧观寻尧缁；（石庄上人寓碧天观，屡同访之。）饱啖「肉笑靥」，酣引「玉练槌」；柜坊与茶阁，到处随狂嬉。薮薮贾人子，广厦拥厚资，牢盆牟国利，质库朘民脂；高楼明月中，笙歌如沸麋。谁识王明扬，斋钟愧阇黎？嗟哉末俗颓，满眼魍魉魑，执手涉万里，对面森九嶷。丈夫抱经术，进退触藩羝，于世既不用，穷饿乃其宜。何堪伍群小，颠倒肆诋欺！先生豁达人，餔糟而啜醨。小事聊糊涂，大度乃滑稽。安所庸芥蒂，且可食蛤蜊。逝将买扁舟，卒岁归茅茨。梅花映南荣，曝背乐无涯。小子闻欺言，背面挥涕洟，未见理归装，已愁临路歧。谁知近死别，乃与悲生离。孟冬晦前夕，寒风入我帷。独客卧禅关，昏灯对牟尼，忽闻叩门声，奔驰且惊疑。中衢积寒冷，怒芒明参旗。踉跄至君前，瞪目无一词。左右为余言，顷刻事太奇：今晨饱朝餐，雄谈尽解颐，乘暮谒客归，呼尊爵一卮；薄醉遂高眠，自解衫与縧。安枕未终食，痰壅如流澌。奄匕不及投，撒手在片时。幼子哭床头，痛若遭鞭笞。作书与两兄，血泪纷淋漓。仲兄其速来，待汝视槅杝。伯兄闻赴奔，何日发京师？擗踊如坏墙，见者为酸嘶。燕也骨肉亲，能不摧肝脾！忆昔丱髻年，残烛同裁诗。每言维凤声，定不侪伏雌。岁月何飘忽，逝景不可追。蹭蹬一无成，干时钝如锤。负米无长策，高堂艰晨炊。四海诚茫茫，举足皆戚夷。奔走困饥寒，惭彼壹宿雏！羡君解弢衰，万事掷若遗。著书寿千秋。岂在骨与肌？江山孙伯符，风月郗僧施。生平爱秦淮，吟魂应恋兹。一笑看凌云，横江天四垂。

三　后记

先生有子三人，（金诗。又程传。）长即吴烺，余二子不可考。

先生所著的书，全椒志载有诗说七卷、文木山房诗文集十二卷、儒林外史五十卷。

金和跋儒林外史，说：

诗说七卷。诗文集及诗说俱未付梓。（余家旧藏钞本，乱后遗失。）是书 儒林外史为金棕亭先生官扬州府教授时梓行。自后刻本非一。先生著书皆奇数，是书本五十五卷。于琴棋书画四士既毕，即接沁园春一词。何时何人妄增「幽榜」一卷？……宜删之。

金和的话也有小错。（1）诗文集有两本：先生四十岁左右曾刻过一本，凡赋一卷，诗二卷，词一卷，共四卷；后附吴烺诗词各一卷。此本无先生四十岁以后的诗词。此外尚有一种全集，即全椒志所记之十二卷本。王又曾书文木山房诗集后十首之一云：

古风慷慨迈唐音，字字卢仝月食心。但诋父师专制举，此言便合铸黄金。

原注云：

「如何父师训，专储制举材！」诗中句也。

这两句极有关系的诗，我的一部文木山房集里竟没有。可见此本不曾收先生晚年的诗。（2）无论诗文集四卷或十二卷，这都是偶数，金和「先生著书皆奇数」的通则，已不能成立了。况且儒林外史原本止有五十卷，程晋芳和全椒志都是如此说的。同治年间的六十回本固是后人增加的；五十六回本的末一回，确如金和所说，是后人增加的；余下的五十五回之中，大概还有后人增加的五回。

金和说，儒林外史是金兆燕做扬州府教授时刻板印行的。金兆燕于乾隆三十三年做扬州府教授，直做到乾隆四十四年（一七六八——一七七九）。这部书当是这十年内刻的，是为初刻本。初刻本和原稿本有什么异同，初刻本是否五十回，这两个问题我们都不能解决了。现存的最古本是嘉庆丙子（一八一六）的五十六回本。到了七十年后，光绪十四年（一八八八）的补本出现，方添了四回，叙沈琼枝的事，共六十回。

诗说七卷，大概先生死时尚无刻本，故王又曾诗有「诗说纷纶妙注笺，好凭枣木急流传」的话。不知后来有无刻本。

中华民国十一年十一月三日

（一九二二年上海亚东图书馆儒林外史第四版卷首，收入胡适文存二集卷四）

重印文木山房集序

胡适

儒林外史的作者全椒吴敏轩先生（敬梓）著的书，有诗说和文木山房诗文集。诗说七卷，没有刻本，大概是不可得见的了。文木山房集，全椒志作十二卷；金亚匏先生（和）跋儒林外史，说文集五卷，诗七卷。这部十二卷本的全集也没有刻本；亚匏先生说他家旧藏有抄本，乱后遗失了。

我是最敬重吴先生的，常常想搜求他的遗著，常常痴想他的诗文集也许有别本保存在世间。六七年前，我曾托北京的几家铺访求文木山房集，竟访不着。所以民国九年我作吴敬梓传时，只从王又曾和程晋芳的诗注里知道他的诗四句。直到民国十年，带经堂书铺方才为我访得此本。此本共有赋一卷（共四篇），诗二卷（共百三十一首），词一卷（共四十七阕）；附刻他的爱子荀叔先生（烺）的诗一卷，词一卷。

依我看来，这部集子里收的诗词，大概都是文木老人四十岁以前作的。黄河序中说：「余方谋付之剞劂，以垂不朽；而敏轩薄游真州，可村方先生爱为同调，遽损（按：疑为「捐」）囊中金，先我成此盛举。」集中真州客舍诗云：「七年羁建业，两度客真州。」先生三十三岁时移家到南京，第七年为三十九岁，当乾隆四年。集中最末一首词是三十九岁生日作的，可以互证。程廷祚序中说作者「为诸生二十年，倦而思去」；吴先生中秀才时，年约二十岁（见庚戌除夕词），这也是一个旁证。吴湘皋序中说「令子烺年未弱冠，手钞十三经注疏，……趋庭之下，相为唱和，今都为一集」；金兆燕序荀叔先生的春华小草，也有「当卫玠过江之日，正王乔游洛之年」：这可见荀叔先生的年岁，又可以旁证敏轩先生的年岁了。所以我们可以说，这部集子大概刻于乾隆五年左右，约当敏轩先生四十岁时。

这部集子不曾收入敏轩先生最后十四五年的诗词，是一大缺憾。集中只有韵文，未收散文，也是一大缺憾。王又曾引他的诗「如何父师训，专储制举材！」此诗不在这本集子里；我们读这两句可以推知那未刻的文木全集里定有不少的晚年成熟的见解，可惜于今都不可得见了。然而我们生在吴先生二百年后，居然能在无意之中发现文木山房集的初刻本，居然能在灰烬之余得读他的韵文一百八十二篇之多，这也算是不幸中之大幸了。古来不少作小说的大文豪，都没有文集流传下来，甚至于连籍贯年代都不可考。其中只有两位姓吴的作者遗留下一些作品。一位是作西游记的吴承恩先生，他的诗散见于山阳耆旧集及明诗综等书里的尚不少，他的文集的一部份现刻在楚州丛书里。还有一位就是敏轩先生了。这部文木山房集里保存了不少的传记材料。例如减字木兰花词八首可以考见他三十岁以前的历史；如移家赋可以考见他的家世和他对于乡里的感情；如关于博学鸿词考试的几首诗可以考见他对于此举的意见：我们拿这些材料来和儒林外史里的杜少卿比较印证，很可以想象敏轩先生是个什么样子的人了。况且他的儿子荀叔先生以文学家而兼精算学，名在畴人传里，而遗著皆不传于后世；这部集子里保存了他少年时作的诗五十二首，词二十五首，虽然不多，也算很可宝贵的了。

上元金亚匏先生的母族出于全椒吴氏，故他的儒林外史跋给了我们不少的考证材料。他家藏有文木山房集的十二卷钞本，不幸在太平天国乱时遗失了。他的儿子仍珠先生（还）知道我得了此书，曾借去传钞一本；又恐此书传本太少，终于沦失，故仰体亚匏先生的遗志，出资排印一千部，使这部资子永远流传于世。我很钦敬仍珠先生的高谊，故很愿意把我的原本借出排印。此书行款全依原本。校对的事全靠上海亚东图书馆里的几位朋友帮忙。校印既完，仍珠先生要我把我做的吴敬梓年谱附在后面作一个附录，又要我写一篇短序略述此集的历史。这都是我愿意做的，也就不敢推辞了。

中华民国十四年十月二十九夜，在江新船上脱稿。

（胡适文存三集卷六，一九三〇年九月上海亚东图书馆版）

文木山房集序

唐时琳

朝廷法古制科取士，自世庙时，诏在廷诸臣及各省大吏，采访博学鸿辞之彦，余司训江宁三年，无以应也。今天子即位之元年，相国泰安赵公方巡抚安徽，考取全椒诸生吴敬梓敏轩；侍读钱塘郑公督学于上江，交口称不置。既檄行全椒，取具结状，将论荐焉，而敏轩病不能就道。两月后病愈，至余斋，——盖敏轩之得受知于二公者，则又余之荐也。——余察其容憔悴；非托为病辞者，因告之曰：子休矣！当子膺荐举时，余为之筮之，得井之三爻，其辞曰：「井渫不食，为我心恻，王明并受其福。」今子学优才赡，躬膺盛典，遇而不遇，岂非行道之人，皆为心恻者乎？虽然，古人不得志于今，必有所传于后；吾子研究六籍之文，发为光怪，俾后人收而宝之，又奚必乎历金门、上玉堂者哉！且上得与于甲乙之科，沾沾得意以终其身者，徒以文章一日之知耳；子之文受知于当代巨公大儒，虽久困草茅，窃恐庙堂珥笔之君子，有不及子之著名者矣。由此言之，未可谓之不遇也。

按：唐时琳，上海人，雍正末乾隆初任江宁县学训导，同安徽巡抚赵国麟、上江督学郑筠谷一起推荐吴敬梓应博学鸿词试。

文木山房集序

吴湘皋

敏轩以名家子，好学诗古文辞杂体以名于世。凡有所作，必曲折深入，横发截出，就于古人彀率规矩而始已；即于他人作，一览数行下，亦能以片语领作者意旨，以中其要害。江南北朋游中，余独畏其才大眼高而心细也。

敏轩承家世文物声华烜赫之后，风流酝酿，力洗纨绮习气，生性豁达，急朋友之急，不琐琐于周闭藏积，至于今而家乏担石之储矣。大凡贫而乍富者，其志卑而琐；富而乍贫者，其志卑而馁；世富贵而乍贫者尤甚：皆不足与议学问之事。周旋之久，知敏轩之心眼不为世俗所蒙翳，本于志气之清明振作，故可畏也。

令子烺，年未弱冠，手钞十三经注疏，较订字义，精严不少懈疏。趋庭之下，相为唱和，今都为一集。韩愈曰：「莫为之前，虽美弗彰；莫为之后，虽盛弗传。」君子于此观世德矣。使敏轩以其攻诗古文之心思，效世人周闭藏积，亦何至如是？然敏轩以其攻诗古文之心思，效世之周闭藏积，必将有什伯无算者，大过其所为，而何止不至如是？虽然，丰于此者，必啬于彼，敏轩又何以能承文物声华之后，父子相师友，名于当世，而至于如是也哉！此其所以不以彼易此也。余两人有同姓之谊，故质言之以叙其端。

按：吴湘皋，江西会昌人，一七三〇年前后曾任江宁知县，其后同吴敬梓仍有交往。

文木山房集序

程廷祚

金陵大都会，人文之盛，自昔艳称之，考之于古，顾、陆、谢、王，皆自他郡徙居，所谓「避地衣冠尽向南」者，其所致良有由哉。全椒吴子敏轩，慨然卜筑而居。敏轩生世家，群从皆负逸才，兄青然，与余为同门友，余所畏也。敏轩少攻声律之文，与青然相师资，而奇情勃发，时角立不相下，遂齐名。曾与荐鸿博，以病未赴，论者惜之。为诸生二十年，倦而思去，要其所自树立，岂以缨组为轻重哉！余新安产，而流寓金陵者久，思稍振拔，以追往昔之流风余韵，固大有人在；然又念以敏轩之才，必见用于世，而山水之间，不能不与余以离群之感，为可叹惜也。因读其集而志之如此。

文木山房集序

方嶟

全椒吴侍读公，以顺治戊戌登一甲第三人进士及第。其所为制义，衣被海内，一时名公巨卿，多出其门，李文贞公其一也。诗古文辞，与新城王阮亭先生齐名，学者翕然宗师之。嶟之先人，与吴氏称世讲好者，近百年矣。侍读之曾孙敏轩，流寓江宁，能以诗赋力追汉唐作者。既不遇于时，益专精殚志，久而不衰。今将薄游四方，余遂捐箧中金，梓其有韵之文数十纸，以质之当代诸贤。窃叹全椒吴氏，百年以来称极盛，今虽稍逊于前，上江犹比之乌衣、马粪，而敏轩之才名，尤其最著者也。余梓其所著，匪独爱其与余为同调，将与天下共之焉。

按：方嶟，字可村，仪征人，工诗，曾与团冠霞、张琢堂等四十人前后倡和，萃刻为真州倡和集二卷，没后孙观左辑其遗稿一卷。

文木山房集序

黄河

吴聘君敏轩，流寓金陵，与余衡宇相望，晨夕唱酬，至乐也。其诗如出水芙蕖，娟秀欲滴，论者称其直逼温李，而清永洞洁，又出入于李欣、常建之间；至词学婉而多风，亦庶几白石、玉田之流亚，信可传也。余方谋付之剞劂，以垂不朽，而敏轩薄游真州，可村方先生爱为同调，遽损（按：似应为「捐」）囊中金，先我成此盛举，古人哉！是皆可传也。

按：黄河，字仑发，南京人，庠生，著有自怡集。吴敬梓月夜怀姚文洁黄仑发称他为「快士」。

文木山房集序

李本宣

近代作诗，多取燕游花月为咏，而体则七律居半，兼以分韵、限韵、次韵称奇：不知诗言志，歌永言，言之不足而长言之，长言之不足而咏叹之，如必燕游花月，分题角胜，将作者之精神，注于声律比偶之工，不几失诗之真面目哉！本宣流寓金陵二十年，诗简唱和，积案盈箱，其中绝无敏轩之作，或疑其懒且傲。既见敏轩所存，大抵皆纪事言怀，登临吊古，述往思来，百端交集，苟无关系者不作焉，庶几步趋乎古人。毋怪乎见时贤之分题角胜，则惴惴乎谢不敏也。

文木山房集词序

沈宗淳

秦青往矣，谁能缓节而歌？咸黑杳然，讵解曼声之奏？三唐以后，歌诗之法无存；五季而还，乐句之传尽失；是以金荃兰畹不入翠管红牙。然而写闺襜之韵，懊侬子夜之遗音；摅游览之情，读曲乌啼之旧制；青棠蠲忿，消磨花月之愁；红豆记歌，细释虫鱼之注。是则飘毫三寸，可代绰板琵琶；隃麋一丸，足抵玉钗罗袖；窗前按拍，香流齿颊之间；月下微吟，沁入心脾之内。岂有伤于大雅？宁敢嗤（嗤）为外编。吴子敏轩，夙擅文雄，尤工骈体；悦心研虑，久称词苑之宗；逸致闲情，复有诗余之癖。辟之蚕丝春半，能遇物而牵萦；蛩语秋清，只自传其辛苦；更阑烛跋，写就乌丝；酒暖香温，谱成黄绢。允矣才人之极致，爱其情思之缠绵。宗淳南国羁人，西湖逋客；僧楼匿影，正严霜苦雪之天；旅馆逢春，又宠柳骄花之候。属良朋之座上示我一编。置丽制于袖中，迟之三岁。长吟短咏，遂郭璞之彩毫；梦断魂劳，割丘迟之碎锦。喜今得付之剞劂，怅未能被以管弦。用赘数言，想余调语。

（文木山房集卷首，乾隆年间刻本）

全椒吴征君诗集序

沈大成

故征君全椒吴敏轩先生，自其乡移家白下，出游江淮间，留扬最久，以诗名东南，东南之人交口推先生，今犹然也。癸未之夏，先生没十年矣，长公舍人烺来广陵，出所编先生诗曰文木山房集者，属为序，逡巡未为。今舍人行有日矣，犹忆甲戌（乾隆十九年）十月，余往先生所，洎先生来，俱不遇。未几，余去客运廨，而先生亦遂卒，自以不获御李君，居恒怅惘！今幸尽读其诗，且挂名于集中，希世之宝，迟之久而始得睹，方以为快，余曷敢辞哉？因系之曰：

诗不由三百篇出者，不知六义之旨；不知六义之旨，则言情不深；言情不深，非诗之至也。先生少治毛诗。于郑氏，孔氏之笺疏，朱子之集传，以及宋、元、明诸儒之绪论，莫不抉其奥，解其症结，猎其菁英，著为诗说数万言，醇正可传，盖有得于三百篇者。故其自为诗，妙骋杼柚，随方合节，牢笼物态，风骨飞动；而忠厚悱恻缠绵无已之意，流溢于言表，使后之观者，油然而思，温然如即其人，盖非今世之诗，而古作者之诗也。岂区区稳切声病，俪青妃白，求工字句之末以相市哉？

吾闻先生之为人，谦雅乐易，博学喜谈艺，接引后进恒恐不及。生平澹于名利，每闻佳山水，则褒衰从之。尝举（博学）鸿词，辞疾不至，惟游诗酒，竟以韦布终，此可以想其风矣！

夫以慕先生而阻于不一见；乃今辱交先生之子将三年之久，因得细绎篇章，习闻行义，而效以文字之役，宜有深思巨制，称舍人之属者，顾余衰阘未能也。余惟与诵先生之诗者同矢靡靡而已矣。

（学福斋集卷五，乾隆辛卯刻本）

按：沈大成（一七一〇——一七八一），字学子，号沃田，江苏华亭人，清代著名经学家，晚游扬州，客盐运使卢见曾所。与惠栋、戴震、王鸣盛等著名学者交游。

书吴征君敏轩先生文木山房诗集后

王又曾

又曾自乾隆癸亥冬一至秦淮，嗣是丁卯、戊辰、己巳间，屡岁客游于此，耳先生名最熟，徒为馆扉所阖，望见颜色为难；然诗篇书尺，或见之于他所，辄互为倾倒至矣。辛未春，恭逢圣驾南巡召试，又曾与令嗣舍人烺，均蒙异数，私心窃喜，以为天假奇缘，从此可一见先生；而牵挽北去，羁迹京华，与舍人共风雨，数晨夕，至专且久，终以未见先生为憾。去秋取急南还，道出邗上，停舟馆驿前，为十月之廿有八日。此间故有先生族人，——舍人曾为余言：「先生每过维扬，辄止宿其庐」，——试走访焉，则先生果在。薄暮，先生来舟中，相见如旧识；纵谈今古，且订又曾作客邸销寒，竭欢乃已，又曾敬诺不敢辞。是夕归，先生竟以无疾终，凌晨而讣音至。於戏伤哉！又曾愿见之心，积之数岁；得一见矣，而先生遽一夕而殒：人世怪愕之事，无逾于此！於戏！先生之命，果止于是耶？抑一见又曾而不憾耶？今夏复来秦淮，值余入居忧里门，握手感恸之余，出先生诗集如干卷，将付梨枣，授又曾且校且读，凄怆旧怀，辄叙离合生死之故，为题集后十绝句。

国初以来重科第，鼎盛最数全椒吴。曾手渔洋居易录，先生家学本来殊。

住近青溪江令宅，频年栖泊阙过从。风流转向鲤庭得，话尽长安几寺钟。

尘海抽身意渐灰，江湖耆旧好追陪。那知一夕芜城语，特与先生永诀来！

优昙花即琼花是，千载惟留一见恩。呜咽邗沟化为泪，徐宁门是西州门。

重觅秦淮十年梦，因看吴质一编诗。惊心把袂扬州路，烧烛篷窗夜话时。

古风慷慨迈唐音，字字卢仝月食心。但诋父师专制举，此言便合铸黄金。（「如何父师训，专储制举才。」诗中句也。）

一首老伶吴祭酒，几篇乐府白尚书。人间具眼定能辨，论属盖棺非面誉。

杜老惟耽旧草堂，征书一任鹤衔将。闲居日对钟山坐，赢得儒林外史详。（先生著有儒林外史）

前贤真信后生模，药火曾然李相须。试诵中年诗哭娣，教人珍重紫荆图。

诗说纷纶妙注笺（先生有诗说八卷），好凭寒木急流传。秦淮六月秋萧瑟，更读遗文一怅然！

（丁辛老屋集卷十二，乾隆丙申新安曹自鎏序刻本）

按：王又曾（一七一六—一七六二），字受铭，号穀原，嘉兴人，辛未春乾隆南巡，他与吴烺俱被召试，同授内阁中书。他的这十首诗是研究儒林外史及其作者的重要资料，张文虎读了它们盾才更确信儒林外史的作者是吴敬梓。所提供的两句佚诗也很珍贵，表现了吴敬梓反对科举八股的思想。

春华小草序

金兆燕

金乌冉冉，谷何故而长悲；碧落懵懵，天虽高而善泣。廣开府终朝闭户，无术驱愁；江醴陵镇日濡毫，惟工赋恨。登楼王粲少即辞家，题柱相如贫兼逆旅。胭脂井畔，思渺渺于西风；白鹭洲边，客茫茫而南渡。当卫玠过江之日，正王乔游洛之年。群说子房何殊美女，竞传平叔即是神仙。文艳鱼油，斑管洒千篇之丽；气浮龙鲊，松滋成五色之奇。量曹植之才，宁惟八斗；分柳恽之技，何只十人。是以不乏越吟，因而尽成楚些。贾逵碑上有字皆金，李贺囊中无言不锦。应得江山之助，称才子以何惭；乃深云树之思，寄鄙人而作跋。深藏小箧，须薰迷迭之香；朗诵明窗，且浣蔷薇之露。嗟乎！玉杯制就，人嫉董相之才；金阙传来，诗马韩翃之句。衍波笺上，晓寒徒梦自深宫；库露真中，俗眼恐束之高阁。同里金兆燕。

（文木山房集春华小草前）

杉亭诗集序

王鸣盛

予曩于戊辰岁一试礼部，不第即掉头归去，往返数千里未尝交一人。今年春再至京师，得识吴子荀叔。荀叔与予素以诗相知，恨未识面，至是唱酬欢甚，乃尽发其箧中稿示予。予惟海内称诗者众矣，其诗或以风格胜，或以才华胜，予皆博爱而并取之。至于每一篇出，传钞讽诵出入怀袖至纸敝墨渝而犹不忍释手。甚且握管欲效其体，辄复徬徨太息以为不可及，未有如荀叔者。无他，风格才华凡为诗人者之所同，若夫情深而韵长则荀叔之所独也。引哀乐于无端，感顽艳于片语，登山临水辄复黯然，送别怀人俱堪泣下：兹非其情之所为乎！节虽短而味转永，辞虽近而意转遥，未成曲调已自移入，不案丝桐别留余响：兹非其韵之所为乎！故曰：诗有能为而为者，有不能不为而为者。能为而为者襞绩于言句，摹拟于分寸，研之以十年，炼之以一纪，比其成也，风格则已合矣，才华则已富矣，求其情韵之兼美或未之逮焉。乃若不能不为而为者，悟诣才锋，包罗郁塞，摇笔冲口，皆有可传，夫是之谓真诗。昔人之称君家梅村，以为「蓝田日暖良玉生烟」，有非可以学而致者，正此谓耳。自夫风雅道敝，且有中本无诗而强为之者，求其能为而为已不可多得矣。读荀叔之作抑亦可以缅然而返也夫！朋友相聚为生人之至乐，曩予始入京而去之，若是其速者，以为京华无诗人故耳。今既得情深韵长如荀叔者，而与之友，四方诗人入京，无不识荀叔，当无不并识予。予又将乐之而缓予还山之志焉。有是哉，情与韵之足感人如此乎！嗣是予交天下诗人皆当持此说以择之。乾隆十九年甲戌九月东吴王鸣盛撰，时寓净业湖南尤氏宅。

（杉渟集卷首）

杉亭诗集序

钱大昕

全椒吴杉亭以诗名湖海者有年，家素贫，奔走四方，与贤士夫交游，所至揽环结珮无虚日，题襟载酒唱酬吟咏之作，既工且多。岁在辛未，天子南巡江淮，试能文之士于行在，所拔六人，官之西清，予乃与杉亭为同年友。橐笔儤直之余，闭门却扫，轴帘下帷，与二三同志赋诗饮酒相羊其间，翛然有尘外之想。已乃出其频年所删存若干卷，属予论定之。予惟西河氏之序诗曰：情动于中而形于言；言之不足，故嗟叹之；嗟叹之不足，故咏歌之。陆士衡论文亦云：诗缘情而绮靡，夫惟有真性情，而后有真风雅；言之不根于情者，文虽多不善也。今夫风起于青苹之末，徘徊于椒蕙之间，披襟当之而宁体便人愈病析醒者，气之相感也。惟诗亦然，情发于声而成文，直而不倨，曲而不诎，一唱三叹如有遗音，优柔求之而手舞足蹈涣然怡然者，情之相移也。故曰：诗有六义其一曰风，此之谓也。杉亭之诗其取材也雅，其托兴也深，婉而成章，丽而有则，拟阴何之用心，兼鲍庾之清俊，无生涩诡僻之若，无流易轻俗之病，而和平尔雅不戾于风人之旨。洵乎！善言情者已。吴于全椒为望族，自默岩先生以文学知名中朝，羁弟子姓，代多文人。君子从父岑华比部，尊甫文木先生，并高才博洽，有闻于时。今杉亭又以诗名特起，昔人称崔氏父子数世能文，王氏七叶人各有集，方之君家殆无以过此。又艺林之盛事也夫！

（杉亭集卷首）

杉亭集序

姚鼐

自蕲黄而东，包潜霍，逾泗濮，其间皆山邑也，淮水绕其后，江水环其前。故安庆数府，虽隶江南省，其实乃江北云。余家桐城，吴君荀叔家全椒，相去仅三百里；在家未尝识，至京师乃相知。然余尝论：江淮间山川雄异，宜有伟人用世者出于时。余之庸暗无状，固不足比侪类；荀叔负隽才而亦颓然常有离世之志，然则所云伟人用世者，余与荀叔固皆非欤？

荀叔虽无意进取，而工于诗，又通历象、章算、音律，所著书多古人意思所不到，是则余逊荀叔抑远矣！余尝谓今之工诗者，如贵介达官相对，盛衣冠，谨趋武，信美矣而寡情实；若荀叔之诗，则第如荀叔而已。荀叔闻是甚喜。夫余虽不足比荀叔，然谓荀叔之学余为不知也，其可乎？荀叔订所著曰杉亭集成，请余序之，遂不辞而为之说。乾隆庚寅岁仲春，年愚弟姚鼐撰

（杉亭集卷首）

杉亭词序

谢　垣

六朝佳丽，千古风流。雨花台边，香车宝马之会；桃叶渡口，歌板酒旗之场。会心不远，长言未足。杉亭先生按红牙以抽思，拈斑管而写韵。引商刻羽，偷声减字。研三危之瑞露，钞成新谱；擘五色之花笺，藏为副本。夫词非曲比，义是诗余，调虽涉乎绮靡，格不伤于风雅。小楼玉笙之句，远韵入微；油壁金犊之篇，繁华如睹。莫不香生字里，艳传音外。宋词斐然，作者略备，屯田之「杨柳晓风」，尚书之「杏枝春意」，举一二以例其余，词之能事毕矣。然或有镛锦列绣，颇具情文，抹笛挡筝，未调音律，使听者成周郎之顾，阅者起文侯之倦，未关至极，不无可讥。君诗律极细，韵学最精，填词擅场，固其余事。大约风韵得之三唐，格律归于两宋。悲歌慷慨，何妨铁拍

铜琶；软语商量，亦爱搓酥滴粉。吉光凤羽，能燠质而益奇；勃律羊脂，绝点瑕而愈美。仆狂同阮籍，情类桓伊，听清啸而且可更作，闻悲歌而辄唤奈何。窃自比于知音，用附志于简末。古华亭谢垣。

（杉亭集卷首）

杉亭词序

江　炎

风雅之体，降而为词，穷极变化矣。本朝诸先辈如竹垞之雅艳，迦陵之豪宕，皆夺绝前代，直按宋元，词至今日乃为极盛。余寓居芜城，无可为欢，而独嗜填词，海内之作者太半相识，自厉孝廉樊榭、王比部縠原归道山，此间之坛坫日就冷落，诸君子或旅宦京华，或薄游吴会，倡酬之作间得之邮筒书尺中。然舟船偶来邗上，酒间花下一为倚声，未尝不互相倾倒。而杉亭舍人之词则于十余年前见之金孝廉棕亭寓庐，叹赏叫绝，恨不得识面。癸未春杉亭来寓邗江，相见如平生欢，出词稿示余，且索余序。重良友之请辄为序。我两人投契之好，惜乎厉王之墓木拱矣！回忆曩者凉月在牖，一灯青荧，犹以吟安一二字为快，夫又安知今日复与杉亭共斯境也邪。乾隆昭阳协洽辜月歙江炎撰。

（杉亭集卷首）

畴人传引周髀算经图注序

沈大成

吴烺，字杉亭，全椒人也。官中书，通数学，著有周髀算经图注，乾隆戊子松江沈大成为之序曰：

客有问于余者：两法何自昉乎？曰：周髀。何以知其然也？曰：周髀者盖天也。盖天之学始立勾股，勾股者西人所谓三角也，衡之以为勾，纵之以为股，邪而引之以为弦，正而伸之以为开方。是故，并之则为矩，环之则为规，圆内容方，方内容圆，则为幂。积弧矢五寸之矩可以尽天下之方，一圆之规可以尽天下之圆。历家以盖天不同于浑天，即扬子云犹疑之。然吾以为，盖天者浑天之半，浑天者盖天之全。盖天者自内而观之，浑天者自外而观之。然观天必先于察地，以太阳之晷景在地也。树一表而勾股之数可得，勾股之数得而高深广远无遁形矣，是周髀之术也盖。尝稽之考工，轮人之为盖弓也，冶氏之为戟也，磬氏之为磬也，匠人之置槷也，有一不出于是者哉！商高之言曰，智出于勾，勾出于矩。其言可谓简而要矣。赵爽、甄鸾之徒从而疏解之，荣方、陈子又踵而述之，支离轇轕如鼷鼠食郊牛之角，愈入愈深而愈不可出。是故，通人无取焉。

杉亭精于九章，以是经之难明也，写之以笔，算而绘以图，皎若列眉，豁然若画井，昭昭然若揭日月而行，举千载之难明者一旦豁于目而洞于心，岂非愉快事哉！周髀算经图注

（清阮元编畴人传卷四十二，扬州阮氏琅嬛仙馆板，道光二十二年阮氏汇印本）

五声反切正均序

程名世

齐梁以来学者始言声韵，隋陆法言为切韵五卷，后郭知元辈从而增加之。唐韵撰自孙愐，宋陈

彭年等重修。广韵盖即孙愐之书而刊益者也。昔开皇初有仪同刘臻、外史颜之推、著作郎魏渊、武阳太守卢思道、散骑常侍李若、国子博士萧该、蜀王咨议参军辛德源、吏部侍郎薛道衡同诣法言门宿，夜永酒阑论及音韵，以今声调既自有别，诸家取舍亦复不同，吴楚则时伤轻浅，燕赵则多伤重浊，秦陇则去声为入，梁益则平声似去，吕静韵集、夏侯该韵略、阳休之韵略、周思言音韵、季季节音韵，杜台卿韵略，各有乖舛，欲更摭选精切，除削疏缓，而成一编，然其书不传。今所传之书莫善于至元庚寅重刊改并五音集韵，顾其中仍用神珙三十六母排定先后，而不分阴阳平，且犹不知东有公穹，阳有罔姜光也。杉亭舍人渊雅绩学，撰者甚富，所辑五声反切正均六篇，旨简而以精，证博而旨远，实能发前人未发之秘。余急捐囊金镌之，以公同好。斯世不乏赏音，应无待于桓谭之屡叹矣。乾隆昭阳协洽且月，江都程名世篛榭撰。

（安徽丛书第一期第八册）

皖新登字05号

丛书常务编辑·杨应芹
责任编辑·诸伟奇
装帧设计·蒋万量

安徽古籍丛书

吴敬梓 吴烺诗文合集

（清）吴敬梓　吴　烺 撰　李汉秋 点校

吴孟复 审订

安徽省古籍整理出版规划委员会办公室编

黄山书社出版（合肥市金寨路283号）

新华书店经销　　安庆新华印刷厂印刷

开本：850×1168 1/32 印张：14.625 字数：250,000

1993年7月第1版　　1993年7月第1次印刷

印数：0001—2,000

ISBN 7-80535-496-9/G·172

定价：（精）10.10　（平）7.80元

定本莊子故
康輶紀行　東槎紀略
北山樓集
疑庵詩
方望溪遺集
識小録　寸陰叢録
東萊詩詞集
明太祖集
王侍郎奏議
朱楓林集
敬孚類稿
施愚山集（全四册）
吴敬梓吴烺詩文合集
張孝祥詞箋校
竇山公家議校注
翠微南征録北征録合集
阮大鋮戲曲四種
老子注三種
杜詩説
朱書集
論語解注合編
郭祥正集
皖人詩話八種
績學堂詩文鈔
唐詩評三種（上下）
鈍齋詩選
老子注譯
莊子詮詁
説文假借義證（全五册）
劉銘傳文集
包世臣全集（全三册）
田間易學
莊屈合詁
田間詩集
田間文集
古事比（上下）
安徽出土金文訂補

道聽途説
蘭茗館外史
青泥蓮花記
秋崖詩詞校注
舌華録
明語林
夜雨秋燈録（上下）
包拯集校注
毛詩後箋（上中下）
壹齋集（上下）
孟子講義
楊仁山全集
不得已（附二種）
歙事閒譚（上下）
惜抱軒詩集訓纂
張孝祥詩文集
吴汝綸全集（全六册）
青溪集
藏山閣集

田間詩學（上下）
俞正燮全集（全三册）
皖人戲曲選刊　鄭之珍卷
詠懷堂詩集
所知録
文選箋證（上下）
七頌堂集
程瑶田全集（全四册）